一笑

古龍自署

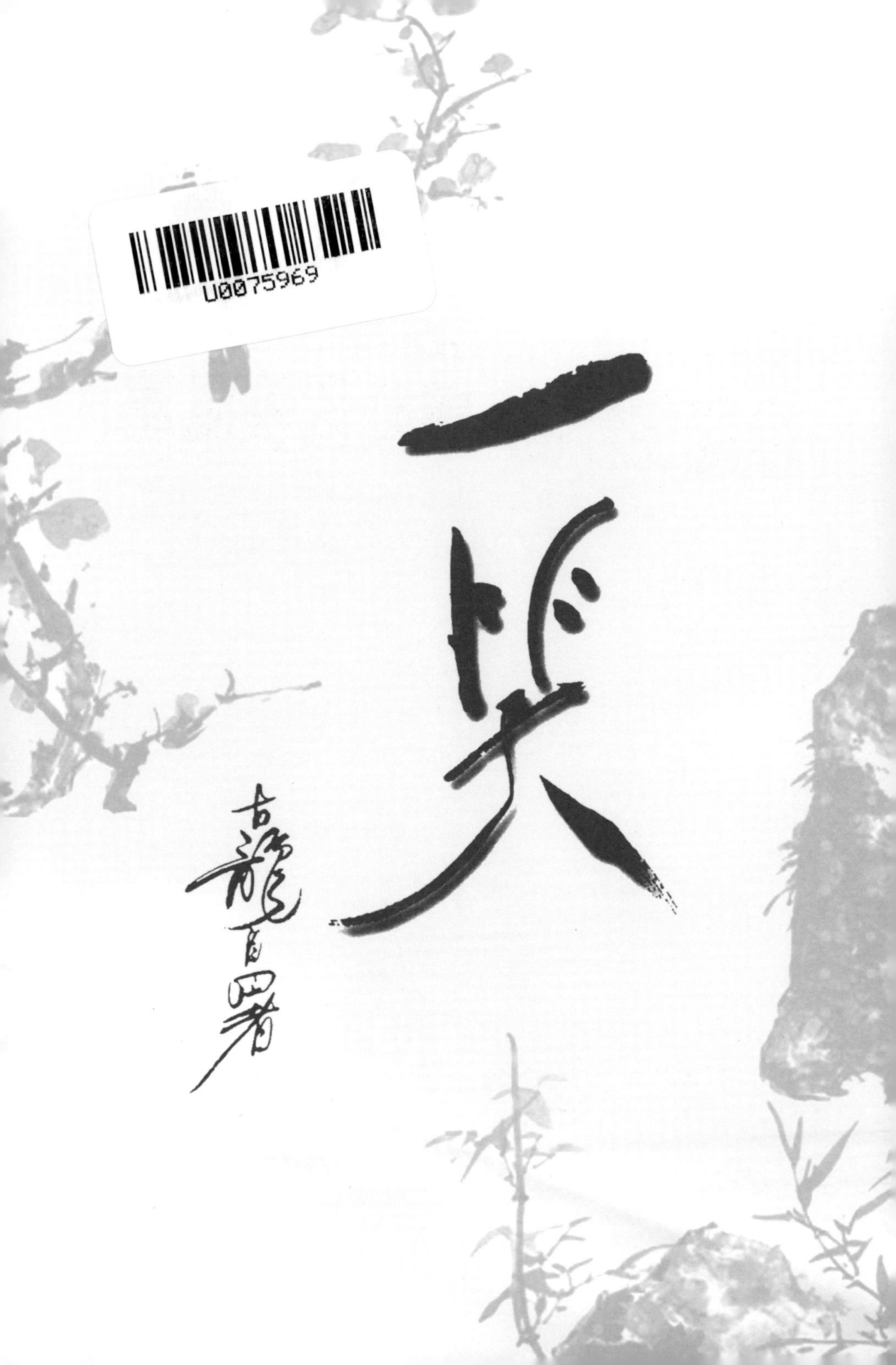

盛期之風貌

與

武俠小說

臥龍生作品　帶動武俠風潮

《飛燕驚龍》開一代武俠新風

《飛燕驚龍》(1958)爲臥龍生成名作，共48回，約120萬言。此書承《風塵俠隱》之餘烈，首倡「武林九大門派」及「江湖大一統」之說，更早於香港武俠巨匠金庸撰《笑傲江湖》(1967)所稱「千秋萬世，一統」達九年以上。流風所及，臺、港武俠作家無不效尤；而所謂「武林盟主」、「江湖霸業」等新提法，竟成爲社會大眾耳熟能詳的流行術語了。

《飛燕》一書可讀性高，格局甚大。主要是寫江湖群雄爲覬覦傳說中的武林奇書《歸元秘笈》而引起一連串的明爭暗鬥；再以一部假秘笈和萬年火龜爲餌，交插敘述武林九大門派（代表正派）彼此之間的爾虞我詐，以及天龍幫（代表反方）網羅天下奇人異士而與九大門派的對立衝突。其中崑崙派弟子楊夢寰偕師妹沈霞琳行道江湖，卻如夢似幻地成爲巾幗奇人朱若蘭、趙小蝶之絕世武功技驚天龍幫，而海天一叟李滄瀾復接連敗於沈霞琳、楊夢寰之手；致令其爭霸江湖之雄心盡泯，始化解了一場武林浩劫云。

在故事佈局上，本書以「懷璧其罪」（與真、假《歸元秘笈》有關）的楊夢寰屢遭險難，卻每獲武林紅妝垂青爲書膽（明），又以金環二郎陶玉之嫉才害能，專與楊夢寰作對(暗)爲反派人物總代表。由是一明一暗交織成章，一波未平，一波又起，極盡波譎雲詭之能事。最後天龍幫冰消瓦解，陶玉帶著偷搶來的《歸元秘笈》跳下萬丈懸崖，生死不明，卻予人留下無窮想像空間。三年後，作者再續寫《風雨燕歸來》以交代陶玉重出江湖，爲惡世間，則力不從心，當屬狗尾續貂之作。

在人物塑造方面，臥龍生寫男主角楊夢寰中看不中用，固然乏善可陳，徹底失敗；但寫其他三名女主角如「天使的化身」沈霞琳聖潔無瑕，至情至性，處處惹人憐愛；「正義的女神」朱若蘭氣質高華，冷若冰霜，凜然不可犯；「無影女」李瑤紅則刁蠻任性，甘爲情死等等，均各擅勝場。乃至寫次要人物如「賓中之主」海天一叟李滄瀾之雄才大略，豪邁氣派；玉簫仙子之放蕩不羈，爲愛痴狂；以及八臂神翁聞公泰之老奸巨猾，天龍幫軍師王寒湘之冷傲自負等，亦多有可觀。

摘自 葉洪生、林保淳著
《台灣武俠小說發展史》

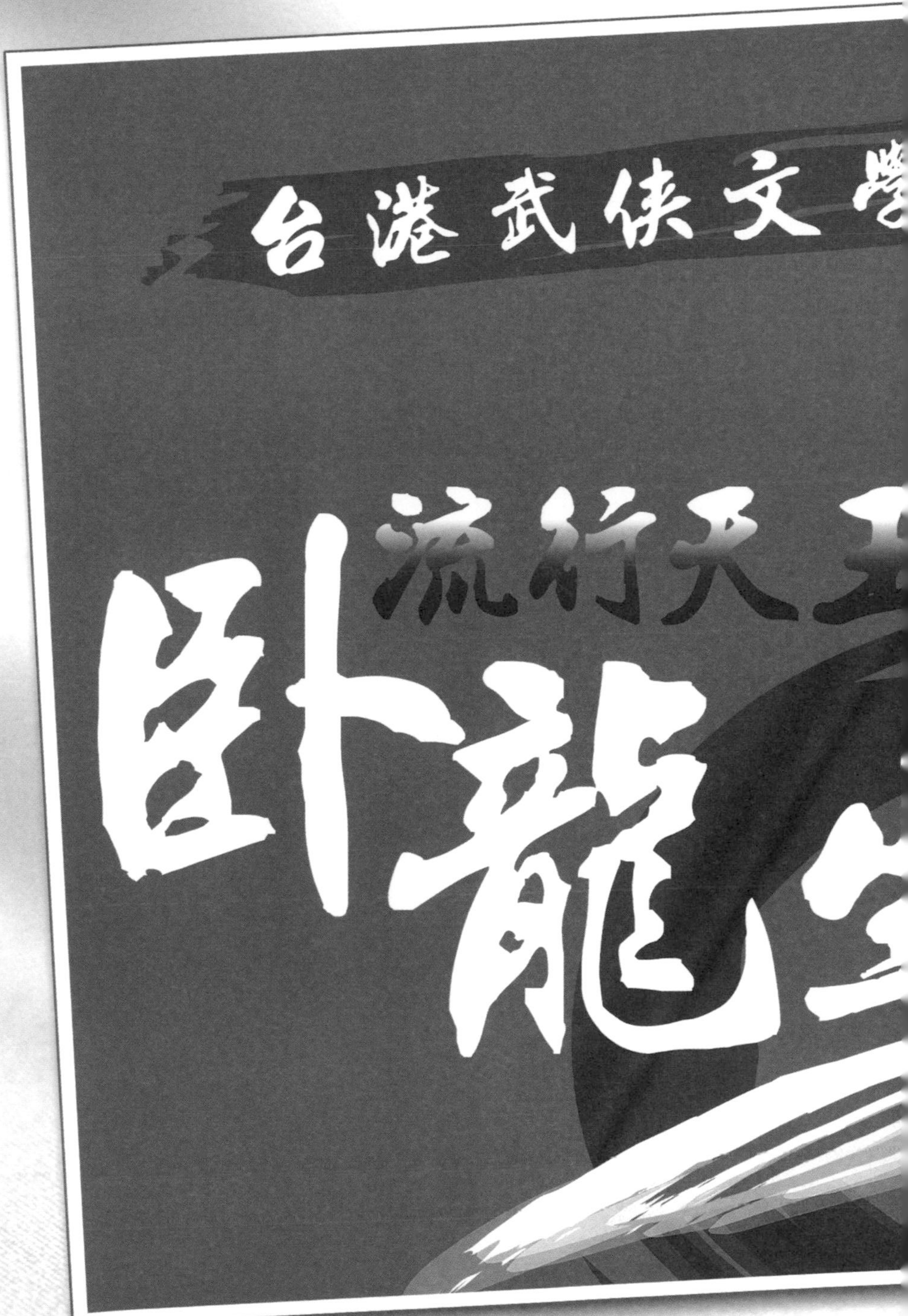
台港武俠文學
流行天王
臥龍生

臥龍生是台灣最著名的武俠小說作家之一，自然也是海外新派武俠小說家中的重要一員。

在台灣武俠小說界，臥龍生曾獨領風騷被稱為「台灣武俠泰斗」。後來司馬翎、諸葛青雲脫穎而出，才與臥龍生並稱台灣俠壇的「三劍客」。那時候古龍還默默無聞。後來古龍名氣漸大，躋身高手之林，與「三劍客」合稱「台灣武俠小說四大家」，但臥龍生仍是深受讀者歡迎的武俠小說作家。

陳墨

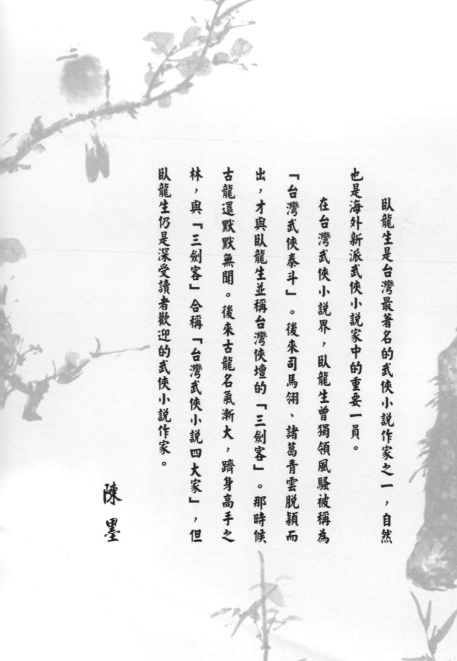

神州豪俠傳

（四）

大結局

臥龍生精品集 52

臥龍生精品集 52

神州豪俠傳(四)

目錄

卅一　洞房風暴

王宜中道：「那婚禮只不過是一個形式，難道會那等重要嗎？」

西門瑤兩頰突然間泛起了紅暈，道：「可是你們已成了夫婦。縱有什麼話，我也不使說。不過，我要奉勸你一句，金劍門的基業，希望你好好照顧，別被人謀奪去了。」

王宜中道：「這麼嚴重嗎？」

西門瑤淡淡一笑，道：「我是這樣說，聽不聽在你了。不過，有很多事，變化無常，你心中有了準備，也許能扭轉乾坤，我言盡於此，告辭了。」套上面巾，準備離去。

王宜中歎息一聲，道：「姑娘，請留步片刻，在下奉告一事。」

西門瑤道：「你說吧！我在聽著。」

王宜中道：「我們只有過婚禮的形式，三媒六證，只有木偶主人一個媒人，而且，目下爲止，我們只能有一個夫婦之名。」

西門瑤一下子又取下了頭上的面巾，四顧了一眼，道：「這是你的書房？」

王宜中道：「是的。如若那形式婚禮沒有鑄成大錯，我們還有改變的機會，姑娘有什麼見教，我們可以詳細談談。」

西門瑤緩緩坐了下去，道：「你說的如是實話，咱們倒是真應該好好的談談。」

王宜中道：「所以，姑娘可以不用顧慮，儘管暢所欲言。」

西門瑤忸怩地笑笑，道：「我一個女孩子，和你談這些事，本來是很難出口，但現在事情緊急，只好從權了，只要我們心裡無邪，那就無話不可說了。」

王宜中點點頭，道：「姑娘說得是，君子不欺暗室，大丈夫無愧於天地，只要我們心同日月，自無不可出口之言了。」

西門瑤笑一笑，道：「那麼小妹斗膽請問幾件事。」

王宜中道：「姑娘請問，在下知無不言。」

西門瑤道：「你見過新娘子的真面目嗎？」

王宜中道：「見過了。」

西門瑤道：「她很美，美得像天仙化人一般，是嗎？」

王宜中道：「不錯。姑娘認識她？」

西門瑤道：「更難得的是，她看起來像是一位純潔天真、嬌稚無邪的姑娘，對嗎？」

王宜中忽然站起了身子，道：「是的，一點都不錯。」

西門瑤笑一笑，道：「請坐下，王門主。」

王宜中緩緩坐了下去，道：「姑娘怎會如此清楚，你們定是相識了？」

西門瑤道：「我知道這麼一個人，但卻未見過面。」

王宜中道：「西門姑娘，可否說得清楚一些，在下不太明白姑娘的用心。」

西門瑤沉吟了一陣，道：「她是個很可怕的人，你要小心。唉！我想好的比喻，她該是一頭凶殘的野豹，但卻穿了一件羊皮衣服。」

王宜中道：「是這樣嗎？」

西門瑤道：「你可以不相信我的話，但我要說給你聽。我急急地趕來，就是爲了要說明這件事。」

王宜中道：「我相信姑娘是一片誠心，但只是說得太簡略了一些，如若姑娘能夠說得更清楚一些，在下更爲感激。」

西門瑤道：「我已經說得很明白了，信不信，不關我的事了。」霍然站起身子，轉身欲去。

王宜中微微一笑，道：「姑娘，慢一些，你來此的用心，是希望說服我，現在，我還沒有完全被你說服，怎的就要走了？」

西門瑤道：「你錯了，我不是要說服你，只是提醒你。」

王宜中道：「有道是救人救活，姑娘既來了，爲什麼不說個明明白白呢？」

西門瑤道：「一個人如是不知死活，你救了他也是沒用，我告訴你，她是毒蛇、猛獸，但你卻偏要認爲她是一隻溫柔的小羊，叫我有什麼法子。」

王宜中道：「姑娘，我信了你的話，應該如何？」

西門瑤道：「那是你的事了，與我有什麼關係？」

王宜中道：「如是全無關係，姑娘怎肯風塵僕僕，兼程趕來此地。」

西門瑤氣得一跺腳，道：「你心裡在想什麼啊？」

王宜中道：「我在想，你救了我，也救了金劍門，我該如何的感激你。」

西門瑤道：「誰要你感激，我只是不忍看著你……」

王宜中道：「姑娘，在下初出茅廬，對江湖上的事物知道太少，所以，有很多事，在下也許問的太纏夾了一些，這一點，還得姑娘原諒。」言罷抱拳一揖。

西門瑤道：「你這人真是沒法子。」

坐了下來，接道：「說吧！你還要問什麼？」

王宜中道：「那位新娘子，究竟是怎樣一個人，爲什麼嫁給我，用心何在？」

西門瑤道：「爲什麼？我也無法說出來，但我可以斷言，他們有著很大的陰謀。」

王宜中道：「武林中有很多人人事事，大都有些脫出常規常情，但不管如何，總該有一點軌跡可尋，像這樣突然而來的怪事，實叫人有著無法捉摸的感覺。」

西門瑤道：「也正因爲事情來的突然，使你們完全無備，一步步陷入了人家的圈套之中。」

王宜中道：「他們算的雖然很清楚，但可惜的是留下的疑竇太多，這就會使我們多加防備。」

西門瑤嫣然一笑，道：「人家用美人計，你爲什麼不能將計就計呢？」

王宜中道：「這件事，我會小心。不過……」

西門瑤道：「你還有別的事？」

王宜中道：「我希望對姑娘也能夠多一些瞭解。」

西門瑤沉吟了一陣，道：「我們那個組織很複雜，如是我們內部沒有無法解決的糾紛，你們金劍門將會遇上一個勁敵。」

王宜中接道：「你們爲什麼一定要和我們作對，姑娘可否說明原因？」

西門瑤沉吟了良久，道：「王兄，這一點求你諒解我。此刻，還不到告訴你的時機，到時候，我當然會告訴你。」

王宜中笑一笑，道：「希望那時機快些到來，我們能聯手重整江湖。」

西門瑤笑一笑，道：「我想這日子很快會到，不過，我可以先把敝門中的事，告訴你一些。」

神情突然間，變得十分嚴肅，低聲接道：「我們那個組織中，武功很博雜，而且，走的大都是邪門外道。有很多事，邪功來得快速，也來得有效。」

王宜中道：「姑娘的武功，可是以天竺武學爲主嗎？」

西門瑤道：「除了天竺奇書上，得到那些古古怪怪的武功之外，還有很多其他的怪異武功，他們一旦闖入江湖，必將引起一番風波。」

長長吁一口氣，接道：「我只能說這些了，以後我也會仔細地告訴你，請代我向你母親問好。」

王宜中道：「在下代家慈謝過姑娘。」

西門瑤戴上了頭套，道：「我去了。」步出書房，飛身一躍，登上了屋面，又一躍消失不見。

王宜中急步行出室外，看天色已然大亮，但西門瑤卻早已走得蹤影不見。

高萬成緩步行了過來，一欠身，道：「門主。」

王宜中笑一笑，道：「先生來得正好，我正要找你。」

兩人行入書房，坐下，高萬成接口道：「來人是誰？」

王宜中道：「先生猜猜看，他是什麼人？」

高萬成道：「很難猜，但可能和新娘子的事情有關。」
王宜中道：「不錯，和新娘子有關，但來的人太奇怪了。」
高萬成突然接道：「可是西門瑤？」
王宜中一怔，道：「神啦，先生，你怎麼知道是西門瑤？」
高萬成道：「本來我不知道，但門主說得太激動了，這就觸動了屬下的靈機。」
王宜中哦了一聲，道：「原來如此。」
高萬成道：「西門瑤怎麼會知道這件事情？」
王宜中道：「對啦！這一點我倒是忘記問她了。」
高萬成道：「這不要緊，也不是最重要的事情，重要的是，她對這件事情的看法。」
王宜中道：「她的看法很奇怪。」
高萬成道：「如何一個奇怪法？」
王宜中道：「她說那位新娘子是有爲而來，不過我和她談過了很多話，實在看不出她是個善用心機的人。」
高萬成道：「也許她是被人利用。」
王宜中道：「很可能。不過，西門瑤的口氣中，卻有些不同。」
高萬成似是突然間發覺了什麼喜事一般，忽然站了起來，道：「她說什麼？」

王宜中道：「她似是說那位姑娘，是一位主謀人物。」

高萬成道：「有這等事！」

王宜中道：「所以，我覺著很好笑，也完全被她說得迷惑了。」

高萬成道：「那西門姑娘，可曾提過這位姑娘叫什麼名字？」

王宜中道：「沒有，沒有提過。」

高萬成道：「這就是了。不過，西門姑娘這一提，使我想起了一個人。」

王宜中接道：「什麼人？」

高萬成道：「一個非常可怕的人，沒有人知道她的名字，也沒有人能說出她什麼樣子，但她的外號卻在江湖上流傳，人稱虛僞仙子。」

王宜中道：「虛僞仙子？」

高萬成道：「是的，聽說其人善於做作，只要和她見了面，任何人都無法不相信她說的話。」

王宜中哦了一聲，道：「有這等事？」

高萬成道：「門主可是不太相信？」

王宜中道：「是的。我有些不太相信，世間怎會有這樣的人？」

高萬成道：「這只是江湖上傳言的事，二十年前，那虛僞仙子的事蹟，還常常聽人說起，但只是傳說，因爲那虛僞仙子雖然名滿天下，但並不是任何人都能見得到她。」

王宜中道：「二十年前的人，應該很老了。」

高萬成道：「應該是這樣的，但江湖上有很多事，無法測度，那虛僞仙子，更是個神秘莫測的人物。」

王宜中道：「先生，江湖上真是這麼光怪陸離、無奇不有麼？」

高萬成道：「是的，門主，江湖上很多人、很多事，都出於人意料之外，不能以常情測度。」

王宜中歎息一聲，道：「先生，難道這些事情都會發生在咱們金劍門麼？」

高萬成沉吟了良久，笑道：「門主，每一個時代，江湖上都有一個主體，二十年前的金劍門，是江湖上的主體，金劍門隱息了二十年，江湖上開始了紛亂的局面，二十年後，金劍門重起江湖，又成了江湖中事物發展的主體了。」

王宜中道：「先生，這有原因嗎？」

高萬成道：「自然有原因。金劍門昔年的威名，因先門主之死而消沉，但人人都知道，金劍門是江湖上一股龐大的力量，也是一批最有訓練的精銳武士，誰能控制了金劍門，誰就可以利用這一批龐大的力量，爭霸武林，逐步江湖，這就是咱們重出江湖的原因。」

高萬成話聲微微一頓，接道：「加害先門主的江湖魔頭，是咱們的舊仇，新仇加上舊仇，就把咱們金劍門集中成一個主體，所以江湖上發展的事情，都落在咱們金劍門的身上了。」

王宜中道：「唉！看起來，事情是越來越複雜了。」

高萬成一欠身，道：「門主，屬下想，傳下門主令諭，調集二老和幾位香主到此，另外，再增加兩隊劍士。」

王宜中接道：「幹什麼？」

高萬成道：「似乎是，目下武林變化，都已集中於此。」

他放低了聲音，接道：「然後，咱們找一人冒充門主，置於重重保護之下，門主可以脫身而出，從旁觀察，或可找出原因。」

王宜中沉思了片刻，道：「這話倒也有理。如若他的目標，都是對我而來，把我置於一種嚴密的保護之下，以觀變化，或可找出一些內情出來。」

高萬成道：「屬下已經思索了很久，只要門主允准，咱們立刻可以行動。」

王宜中道：「行動容易，但有幾件事，必須先要處理清楚。」

高萬成落：「什麼事？」

王宜中道：「最麻煩的是那位新娘子。」

高萬成微微一笑，道：「不是麻煩，而是門主很難下此決心。」

王宜中道：「什麼決定？」

高萬成道：「門主是信那西門瑤呢，還是信那位新娘子？」
王宜中道：「這個，我覺著應該多信西門姑娘一些，先生以爲如何？」
高萬成道：「對此事屬下無意見，但不論門主對何人相信的多些，咱們必須進行咱們的計畫，就必得先委屈那新娘子一陣。」
王宜中道：「如何委屈她？」
高萬成道：「先把她囚禁起來。她如是真有所爲而來，耐性有限，在被囚期間，定可看出一些蛛絲馬跡，如若她真是門主所言，賢淑女子，也可以爲她洗刷清白，也不會把這段囚禁日子放在心上。」
王宜中道：「辦法很好，但古往今來，哪有無緣無故把新婚妻子給囚起來的？」
高萬成道：「說得也是，所以，這件事還得請門主作主。不過……」
王宜中一皺眉頭，道：「不過什麼？你只管說吧！」
高萬成道：「現在江湖上諸般事端，都對準金劍門而來，事實上，卻都是對準你來。」
王宜中道：「對準我？」
高萬成道：「金劍門有了你門主，如虎奔山崗，龍歸大海，重新地活躍起來，門主得金劍門這樣屬下，如虎生雙翼，所以，只要有心對付金劍門，第一個必先設法對付門主。」
王宜中霍然站起身子，道：「走吧！」

高萬成道：「去擒拿新娘子嗎？」

王宜中道：「不錯，先生說服了我。」

高萬成道：「四大護法現在書房外面，屬下略作佈置，隨後就到。」

王宜中點點頭，舉步行出書房。

四大護法早已恭候門外，追隨在王宜中身後，直奔新房。

房門虛掩著，王宜中一推而開。新娘子仍穿著一身吉服端坐在床邊。

王宜中的步履聲驚動了新娘子。

新娘子抬頭，臉上是一片隱隱的倦容，望了王宜中一眼，緩緩說道：「官人回來了。」

王宜中心中忽然生出了不安之感，輕輕咳了一聲，道：「姑娘，在下和姑娘商量件事。」

新娘子目光轉動，望了門口的四大護法一眼，笑一笑，道：「什麼事？」

王宜中道：「很難啓齒，但在下又不能不說。」

新娘子道：「嫁雞隨雞，嫁狗隨狗，夫君有話，只管請說。」

王宜中道：「姑娘，到現在爲止，在下心中還未承認這件事。」

新娘子道：「那是你的事，但我有我的想法。」

王宜中道：「在下想把姑娘保護得嚴密一些。」

新娘子道：「爲什麼不明說要把我囚禁起來？」

王宜中道：「不論怎麼說，都是一樣，姑娘心中明白就是。」

新娘子道：「我就是不明白，爲什麼要囚禁我？你是一門之主，我是門主之人，不管你是否滿意這件婚姻，總不能把妻子囚起來。」

王宜中暗中察顏觀色，發覺那新娘子雖然有不滿之意，但並無驚恐之容。當下淡淡一笑，道：「但不知姑娘自願受縛呢，還是要我動手？」

新娘子道：「怎麼，還要綁起來？」

王宜中道：「是的。姑娘如是有意成全，還希望成全到底。」

新娘子緩緩伸出雙手，道：「什麼人動手？」

王宜中道：「我，姑娘多多原諒。」

新娘子微微一笑，道：「那還好，我還以爲你要別人來動手呢。」言罷，閉上雙目。

王宜中從懷中取出一條絲帶，很緊牢地捆住了新娘子的雙手。

新娘子睜開雙目，道：「現在，我還要做什麼？」

王宜中道：「勞姑娘的駕，跟在下走。」轉身向外行去。

王宜中帶著新娘子，行入了佈置好的囚室，那是一座地下的密室，直下十九層石級，才到了囚室外面。囚室內空間不大，但卻佈置的講究，木榻錦被，羅帳分垂。

新娘子四顧了一眼，道：「這地方很堅牢。」

王宜中道：「希望你安分一些，不論一個人武功如何高強，也沒有逃出此地的機會。」

新娘子安然說道：「我會很耐心地在這裡等下去，不過，我希望知道，爲什麼要把我囚在此地？」

王宜中沉吟一陣，道：「因爲，你是虛僞仙子，世間最會矯情做作的人。」

新娘子呆了一呆，道：「我是虛僞仙子？」

王宜中雙目盯注在新娘子的臉上，淡淡一笑，道：「姑娘，事到如今，姑娘似是也用不著再做作了。」

新娘子點點頭，道：「這就難怪了，你對我有了懷疑。」

不再理會王宜中，轉身倒臥在木榻之上。

王宜中呆了一呆，道：「姑娘，我會吩咐他們，送最好的食用之物給你。」

新娘子頭也不抬地說道：「不用了，你既然對我動疑，還是讓我死去的好。」

新娘子道：「夫君，我求你一件事，好嗎？」

王宜中道：「姑娘請說。」

新娘子道：「每一天來看我一次。」

王宜中道：「這個……」

新娘子道：「其實，那也耽誤不了你多少時間。我聽人說過，一個人只能餓七天，就算我命長，最多也只能餓上十天，你每日來一次，只不過來十次，換我一條命。第十一次，大概就要替我收屍了。」

王宜中道：「怎麼，你準備要餓死在這裡嗎？」

新娘子道：「這是馬上就要見真章的事，我騙你，也騙不過今天晚上，對嗎？」

王宜中木然地站在榻前，足足過了有一頓飯的時間，才輕輕歎息一聲，退了出去。

事情進行的很順利，順利的有些出了人的意料之外。

高萬成問明白了詳細經過，搖搖頭，道：「門主，看來，咱們如找不出確切證據，很難使她承認真實身分，那就只好餓她幾天再說了。」

王宜中道：「先生，拚鬥搏殺，重振金劍門的雄風，那是我的責任，但我不希望折磨一個女孩子，把她活生生餓死。」

高萬成道：「四天爲限，她如真能絕食四日，那就放她出來。」

王宜中點點頭，道：「先生，別的事部署如何？」

高萬成道：「明天日落之前，咱們的人手，就可以大批趕到，那時，就先逼西門瑤那夥人亮出底子。」

王宜中道：「如若他們不答應，那豈不是要有一場惡鬥？」

高萬成道：「是！那該是一場很激烈的惡戰，但咱們已經沒有法子拖延下去。留下這一股強大的實力，增多了咱們不少後顧之憂。」

高萬成道：「假扮門主的人，已有了安排，門主……」

王宜中道：「要我做什麼，你只管說出來，不用顧慮。」

高萬成道：「在下的計畫，是要門主改做一個看馬小廝。」

王宜中沉吟了片刻，道：「我是否應該準備一下？」

高萬成道：「衣服和人皮面具，都已為門主備好了。」

王宜中點點頭，易容改裝。

這是很大的馬棚，大大小小，養了有四十匹馬。

大約二更時分，王宜中剛剛加好了馬槽的夜料，突聞身後響起嗤的一聲嬌笑。

王宜中回頭一看，只見那頭戴珠花，身著紅衣，滿臉脂粉的趕車娘，左手掩口，不住低聲嬌笑，立刻放下料桶，一抱拳，道：「大娘子。」

心中卻是暗暗震駭，忖道：「這婦人的輕功不錯，竟然未聽出她幾時行了進來。」

中年婦人放下了掩口衣袖，道：「小兄弟，你今年幾歲了？」
王宜中道：「一十九歲啦。」
他戴上了人皮面具，又在臉上和手上，塗上了灰塵，任是老於江湖的精明人物，也是瞧不出破綻。
中年婦人嗤的一聲，笑道：「你在這裡看馬看了幾年啦？」
王宜中道：「兩年多些。」
中年婦人道：「我要走了，把我拉車的馬，還給我。」
王宜中道：「這要我們總管准許。」
中年婦人道：「深更半夜的，你們總管已睡，那馬本是我的，我又不是偷的，爲什麼不准我牽走？」
王宜中道：「深更半夜的，大娘子要到哪裡去？」
中年婦人道：「我要回家。」
王宜中道：「夜間怎好上路，明天再走吧。」
中年婦人嗤的一笑，突然伸出右手，點向了王宜中脅間。出手如電，快速之極。
王宜中本想反抗，心中突然一動，暗中運氣移穴，任她點中脅間，一跤跌在地上。
中年婦人搖搖頭，笑道：「小兄弟，對不住啦。」

一腳踢開王宜中，解下兩匹健馬，牽了出去。

王宜中直待她離開馬棚，才挺身而起，躍上屋面，飛落在存放馬車的所在，藏入車中。

那中年婦人套上馬車，打開木門，趕車而出。這本是專用來取車的一座院落，出院不遠處就是官道。

只見人影閃動，兩個身著勁裝的劍士，飛躍而至，攔在車前。

那中年婦人長鞭揮動，但聞兩聲悶哼傳了過來，兩個劍士，連劍都沒有拔出來，就被那中年婦人長鞭抽飛出去。

馬車如飛，未停奔行。

王宜中隱在車中，但覺那車在夜色中飛馳，快速異常，足足有一頓飯的時間，才停下來。

只見那中年婦人跳下篷車，疾快地向旁橫移五尺，高聲說道：「出來，你可是覺著老娘不知道你上了車嗎？」

王宜中吃了一驚，暗道：「原來她早已知道我上了車。」

正待掀簾而出，忽聞一聲長笑，傳了過來，道：「失敬，姑娘原來是一位深藏不露的高人。」

聽聲音，正是金錢豹劉坤。

中年婦人冷笑一聲，道：「你可認爲姑奶奶是好吃的嗎？」

劉坤怒道：「老妖婆，你說話嘴巴乾淨一些。」

中年女人道：「你敢犯老娘的忌諱。」長鞭一揮，掃了過去。

劉坤一伸左手，抓住了鞭子，欺身而上，右手探出，五指若屈若伸，抓向那中年婦人的面門。

他練有鐵爪神功，指力能夠碎石開碑。

中年婦人冷冷說道：「你號金錢豹，指上力量定然十分驚人了，老娘倒要試試。」竟然揮掌，硬拍過去。掌指相觸，響起了一聲波然微響。

一聲冷哼和一聲尖叫，同時響起，兩條人影霍然分開。

但兩人另一隻手中，仍然抓住鞭子未放，兩人一掙之下，鞭子折斷，一分爲二。

劉坤抓下了那中年婦人掌上一塊皮肉，鮮血淋漓而下，但那中年婦人的金砂掌力，也震傷了劉坤的右腕關節，雖然未骨折筋斷，但一時卻疼痛椎心。

互有創傷之下，都變得小心起來，相對而視，誰也不敢輕易出手。

劉坤盡量地忍受著痛苦，不讓它形諸於外。那中年婦人是外傷，鮮血淋漓，無法掩飾。

隱在車中的王宜中，看得十分清楚。看兩人雖然互生戒懼，但仍然都在暗中運氣，雙方性格，都是不甘認輸個性，在相視一段時間之後，必然會有全力的一拚。兩個人似乎是勢均力敵，力量太平衡了，很可能會造成玉石俱焚的結局。

心中念轉，突然飛身而出，使得兩人都爲之一怔。

王宜中易容入馬棚的事，劉坤並不知曉，經過精細改裝，劉坤一眼之下，竟未瞧出來。

那中年婦人卻冷笑一聲，道：「你是什麼人，竟然假扮著看馬小廝，騙過了老娘雙目。」

王宜中伸手取下臉上的人皮面具，道：「姑娘很意外吧！」

中年婦人驚叫了一聲，道：「新郎官。」

劉坤卻急急欠身一禮，道：「見過門主。」

王宜中一揮手，道：「姑娘！」

中年婦人冷冷道：「住口，我要先問問你，你把新娘藏到了哪裡？」

王宜中笑道：「新娘子是不是虛僞仙子？」

中年婦人道：「先回答我的話。」

劉坤怒道：「對敝門主說話，怎能如此無禮。」

王宜中揮手按下了劉坤的火氣，笑一笑，道：「我把她囚起來了。」

中年婦人道：「哼！你這卑下的人，古往今來，哪有新郎官把新娘子囚起來的道理，這等大悖常理的事，你怎能做得出來。虧你還是一門之主。」

王宜中淡漠一笑，道：「世間也沒有像木偶主人那等強人所難的媒人。姑娘，至少，你們的做法太勉強了，破綻太多，任何人，都可以覺得事情不對。」
中年婦人道：「你因起了新娘子，你會付出最大的痛苦補償。」
王宜中哦了一聲，道：「不錯。她如真是一個善良的女子，我會爲此事抱憾萬分，如若她是虛僞仙子，那最善做作的女人，那只怪她，運氣太壞，你們的設計太差。」
中年婦人冷哼一聲，道：「咱們走著瞧，看看哪個吃虧。」舉步向車上行去。
王宜中橫跨兩步，拍出一掌。一般強大的無形潛力，直湧過去。掌力帶起暗勁，逼住了那中年婦人。
中年婦人心中驚凜，口中卻喝道：「你要幹什麼？」
王宜中冷冷說道：「姑娘是大智若愚，咱們幾乎都受騙了。」
中年婦人道：「我不明白，你說些什麼？」
王宜中道：「姑娘，是束手就縛，還是和在下動手？」
中年婦人格格一笑，道：「我傻大姐寧可玉碎，不求瓦全。」
她一探身，從懷中摸出了一把鋒利的匕首。星光閃爍下，只見那匕首閃動森藍的光芒。
顯然，那是一把劇毒淬煉過的匕首。
王宜中身上未帶兵刃，但他經歷過數番凶狠的拚鬥之後，對自己的武功，已經有很大的信心。

當下踏上一步，道：「姑娘請出手吧！」

傻大姐冷笑一聲，右手突然一探，匕首寒芒閃動，刺向王宜中的前胸。

王宜中身軀微閃，左手外翻，五指箕張，竟然硬拿傻大姐握著匕首的右腕。

傻大姐怒道：「你好狂。」匕首斜斬，劃起一道冷芒。

王宜中掌勁忽吐，一股潛力，直逼過去。這一股力道，發的無聲無息，莫可捉摸，正擊在傻大姐的右臂之上。

傻大姐劃出的匕首，忽然間一側，就在一剎那工夫，王宜中右手已閃電擊出，砰地一掌，擊在傻大姐右肘之上。

傻大姐右手一麻，毒匕首落地，肘間疼如骨折，整條右臂，再也抬不起來。

王宜中道：「姑娘，你不是我的敵手，束手就縛吧！」

傻大姐緩緩轉過臉來，淡漠地說道：「你要生擒我回去？」

王宜中道：「只是要問你幾件事情。」

傻大姐道：「江湖上人手法殘酷得很，我不願受那個罪。」突然一仰身子，倒摔在地。

劉坤飛身一躍，伸手抓起了傻大姐，只見她臉色鐵青，早已氣絕而逝。

王宜中道：「她怎麼樣了？」

劉坤道：「死了。」

王宜中怔了一怔，道：「死啦！怎麼會死的這麼快呢？」

劉坤道：「她大概是服下一種烈性的毒藥而死。」

王宜中道：「她沒有機會服下毒藥。」

劉坤道：「她可能早已把毒藥藏入了口中，只要咬破，就毒發而死了。」

王宜中抬頭望望滿天繁星，豪情大振地說道：「看來，這些人的安排，用心深刻，可能和加害先門主一事有關，咱們正愁著無法找到他們，想不到，他們竟然會自動地找上門來，咱們如能小心一些應付，說不定能揭開先門主遇害之秘。」

劉坤道：「門主說得是，但來人一個個武功高強，手段毒辣，這一點，門主還得小心一些。」

王宜中點點頭，道：「數月來在高先生和諸位的指引下，使我懂得了不少江湖凶險，他們加害我的機會不大了。」

劉坤忽然間覺著王宜中有了很大的轉變，似乎是陡然間瞭解了很多的事情，當下一欠身，道：「門主，現在咱們應該如何？」

王宜中道：「那把淬毒匕首，是一件利器，雖然不是我輩中人所應該用，但敵人太惡毒。以毒攻毒而論，不妨帶在身上備用。」

劉坤應了一聲，撿起了匕首，藏入懷中。

王宜中回顧了一眼，道：「劉護法，想法子把這輛馬車和傻大姐屍體一起藏起來，不讓他們找到一點痕跡。」

劉坤道：「屬下到四面看看。」

夜色中展開身法，如飛而去。

片刻之後，行了回來，道：「右面樹林中有一座枯井，足可容下馬車和傻大姐的屍體，只是那匹拉車的馬……」

王宜中笑一笑，接道：「這匹馬可是原本拉車來的？」

劉坤道：「是的，留下牠，就可能是一條線索。」

王宜中道：「那就毀了牠，一併埋入枯井之中。」

劉坤托起傻大姐的屍體，放入車中，牽著馬車而去。

片刻後，劉坤大步行了回來，道：「門主，車、馬、人屍，都已經葬入了枯井之中。」

王宜中道：「唉！咱們回去吧。」

劉坤整理了一下現場，緩緩說道：「門主，這把匕首，果然是奇毒無比，屬下刺了那健馬一下，那健馬就立時倒斃，連一聲嘶叫，也未發出。」

王宜中道：「好好地收藏著，如此劇毒的匕首，江湖上並不多見，也許是一條線索。」

卅二　天人幫主

兩人連袂而起，直向來路奔去。

王宜中心中有著太多的疑問，也有了不少懷疑，他急於要見高萬成和金劍門中的長老、劍士們，求證內心之疑。

可是，天下事，往往不如人意。兩人奔行了四、五里左右，瞥見三個穿著黑色長袍的人，並肩站在路中。

王宜中收住了快速地奔行之勢，打量了三人一眼，道：「三位是……」

居中一位黑衣人道：「閣下是金劍門中的王門主？」

王宜中心裡已明白，是針對他來的了，事情不會這麼巧的在此遇上，可能在這裡已埋伏了很久時間。

當下吸一口氣，按下泉水般的思潮，緩緩說道：「不錯，在下正是王宜中，三位有何見教？」

三個人同時一抬手，三把長劍，同時出鞘，人也散布開去，搶了東、西、北三個方位，空出南方。

劉坤冷笑一聲，道：「門主，屬下先行出手試試。」

王宜中搖搖頭，道：「不用慌，咱們先把事情弄清楚。」目光轉動，細瞧了三人一眼，道：「三位準備一起上呢，還是要車輪大戰？」

正北的黑衣人冷冷說道：「王門主武功高強，世間罕有敵手。咱們奉命來此之時，已得令諭，不和王門主以武功相搏。」

王宜中道：「不以武功相搏，諸位定然是別有仗恃了。」

北面黑衣人似是首腦，一直由他答話，笑一笑，道：「敝上覺得動手相搏，乃是等而下之的事，希望咱們三個人，能夠和和平平地把王門主請去。」

王宜中道：「貴上是什麼人，爲什麼要請我去？」

北面黑衣人道：「什麼人，王門主何不去當面見過，咱們既是有爲而來，王門主應該多多想想了。」

王宜中笑一笑，道：「你們三位的用心，就是想請我去和貴上見面，是嗎？」

北面的黑衣人道：「不錯。」

王宜中道：「我可以跟你們去，而且只限我一個人，不過要先告訴我，你們的姓名。」

黑衣人道：「在下仇才，另兩位焦成、焦實……」

劉坤冷冷接道：「北邙三凶。」

仇才笑一笑，道：「不錯啊！咱們兄弟和劉兄是老朋友了。」

劉坤道：「北邙三凶，在武林中，也是大有名望的人了，怎麼竟效宵小之輩，戴上了人皮面具。」

仇才道：「咱們兄弟受命如此，掩去本來的身分，這一點還得劉兄原諒。」

劉坤冷笑一聲，道：「你們很膽大，竟敢和金劍門作對。」

仇才道：「沒法子，咱們兄弟如不聽命行事，立刻就得死亡，晚一些，總是比早死點好。」

劉坤道：「門主，北邙三凶那點道行，屬下知道，三人聯手，也難敵門主十招。」

王宜中道：「不！我已經答應他們了，不能失約，你先回去吧！」

仇才道：「對啊。劉兄，你回去可以招請人手來援助貴門主。」

王宜中笑一笑，道：「劉護法，告訴高先生不許輕舉妄動。明天日落之前，我還不回去，你們再行動不遲。」

劉坤道：「門主……」

王宜中正色道：「照我的話辦，你去吧！」

劉坤不敢抗命，欠欠身，轉望仇才，道：「仇老大，敝門主如有損傷，你們北邙三凶，都將拿命抵償。」

仇才道：「我明白。北邙三兄弟，決非金劍門之敵，劉兄如能深一層想，咱們兄弟決不敢虎口拔牙，但我們兄弟這樣做了，自非無因。」

劉坤冷哼一聲，接道：「你們三兄弟小心就是，金劍門恩怨分明，三位如得敝門主的賞識，金劍門或能助三位解除隱痛。」言罷，飛身而去。

仇才兩道目光停在王宜中的臉上，打量了一陣，道：「聽說王門主學會的一元神功，乃天下武學總綱，不論什麼樣武功，都難是王門主的敵手。」

王宜中笑一笑，道：「你可是不相信？」

仇才點點頭，道：「不瞞你王門主說，在下確然是有些不信。」

王宜中道：「怎麼樣才會使你相信？」

仇才道：「王門主露兩手給咱們兄弟開開眼界如何？」

王宜中沉吟了一陣，道：「你們都舉著刀，想必刀法不錯。」

仇才道：「北邙三凶，向以刀法馳名。」

王宜中道：「那很好，你們三人，各占一個方位，同時攻我，如是劈中我一刀，就算是你們勝了。」

仇才道：「這個……」

王宜中接道：「不用顧慮，你們只管出手。」

北邙三凶在王宜中譏諷之下，果然持刀而出，分占三個方位，分別攻出。開始之時，三人出刀很慢，數刀之後，未能傷人，不禁凶性大發，三把刀愈來愈快，幻成了一座刀山般直壓過去。

不知道王宜中用的什麼身法，在刀山中閃走挪位，足不離三尺方圓之地，三凶亂刀如雨，終無法沾他衣角。一陣急劈猛砍，三個人都攻出了一百多刀。

仇才大喝一聲：「住手。」當先收刀而退。

王宜中背負雙手，笑一笑，道：「三位刀法很快，就是準頭差一點。」

淡淡一句話，說得北邙三凶脊背上升起了一股寒意。

仇才還刀入鞘，抱拳一禮，道：「王門主果然高明，咱們是螢火之光，自不量力，竟妄圖和日月爭輝。」

王宜中淡然說道：「如若三人滿意了這場比試，那就可以帶在下去見貴上了。」

仇才欠欠身道：「在下帶路。」

一陣比試，使江湖上著名的三大凶人，一個個心服口服。

仇才奔行極快，走的都是荒涼的郊野，行約八、九里，才突然停了下來。

抬頭看，只見一座荒涼的古廟，門漆剝落，橫匾上只餘下一個廟字，只看這荒涼的景象，就不難想到，這是一座很久沒有香火的廟。

王宜中冷然一笑，道：「是這裡吧？」

仇才道：「不錯，是這裡。」

王宜中道：「三位怎麼不進去？」

仇才道：「咱們兄弟還不夠身分為門主帶路。」

提高了聲音，接道：「金劍門王門主大駕已到。」欠欠身低聲道：「門主請。」

王宜中舉步而行，伸手推開了廟門，木門呀然而開，廟裡是一片黑暗。

經過了數番凶險，王宜中不但變得膽大，而且也知道了小心戒備，暗中提聚真氣，緩緩說道：「在下王宜中，應邀造訪，朋友如是不願賜教，在下就此告別了。」

但見火光一閃，大殿內突然點起了一支火燭。燭光耀照下，大殿內景物清明可見。

空敞的大殿中，只餘下供桌後一座大神像，但兩面的牆壁邊，卻坐著四個身著黑衣的大漢。四個人形狀都很怪，閉目而坐，形如老僧入定，但四個人身上都帶著兵刃。

一個很奇怪的刺耳聲音，由大殿神像後傳了出來，道：「王門主請進來。」

王宜中對自己已有了很強的自信，舉步行入大殿。神像猙獰，再加上四個閉目而坐的怪人，使原本陰森的所在，又加重了一種恐怖的感受。

那怪異的聲音，又從神像後傳了出來，道：「你就是王宜中？」

王宜中道：「正是在下。閣下借神像隱身，故作神秘，已非一次了，這等辦法，早為揭穿，閣下何以還樂此不疲呢？」

那怪異的聲音，冷冷說道：「王門主，你不該來這裡的。」

王宜中道：「為什麼？」

那怪異的聲音，道：「因為你很可能來得去不得。」

王宜中淡漠地笑一笑，道：「如若在下害怕，自然就不敢來了。」

那怪異的聲音，打斷了王宜中的話，接道：「只要你肯帶著金劍門中人，退出江湖，可以不咎既往，彼此也不再相犯。」

王宜中笑一笑，道：「金劍門既然重出江湖，自然不會再重行退隱，何況，先門主被宵小殺害之仇，凶徒還未查出，王某既然接下了這門主之位，自然要挑起這付擔子。」

那怪異的聲音又緩緩說道：「王門主，你如一定不願退隱，不妨和在下合作，金劍門、天人幫，如若能攜起手來，不難統率整個武林。」

王宜中道：「閣下是……」

「天人幫主。」

王宜中搖搖頭，道：「幫主的好意，王某心領了。」

那怪異的聲音，打斷了王宜中未完之言，道：「王門主，用不著驟作決定，先見識一下本幫幾個屬下的功夫，再作決定不遲。」

分坐在兩側燭下的四個黑衣人，突然站了起來。

借殿中燭火光芒，王宜中仔細打量了四人一眼，左首第一個面黃似蠟，枯瘦如柴，像是久病多年的人。

第二個團臉方面，腰大一圍，可惜是生得矮了一些，所以，看上去全身上下都是一團肉，單是一條大腿，似乎是就比他旁側的夥伴重一些。

看清了右首第一個人，饒是王宜中的膽子大，也不禁駭得一怔。那是一張怪臉，從來未見過的怪臉，一半是白一半黑，白的像雪，不見一點血色，黑的像煤炭。

右首第二個，倒是長得個子適中，不高不矮，不瘦不肥，只是五官生得太近了一點，兩隻眼睛猛然向下面擠，幾乎靠在鼻子上。嘴巴也生得太大，張張口，兩個嘴角似要碰著耳根子。

看過四個人，王宜中暗暗盤算，道：「這四人各具奇相，必和他練的武功有關。」

只見左面那瘦高個子，右手一抬，唰的一聲，抽出了一把鋒利的鬼頭刀。一揮手，劈向供桌上的銅香爐，寒芒過處，銅香爐一分爲二。

刀快力大，具有了斬銅斷鐵的力道。

王宜中淡漠地笑一笑，道：「就是這樣嗎？」

那瘦高子並未回答，卻緩緩地伸出手臂。那是一條瘦得只見筋骨的手臂。

王宜中不知他要幹什麼，只好一面暗作戒備，一面肅立旁觀。

但見那瘦高的人，右手揚起了手中鋒利的鋼刀，突然向左臂上砍去，只聽砰的一聲，那鋒利的鋼刀，正砍在左臂之上。鋒利的刀刃，似乎是擊在極為堅硬的鋼鐵之上，捲起了一部分刀刃。

王宜中看得微微一呆，暗道：「這人的武功，練得不錯。」

口中卻緩緩說道：「還有什麼？」

那瘦高人冷笑一聲，道：「你照樣來一次試試如何？」

那巨臉方面，腰大十圍，又矮又胖的人，搖著一身肥肉，緩行兩步，右手突然一揮，一團藍芒直落實地，化成了一、二尺見方的藍色火焰。

那矮胖大漢突然一抖身上的肥肉，身上衣服突然間片片碎落一地，大踏一步，盤膝坐在一團烈火之上。

那火焰一片藍光，力道極大，那矮肥大漢一坐下去，身上的褲子，立時燃燒起來。但見青煙陣陣，片刻之間，那大漢身上僅有的靴子和一條褲子，盡化烏煙。那胖子一身肥肉，坐在那烈火之上，竟然若無其事。片刻間鼾聲大作。竟坐在烈火上熟睡過去。

王宜中心中暗暗驚駭，忖道：「這是什麼武功，竟然不畏火燒？」

右首怪臉人冷笑一聲，道：「王門主見識我等武功不難，不過見識之後，閣下要照樣地來一遍才成。」

王宜中道：「王某人自然會給諸位一個交代。」

那陰陽臉雙手一探，手中已多了兩把鋒利的匕首，緩緩刺入了雙肩窩中，衣服破裂，清晰可見兩把鋒利的匕首刺入肌肉之中。匕首緩緩而入，直沒及柄。

王宜中只看得頭皮發麻，暗道：「怎麼這些人練的都是這等奇奇怪怪的武功，火燒、刀刺，駭人聽聞。」

三個人表現出的怪異武功，給了王宜中莫大的震駭，呆呆地望著陰陽臉的怪人出神。

突然間，一聲冷笑，道：「王門主怕了嗎？」

王宜中轉臉望去，只見說話的正是五官擠在一起的人。

王宜中吸了一口氣，笑一笑，道：「閣下還有什麼更特殊的武功嗎？」

黑衣人冷冷地說道：「他們三位顯露的武功還不夠嗎？」

王宜中道：「一個比一個高明些，閣下是最後出手的人，想必是更有驚人之藝了。」

黑衣人道：「好！王門主一定要見識，在下只好獻醜了。」

但見那黑衣人緩緩坐下，從懷中拿出一個銅笛，吹了起來。調子淒涼，但卻沒有感動人的力量。

忽然間，一陣沙沙之聲，傳入了耳際。

王宜中低頭一看，不禁駭了一跳。原來，不知何時，空廣的大殿中，湧進來無數的毒蛇，有大有小，形狀奇異，不下百條之多。

王宜中已開始瞭解很多事，也因瞭解很多事，產生好惡之心，也產生恐懼之感應。過去，一條毒蛇，纏在了他的手腕之上，他仍能談笑自若，此刻群蛇距離他還有數尺，王宜中已生出了極大的厭惡和恐懼。

但聞黑衣人笛聲一變，上百條的毒蛇，突然間向他身上撲了過去。霎時間，笛聲頓住，整個人都被蛇群包住，已無法看得到人。

王宜中暗暗吁了一口氣，忖道：「這等情形，比要命還要可怕。」

神像後，又發出那怪異的聲音，道：「王門主，我這些屬下的武功如何？」

王宜中定定神，忖道：「不管如何，我不能露出怯敵之意。」

當下冷笑一聲，說道：「旁門左道，雕蟲小技，何足道哉！如要在下率領金劍門中人退出江湖，必須以堂堂正正的武功，擊敗在下。」

那怪異的聲音怒道：「王門主，你是不到黃河心不死了。」聲音中充滿了激動和憤怒之意。

王宜中心中忖道：「如若他們真的逼著要我照樣地來上一次，那是非得認輸不可。」

但覺腦際間靈光一閃，高聲說道：「閣下也不用故弄這等玄虛了，你要金劍門退出江湖，那證明你對金劍門有著很深的畏懼。」

那怪異的聲音，道：「胡說。我爲什麼要怕你們金劍門？」

王宜中道：「在下是一門之主，聽閣下口氣，似乎也是天人幫了，何不現出身來，咱們動手一戰，我如不敵，不想退出江湖，只怕也不成了。」

那怪異的聲音冷哼一聲，道：「你不配和我動手。」

王宜中心中暗道：「擒賊擒王，打蛇打頭，我何不直接逼他現身一戰。」

心中主意暗定，正待飛身而起，突聞一聲「看刀」，那瘦高之人，已然欺身而上。刀如閃電，橫裡劈來。

王宜中一閃身，避了開去，回手一抄，竟然生生地抓住了刀背。

那瘦高人爲之一呆，但他驃悍異常，一呆之後，一抬左手，一舉迎頭劈了下來。

他手臂堅硬，能承受利刀一劈，這一舉自是力道凶猛，帶起了虎虎拳風。

王宜中左手一拍，五指一合，巧快異常地抓住了那人左手腕。

這一招出手時拿捏的恰到好處，王宜中心想抓他手腕，一伸手就抓個正著。

王宜中暗用功力，一收五指。那瘦高人頓時半身麻木，右手拿不住單刀，鬆手而落。

王宜中心中暗道：「此人有刀劈不入之能，不知到了何等境界。」

心中念轉，右手取刀一揮，劈了下去，但聞一聲慘叫，那瘦高之人，竟被一刀劈成兩半。

不怕烈火之人突然躍起，雙掌推了過來。掌力雄渾，帶起了一股強猛的破空之聲。

王宜中一提氣，揮掌迎去。兩股強猛的掌風，當空一撞，響起了一聲大叫。

原本不懼火燒的肥胖之人，突然間髮際著火，全身破裂，片刻間生生被那熊熊的毒火燒死。

王宜中望著那殘酷的死亡，心中大是奇怪，暗道：「不畏刀傷的，死在刀下，不畏火燒的，卻被火活生生燒死。」

那陰陽臉的怪人，冷笑一聲，道：「王門主，你在片刻間，就破去了他們的護身氣功。」

突然一抬雙手，拔下了刺入雙肩的匕首，飛躍而上。兩把匕首在燭火下閃起了藍色的光芒。顯然，那是淬毒之物。

王宜中一閃避開，冷冷喝道：「住手。」

那陰陽臉的怪人，看他的閃避身法，輕靈迅捷，巧妙異常，心中一動，停下手，道：「什麼事？」

王宜中道：「你們練這些奇奇怪怪的武功，用來嚇人，確有奇效，但不能和我動手。」

怪臉人冷笑一聲，道：「我練的榮枯氣功，和他們大不相同。」

王宜中沉吟了一陣，道：「榮枯氣功，我明白了。你半臉黑、半臉白，就是這種武功的結果了。」

怪臉人道：「這正是榮枯氣功大成之徵。」

王宜中淡淡一笑，道：「我想不明白中原武學會有這等怪異武功。」

怪臉人道：「這本來就不是中原道上的武功。」

王宜中道：「那是天竺武功了？」

怪臉人一怔，道：「看來王門主很淵博。」

王宜中冷冷接道：「在下要先行說明一件事，除非你們立刻退出這地方，在下一動手就要殺人。」

怪臉人冷笑一聲，左手一揮，一股勁道，直劈過去。這股掌力很奇怪，強猛的暗勁中帶著奇寒之氣。那不似掌力，好像是寒冰地獄中吹出來的一股寒風。掌力未到，一股寒氣，已然逼近身上。

王宜中趕忙運功，全身佈滿了護身的罡氣。掌風擊中了王宜中，但王宜中若無所覺，那怪人卻被反震之力震得向後退了兩步。

一擊不成，反而激發了那怪臉人的凶性，右手疾揮，又是一股強勁的掌風劈來。

這一掌，含著強大的熱力。

原來，這榮枯神功，是把寒、熱兩種奇功，分練左、右雙手之上，這正是天竺奇書中分心二用奇術。天人幫幫主，把天竺武功飭令屬下練習，但一個人練兩種寒、熱大不相同的武功，把好好的一個人，也練成了一邊黑、一邊白。

那奇熱的掌力，雖然凶猛，但仍然無法破去那王宜中的護身罡氣。

怪臉人眼看寒、熱雙掌，都無法傷得王宜中，不禁心神一震，暗道：「這人練的什麼武功，寒、熱雙掌都不能傷害到他。」

王宜中冷冷說道：「你小心了，我要開始還擊。」

突然踏前一步，一掌劈向那怪面人的前胸。他的掌力，不徐不疾，也沒有什麼驚人的強風、暗勁，也正因如此，卻使人有著無法閃避的感覺。

怪臉人暗中提聚真氣，準備硬接一掌試試。

他自練成榮枯奇功之後，傷在他寒、熱雙掌下的武林高手，不知凡幾，他對自己的武功，有著很強烈的信心，雖然王宜中堅如鋼鐵的護身罡氣，有些使他震驚，但他信心還未全失。

突然間，感覺到一股輕微的力道，劈在了前胸之上。

怪臉人哈哈一笑，道：「閣下掌力，不過如此。」

語聲剛落，一口鮮血，由嘴中湧了出來。那一半黑、一半白的雙頰，也突然恢復了原來的顏色。仰天一跤跌在地上，氣絕而逝。

王宜中怔了一怔，忖道：「我的掌力，怎的如此強厲凶殘。」

但他心中亦明白對手並非正點子，勝負之分，不但關係著金劍門的前程，也關係著整個武林的正邪存亡，決不能心生半點仁慈。

心念一轉，目光轉到擁蛇而坐的黑衣人身上，道：「朋友，你也練的是天竺武功了？」

那黑衣人道：「不錯。」

王宜中道：「役蛇逐獸，談不上武學正宗。三具屍體現在一殿中，你該知難而退了。」

黑衣人笑一笑，道：「我明白。」他霍然站起身子，雙手一揮，十餘條奇形怪狀的毒蛇，直向王宜中飛了過來。同時，圍在那人身上四周的怪蛇，全都向前湧了過來。

王宜中已明白自己身上潛藏著無與倫比的功力，就算是飛來千斤鐵錘，他自信也可擋它一下。但一群張口吐信的怪蛇，卻使他有著無法應付的感覺。

就在這一怔神間，十餘條怪蛇，已然飛近身側。王宜中心中大急之下，雙手疾翻而出。兩股強猛的掌力，捲射而出。十餘條近身毒蛇，忽然間發出幾聲怪叫，寸寸斷裂。血雨濺飛中，落了一地。

由地上湧至的蛇群，在距離王宜中兩尺左右時，也突然停了下來。

似乎是有一堵很堅硬的無形之牆，阻止了蛇群進襲。低頭看去，只見著他雙足，已然深陷於青磚底下，一寸多深。

這時，那弄蛇人已然警覺到不對，突然縱身而起，向殿外逃去。

王宜中大喝一聲：「站住！」飛身而起，直追上去。

弄蛇人雖然先行發動，但王宜中卻後發先至，擋在大殿門口。

弄蛇人一揚手，衣袖中飛出一束銀芒，直飛過去。這等細小的暗器，一發數十支，在數尺距離之內，本是萬無不中之理。

王宜中也感覺那一束毒針來勢勁急，無法閃避。匆急之間，右手一揚，疾向毒芒拍去。那數十枚飛來的毒針，似是遇上了強大的反彈之力，倒飛回去。但聞一聲慘叫，一束細小的銀針，全都刺入那黑衣人的身上。

真是善泳者死於溺，那黑衣人本是役蛇能手，但在中針之後，卻被蛇趕了過來，爭相咬食，但見群蛇雲集，掩遮去了那黑衣人的屍體。

王宜中只瞧得頭皮發炸，心中欲嘔，大聲說道：「閣下可以現身了，你的四個屬下，都已死於他們最擅長的邪術、魔功之中。」

但聞蛇行沙沙，空闊的大殿中，卻不聞任何回應之聲。

王宜中冷笑一聲，道：「閣下不肯現身，在下只好找上來了。」口中說話，人卻飛身一躍，直撲入那神像之後。但見那神像後處，放有一張木椅，哪裡還有人蹤。

王宜中呆了一呆，暗道：「這大殿只有一個門，他又從何處逃走，難道這座古廟，也是他安排的巢穴之一不成？」

心中念轉，目光轉動，四下打量。詳細地查看之後，確定了這座大殿再無門戶。仔細地搜尋之下，大殿中亦無地道。

這時，那受招而來的蛇群，已緩緩地散去，但那役蛇的黑衣人，卻被咬得身上到處是傷口、齒痕。

但聞一聲輕呼傳來，道：「在這裡了。」

隨著那聲呼喝，高萬成帶著四大護法，急急奔了過來。

金劍門中人，對王宜中的崇敬之心，愈來愈重，五人齊齊欠身，說道：「門主好嗎？」

王宜中笑一笑，道：「我很好。」。

嚴照堂一眼瞥見了那大殿中的屍體，急急接道：「這些屍體，是什麼人？」

王宜中道：「天人幫中人，那人自號天人幫，似是有著自比天人之意，但他卻把屬下訓練的一個個都像魔鬼一般，他們的武功，都詭異出奇，該是出於旁門左道的一類。」

高萬成道：「門主沒有問他們的姓名嗎？」

王宜中道：「他們不肯說，但就我觀察所得，他們大概是天人幫中的正式門徒。」

常順道：「門主可否把他們練的武功，說明一下，以廣我等見聞。」

王宜中略一沉吟，把經過之情，說了一遍。四大護法，聽得相互愕然。他們在江湖行走數十年，身經百戰，每人都受過刀傷、劍傷，卻是從未遇到過王宜中遇到過的怪事。

高萬成歎息一聲，道：「天竺奇書誤人，這本書如不能及時毀去，使它留傳江湖之上，必然會造成大害。」

王宜中道：「先生說得不錯，在下亦有此感，天竺奇書，如不能及時毀去，留傳下去，整個江湖在那些奇奇怪怪的詭異武功荼毒之下，將變成人間鬼域了。」

高萬成道：「門主沒有和天人幫主照過面嗎？」

王宜中道：「沒有。但我和他談了不少的話。」

高萬成道：「門主能聽出他的聲音？」

王宜中道：「只要他說一句話，我就可以確定是他。那是一種極爲怪異的聲音，就我而言，從未聽過那種聲音。」

長長歎息一聲，道：「可惜得很，我要是不理他四個屬下，一直衝入那神像之後，定然可以瞧出他的身分。」

高萬成道：「這大殿別有門戶嗎？」

王宜中道：「沒有，所以，我奇怪他如何逃走的。」

高萬成道：「屬下進去瞧瞧。」大步行入殿中。

一刻工夫之後，緩步而出，道：「殿後有一個年久的木樑腐朽了，空出了一個尺許見方的小洞。」

嚴照堂道：「可以走過人嗎？」

高萬成道：「那人的身材，必須十分瘦小才成。」

王宜中心中一動，道：「有一種縮骨神功，可以使一個人的身體縮小數倍，只要頭能過去，就可以通行無阻了。」

高萬成微微一笑，道：「屬下已經試驗過了，如是身材稍微高大一些的人，就算他有縮骨神功，也無法通過。」

嚴照堂突然接口說道：「啓稟門主，屬下懷疑一件事？」

王宜中道：「什麼事？」

嚴照堂道：「那位西門瑤，行動詭秘，武功怪異……」

王宜中接道：「你懷疑她是天人幫主？」

嚴照堂道：「是的，屬下一直懷疑是她，高兄證明了那個洞口的情形，使屬下對此事更增加了不少信心。」

王宜中沉吟了一陣，道：「不會是她。」

嚴照堂長長吁一口氣，道：「門主的看法是……」

王宜中接道：「西門瑤不夠深沉，她雖然精明，但還不夠做一幫之主的才慧，何況，天人幫又是這樣神秘莫測的一個組織。據我所知，天人幫主雖然奴役了大批的高手，但他們都沒有見過幫主真正面目。」

高萬成道：「嚴兄，兄弟也有這樣看法，西門瑤雖是很難纏的人物，但她還不足領導天人幫，當得一幫之主的身分。」

嚴照堂道：「既然大家都如此看法，也許屬下看法有錯。不過西門瑤是一位難對付的人物，以後，門主如有機會，最好能把她除去。」

常順道：「真刀真槍，不論對上什麼樣武功高強的人，我都不怕。但那丫頭，憑藉的不是真正本領，那一對魔眼，確是叫人驚心。」

王宜中笑道：「我知道，那是一種攝魂大法，雖然近乎邪術，但卻並不是邪術。只要定力夠，就可和那魔力抗拒，不受它的蠱惑。」

嚴照堂道：「門主武功深博，羅胸萬象，可以和那魔眼抗拒，但除了門主之外，金劍門中，只怕是難有幾人能和她抗拒了。」

高萬成欠身道：「已有不少本門中劍士趕到，門主一再辛勞，也該請回去休息一下。」

王宜中一面舉步而行，一面低聲說道：「那位虛僞仙子呢？」

高萬成道：「仍然囚在地下密室。」

王宜中皺皺眉頭，道：「還在絕食麼？」

高萬成道：「是的，這檔事似是很麻煩，她一直滴水不進。」

王宜中道：「還有劍士在看守她嗎？」

高萬成道：「一切都遵照門主的吩咐，大隊劍士，分成三班，日夜看守那間密室。」

王宜中等回到莊院，王夫人已派了貼身丫頭，守候在廳中，欠欠身道：「少爺，太夫人有請。」

聽說母親召喚，不及和門中二老招呼，匆匆趕往後院。

王夫人端坐在廳中，王宜中急急行進去，拜伏於地，道：「叩見母親。」

王夫人揮揮手，道：「你起來。」

王宜中叩過頭，站起身子，垂手而立。

王夫人道：「我既已允許你身入江湖，很多事，我本不願多問，但有些事，我這做母親的，又不能不問。」

王宜中道：「母親要問什麼，只管吩咐，孩兒知無不言。」

王夫人道：「聽說你成了親？」

王宜中微微一怔，道：「是的，母親。」

王夫人道：「聽說成婚之夜，你就把新娘子關入了地牢之中，是嗎？」

王宜中道：「那新娘子來歷不明，孩兒不敢信任她，只好把她關入地牢之中了。」

王夫人哼了一聲，道：「江湖人翻雲覆雨，爲娘不願多管。但什麼計謀不好用，竟然用娶親的把戲，這是誰的主意？」

王宜中心中暗道：「此事如若從頭說起，充滿著詭異曲折，必使母親心生震驚。」當下說道：「是孩兒的主意。」

王夫人道：「你的主意？」

王宜中道：「是的。孩兒身爲一門之主，必需德行服眾，那位新娘子……」

王夫人冷冷接道：「胡說。你既覺著她是對方奸細，爲什麼還要娶她爲妻，這等大事，連我也不知道，豈不是一場胡鬧？」

王宜中道：「孩兒知罪。但孩兒並未侵犯過她，暫把她囚在地下室，等待這一陣風險過後，她如是確然無辜，孩兒自會好好地對她。」

王夫人氣得直搖頭，道：「荒唐、胡鬧。」

王宜中跪拜於地，道：「母親不要生氣，孩兒知錯了。」

王夫人冷哼一聲，道：「聽說那新娘自被你關入地牢之後，滴水不肯進口，要餓死在地牢中，以明心跡，是麼？」

王宜中呆了一呆，暗道：「何人多口，竟然把此事如此詳盡地告訴我母親。」

他生性至孝，不敢欺騙母親，急急應道：「是的，聽說她不肯進食。」

王夫人道：「哼！我不管你們江湖上詭計陰謀，但我們王家清白家風，你決不能做對不起你死去父親的事，什麼方法不好用，竟然用這等成親害人的陰謀，我聽說過什麼美人計，還沒有聽說過大男人家，也用這等下流計謀。」

王宜中有苦難言，一味地叩頭認罪。

王夫人冷笑一聲，道：「去把那位新娘子帶到這裡來，我要親自問問她是怎麼回事。」

王宜中應了一聲，道：「孩兒這就去。」

高萬成和門中二老，早已在廳中等候。

王宜中膝上的灰土未拍，頭上汗水未乾，對二老揮揮手，道：「高先生，怎麼回事？」

他一向和氣，從未對高萬成有過此等口氣說話。

高萬成嚇得霍然離位，欠身說道：「屬下有何錯失，門主指教。」

王宜中道：「什麼人把我成親的事，告訴了我母親，而且說得詳盡至極，我把她囚入地牢，她絕食求死的事，都告訴了我母親。」
高萬成道：「屬下曾經下令嚴守此密，不得傳入太夫人耳中，此事怎會……」
王宜中冷冷說道：「這就要問先生了。」
高萬成輕輕歎息一聲，道：「這個屬下自會查問，太夫人的意思是……」
王宜中接道：「我母親覺著咱們這方法很下流，所以，要我把新娘子帶去見她。」
高萬成勸道：「這件事，屬下也曾想到，一旦讓太夫人知道了，必然反對。」
王宜中道：「唉！先生，我很想把詳細的內情告訴母親，但又怕她受到驚駭。」
高萬成道：「虛僞仙子滴水不進，萬一餓壞了她，只怕太夫人要大爲震怒，咱們放她出來吧！」
王宜中道：「不知爲什麼，對虛僞仙子，我一直很懷疑。」
高萬成低聲道：「門主多和她接近一下，也許能瞧出一點蛛絲馬跡。」
王宜中轉身對門中二老一欠身，道：「勞動二老出馬，晚輩甚感不安。」
二老齊齊欠身道：「門主言重了。」
王宜中道：「我去接她出來，見我母親。先生請和二老研商一下，如是咱們的人手充分，那就大舉搜索天人幫主，此人如果不能早些除去，江湖上難有平靜可言。天竺奇書上的武功，不但詭異惡毒，而且近乎邪術，此書亦必須早些毀去。」

高萬成和二老齊齊欠身應是，王宜中大步向地牢中行去。

王宜中直入地牢，只見兩個當值的齊齊起身見禮。地牢中堅厚的大門還是緊緊地關閉著。兩個劍士，也沒有什麼不對的感覺。立刻間，使王宜中心裡疑慮，消減了大半。

王宜中匆匆打開地牢門，行了進去。

只見一個木桌上，放著茶水、菜、飯，果都是原封未動，新娘子側身斜臥，似乎是已經睡熟了過去。她臉色蒼白，不見一點血色，雙手仍被綁著。

王宜中行近木榻，伸手解去捆縛在新娘子手上的索繩。雪白嬌嫩的手腕上，顯出了一條條紅色繩索痕跡。

王宜中心裡又生出了一陣愧疚的不安。

新娘子緩緩睜開了一雙失去神采的眼睛，淒涼地笑一笑，道：「你來了。」

王宜中道：「唉！你該吃點東西的。」

新娘子道：「我說過，我要餓死在這裡。」

王宜中盡量保持著表面的平靜，以掩飾心中的不安，緩緩說道：「起來吧！洗洗臉，換件衣服，去見我母親。」

新娘子愣了一愣，道：「見你的母親，我的婆婆？」

王宜中點點頭，道：「不錯。」

新娘子啊了一聲，緩緩由床上坐了起來，眨動一下眼睛，流出了兩行淚水，道：「官人，我這個樣子會討得婆婆的歡心嗎？」

王宜中道：「很難說。我不知母親對這樁婚事的看法如何？」

新娘子拭去臉上的淚痕，下了木榻。折磨和饑餓，使得新娘子有些虛弱，雙足著地，一跤向地上跌去。

這情景使得王宜中不得不伸手扶著她。自自然然的，新娘子倒入了王宜中的懷裡。

愧疚和不安，使得王宜中扶在新娘子腰上的右手，微微加了些氣力。

新娘子卻緩緩抬起頭來，柔媚地笑一笑，道：「官人，我好快樂啊！」

王宜中嗯了一聲，道：「出去吧！換件衣服，梳洗一下，見我媽媽。」

兩個人，魚貫步出了地牢。

一番梳洗，新娘子更顯得嫵媚天生，只是臉色仍有些蒼白，她穿了一身水綠色的衣衫長裙，薄粉玉容，俏麗中，又帶著幾分莊重。

望著面前的如花玉人，王宜中也不禁微微一呆。

新娘子笑一笑，道：「官人，我有些頭暈。」

王宜中接道：「你近兩天不進滴水，自然是難免虛弱。」

新娘子道：「我會盡力的，決不會惹得婆婆生氣。」
王宜中歎息一聲，道：「咱們去吧！」

王夫人宿居的後院中，表面不見防守，事實上卻是整座莊院中防守最嚴的地方。王宜中帶著新娘子緩步而入，直登正堂。王夫人端坐在廳上。
乖巧的新娘子，突然快行兩步，拜伏地上，道：「拙媳拜見婆母。」
王夫人兩道目光，一直盯注在新娘子身上看，新娘子伏拜於地時，她已經瞧得很清楚。
王宜中橫行一步，在新娘子左側跪下。
王夫人點點頭，道：「你們都起來。」
兩人應了一聲，起身分侍兩側。
王夫人望望右面的新娘子，道：「你坐下。」
新娘子有些驚慌，退一步，道：「兒媳不敢。」
王夫人笑一笑，和藹地道：「我要你坐，你就坐下，我還有話問你。」
新娘子又欠身行禮，才在旁側木凳上面坐下。
王夫人又端詳新娘子一陣，才緩緩說道：「你姓什麼？」
新娘子道：「兒媳姓金。」

王夫人道：「名字呢？」

新娘子欠身而起，道：「娘！兒媳叫玉仙。」

王夫人道：「金玉仙，這名字不錯，你父母都在吧！」

金玉仙搖搖頭，道：「兒媳命苦，父母雙逝，兒媳是跟著奶奶長大的。」

王夫人黯然地點點頭，道：「幼失父母，照料乏人，真難為你了，孩子。」

金玉仙道：「婆母垂憐，兒媳有幸了。此後自當善盡孝道，侍候婆母。」

王夫人心中顯然極高興，金玉仙的伶口俐齒，已討得歡心，笑一笑，道：「聽說宜中欺侮了你。」

金玉仙抬頭望了王宜中一眼，道：「婆母明鑑，官人對我很好。」

王夫人輕輕歎息一聲，道：「孩子，你很賢慧，我聽說宜中把你給關了起來，不知道是否有這件事？」

金玉仙淒然一笑，道：「娘！那不是宜中的主意。」

王夫人回顧了王宜中一眼，道：「你說，那是誰的主意，新娘子剛剛過門，就把她關起來，這是為什麼？」

王宜中陪笑說道：「娘！目下天人幫正和金劍門搏鬥，玉仙來得太突然，孩兒不能不小心一些。」

王夫人冷笑一聲，道：「你上有高堂，婚姻大事，竟然擅自作主，也不和爲娘的講一聲，你還把爲娘的放在眼中嗎？」

王宜中心頭一震，跪了下來，道：「孩兒不敢。」

金玉仙也跟著跪了下去，道：「娘！這不能怪他。他是身負大任，萬一有了差錯，如何向人交代，小心一些，自然是應該的了。」

王夫人伸出手去，扶起了金玉仙，道：「孩子，你起來，你已經受夠了委曲，我做娘的，如若再不替你主持一點公道，以後你怎麼過下去。」

金玉仙流下淚來，道：「娘！兒媳已經告訴過官人，他是英雄俠士，志在江湖。兒媳只要長隨婆婆身側，晨昏叩安，侍候婆母。他的事，兒媳不敢多問。」

王夫人長歎一聲，道：「孩子，你太好了。但王家有王家家規，有些事我非管不可。」

金玉仙舉袖拭去臉上的淚痕，道：「娘！不能太難爲他，你要怒氣難消，兒媳願代官人受罪。」

王夫人回顧了王宜中一眼，道：「你們究竟懷疑她什麼？」

王宜中道：「懷疑她是天人幫中人。」

王夫人嗯了一聲，道：「現在呢？」

王宜中道：「沒有嫌疑了。」

王夫人道：「既是如此，你以後要好好地待她。」

王宜中道：「孩兒遵命。」

金玉仙緩行兩步，伸手去扶王宜中。但無王夫人之令，王宜中不敢站起。

王夫人道：「你起來吧，看在玉仙的份上，免你一頓責罰。」

王宜中道：「多謝娘的恩典。」

金玉仙搬了一把椅子，放在王宜中的身後，自己卻退到王夫人的身側。

王宜中落了座，道：「娘！這幾天情勢很緊張，天人幫主，已經在附近出現，金劍門中的援手，也已趕到，孩兒要忙一陣，只怕無法晨昏爲娘請安了。」

王夫人點點頭，道：「我既答應你身入江湖，自然是不能管你太多，目下的情形，究竟如何？」

王宜中道：「目下的情形，孩兒也無法說出個所以然來，似乎是天人幫主，帶領了很多的屬下，趕到了這裡。」

王夫人接道：「你們見過那位天人幫主嗎？」

王宜中道：「沒有見過。」

王夫人冷哼了一聲，道：「你們這麼多人找一個天人幫主，就找不到嗎？」

王宜中道：「天人幫神出鬼沒，昨夜裡，孩兒曾經和他們動手一次。」

王夫人一皺眉頭，接道：「你和人家打了一架？」
王宜中道：「孩兒殺了他們四個人。」
王夫人道：「天人幫主，是否也在那裡呢？」
王宜中道：「在！但他藏在一座神像後面，孩兒沒有見到他，但我聽到了他的聲音。」
王夫人輕輕歎息一聲：「那是男的，還是女的？」
王宜中道：「娘！天人幫充滿了神秘，天人幫主更是叫人無法分辨出他是男是女。」
王夫人道：「你長這麼大了，怎麼連男的、女的都無法分辨？」
王宜中道：「那聲音怪極了，孩兒從來沒有聽過那等聲音。」
王夫人道：「你真的笨得可以啊！」
王宜中不敢頂嘴，欠欠身，道：「孩兒是有些笨。」
一面暗中向金玉仙望去。只見金玉仙面上帶著溫柔的笑容，站在王夫人的身後，她似乎沒有用心聽，似乎這些事，根本引不起她關心。
王夫人突然站起身子，道：「你很忙，是嗎？」
王宜中道：「是的。孩兒很忙，金劍門中後援已經趕到，孩兒正準備和他們談談天人幫的事。」
王夫人道：「好吧！你去忙。」

王宜中站起身子，恭恭敬敬地行了一禮，退了出去。

目睹王宜中背影消失，金玉仙才輕輕歎一口氣，道：「娘！他要去和人打架？」

王夫人點點頭，道：「是的。孩子，江湖中事，就是砍砍殺殺的。唉！我不該答應讓他身入江湖的。」

金玉仙道：「娘！現在……」

王夫人搖搖頭，接道：「現在晚了。我已經答應了他，自是不能改變。」

金玉仙道：「娘！你只有一個兒子，這不是太危險了嗎？」

王夫人淒涼一笑，道：「不錯，我只有這個兒子，但目下，他似乎已經非我所有了，他是金劍門中的門主，我有什麼法子能夠阻止他呢？」

金玉仙道：「他對娘很孝順，如若娘一定要他離開金劍門，擺脫江湖上的是非恩怨，他也許會從娘之命。」

王夫人轉過臉去，雙目盯注在金玉仙的臉上看了一陣，道：「孩子，你也知道江湖上有是非恩怨？」

金玉仙道：「不敢欺瞞婆婆，兒媳的祖母，也是武林中人，先父先母，都爲江湖中恩怨所害，使我呀呀學語時，就失去了父母，可憐兒媳連我生身父母什麼樣子，都記不得了。」

王夫人道：「那麼孩子你出生武林世家，定然也會武功了。」

金玉仙搖搖頭，道：「媳婦父母之死，給了我祖母很大的刺激，她沒有傳我武功，媳婦也深痛習武人的相互殘殺，所以，我沒有學。」

王夫人道：「不會武功也好，一個女孩子，如若整天耍刀舞劍的，也不像話。」語聲微微一頓，接道：「玉仙，你祖母爲什麼會突然要你嫁給宜中呢？」

金玉仙道：「也許是祖母太疼愛我了，她想我過一些好日子，利用她昔年在江湖的關係，找到了一個和金劍門淵源很深的人，替我作媒，詳細的情形，祖母沒有告訴我，媳婦也不好追問。」

王夫人道：「你祖母恨不恨身陷江湖的事？」

金玉仙道：「我祖母決心不傳我武功時，就決定把我父母被害的仇恨隱藏起來，她可能怕我要想法子報仇，也可能她已經親手報了仇，但她拖累了自己的兒子、兒媳之後，似乎也決定了退出江湖。所以，她帶著我，在一處山村中隱居下來，我雖然得到她無比的疼愛，但我卻一直在寂寞中長大，我身邊的兩個丫頭，都是祖母昔年身邊丫頭，都練有一身好武功。」

王夫人啊了一聲，道：「那兩個丫頭，都沒有嫁人嗎？」

金玉仙道：「沒有。她們一直在祖母的身側，沒有嫁人。」

王夫人輕輕歎息一聲，道：「孩子，生活過得還好嗎？」

金玉仙道：「我得祖母惜愛，也得兩個老媽子愛護，我祖母有些錢，生活過得很好。」

王夫人看她侃侃談來，真性流露，沒有一點做作，心中原本動了一點的懷疑，也忽然間消去。但她仍然覺著有些不解之處，問道：「孩子，你祖母不喜武林中人，爲什麼還把你嫁給武林中人呢？」

金玉仙道：「這一點連媳婦也不明白，也許她覺著金劍門中勢力強大，足可以保護我的安全。」

王夫人道：「唉！學過武功的人，難免都迷信武功，也許他們覺著一個人，只有學得一身好本領，才能夠保護自己的安全，他們忘了懷璧其罪的道理，一個人就因爲有了一身武功，別人才會去找你、殺你。」

金玉仙道：「娘說得是，媳婦未習武功，也就不想會有人來殺我的事。」

王夫人道：「但願宜中有一天，也能覺悟到其中的道理。」

金玉仙話題一轉，道：「娘，媳婦因爲未習武功，在家中無事可做……」

王夫人接道：「那你就練習女紅好了。」

金玉仙道：「好。不過，媳婦覺著做菜、做飯的烹飪術，比女紅還重要些，娘可要試試媳婦的手藝。」

王夫人笑一笑，道：「走！我陪你到廚房去，我要瞧瞧你的手法。」

卅三　嚴陣以待

王宜中離開了內院，前廳中早已坐滿了人。

金劍門中二老、四大護法，再加上高萬成和八大劍士中的六位劍士。金劍門的精銳人才，可算得大部趕到。

王宜中舉步入廳，全廳中人都齊齊地站了起來。

高萬成大步迎了上去，把王宜中讓到首位。

王宜中坐了下來，緩緩說道：「高先生，咱們金劍門中，來了多少人？」

高萬成道：「金劍門中，百分之八十的主力，都已集中於此。」

王宜中道：「李子林中，還有些什麼人？」

高萬成道：「還有兩位大劍士，帶著二十名劍手和一部分人，守在那裡。」

王宜中點點頭，神情肅然地說道：「不論先門主是否是被天人幫中人所害，但咱們目下第一件大事，就是先要設法對付天人幫。」

高萬成道：「門主昨宵中的際遇，我已經告訴了他們。」

王宜中道：「天人幫中的武功，幾乎不能算是一種武功，如若不能把天人幫這個組織消滅瓦解，讓他們成了氣候，整個江湖，都要受他們的荼毒。」

七星劍張領剛，突然站起身子說道：「門主準備如何對付天人幫呢？」

王宜中道：「天人幫似乎已把咱們金劍門看做第一勁敵，所以要處處對付咱們金劍門，在下準備先發制人，趁他們勢力還未擴展到無法控制地步，咱們先找出天人幫主，予以搏殺。」

那紫袍老人緩緩站起身子，欠身對王宜中一禮，道：「門主，公義雖和前門主，有拜盟兄弟之情，但我們才氣、武功，都差了很大一截，老朽和姚婆婆，都已過古稀之年，金劍門中代有英才，很多事，也用不著我們兩個老朽之人出馬，此次，老朽和姚婆婆見到門主令牌，堅持和四大劍士同來，希望門主在人手調配之時，能夠遣派老朽一職。」

白髮皤皤的姚婆婆，也忽然站了起來，接道：「老婆子這次也要討一點事情做做，這幾十年來，我們一直是養尊處優，江湖中也許早把我們忘了。」

王宜中道：「有事弟子服其勞，兩位在金劍門德高望重，宜中雖是門主，也不敢輕作遣派，而且咱們人手很多，兩位還是坐鎮大營。」

李公義搖頭接道：「門主，這一次老朽已決心為本門稍盡薄力，如是門主不肯遣派，老朽要斗膽自己行動了。」

姚婆婆道：「門主可覺著我們已經老邁，不堪再用了嗎？」

王宜中急急起身，一抱拳，道：「二老請坐，既是兩位堅持出馬，宜中自當借重。」

聽到了王宜中答應下來，李公義、姚婆婆才坐了下去。

王宜中目光一掠高萬成，道：「金劍門大部人手，都集於此，門中二老又堅持親身臨敵，我們要設法逼那天人幫主現身出來，和他一決勝負，何況……」

高萬成接道：「門主，還有何指教？」

王宜中道：「先門主武功絕倫，武林中能夠害他的人不多，我雖還沒有一點證據，但我卻感覺到，天人幫主很可能和加害先門主之事有關，諸位請看。」

王宜中取出木箱中的枯葉、玉鐲，放至案上，道：「諸位，誰能認出這枯葉、玉鐲的來歷？」

廳中群豪，面面相覷，無人能說出那玉鐲和枯葉的來歷。

王宜中目光轉動，四顧了一眼，道：「這片枯葉，很可能是指明一處地方，只要諸位中能夠認出這枯葉生長之地就行了。」

嚴照堂伸手取出枯葉，托於掌心，很仔細地瞧了一陣，搖搖頭，又把枯葉放了回去。

門中二老，李公義和姚婆婆雙雙站起了身子，四道目光，盯注在枯葉上瞧著。

來歷。

李公義、姚婆婆瞧了一陣之後，相視一歎，也回原位，顯然，兩人也無法瞧出這枯葉的來歷。

王宜中道：「既是本門中人，無法認出這枯葉的來歷，那證明了這枯葉產地十分遙遠，一旦有人認出，定可使人有恍然大悟的感覺。」

目光一掠高萬成，道：「高先生，昔年你隨從先門主，可見他戴過這只玉鐲？」

「沒有見過。」

「那是說，先門主在臨死之前，才有這件遺物了。」

李公義道：「不錯，先門主死亡之後，手中抓著這只玉鐲。」

王宜中神情嚴肅，沉吟了良久，道：「本座推想，這可能是先門主垂死之前，反擊強敵，抓下了這只玉鐲。」

高萬成道：「門主明鑑，屬下也有這種想法，但加害先門主的人，大都死於先門主反擊之下，因此，這只玉鐲，反成隱秘了。」

王宜中道：「當時無人在場，難道就不會有一個逃避過先門主反擊的人嗎？」

高萬成道：「門主說得是。」

突然間，一個劍士大步奔入，道：「一帆順風萬大海求見門主。」

王宜中道：「請他進來。」

話剛說完，一個劍士，已帶著萬大海大步行了進來。

王宜中離開座位，大步迎了上來。

萬大海一抱拳，道：「在下生意人，怎敢勞動門主的大駕。」

王宜中微微一笑，道：「萬兄每次駕臨，必對本門有所指教。」

萬大海哈哈一笑，道：「王門主言重了。」

王宜中道：「萬兄請坐。」

萬大海四顧一眼，道：「王門主，不方便吧！貴門似乎是正在討論什麼事情？」

王宜中微微一笑，道：「不要緊，萬兄不是外人。」

萬大海微微一笑，道：「王門主這般相信老朽麼？」

王宜中道：「萬兄表面玩世，內心任俠，本門中人，對萬兄的爲人敬仰得很。」

萬大海不再謙辭，依言坐下。

高萬成微微一笑，道：「萬兄，來得正好，咱們正有一樁難題，要勞請萬兄一觀。」

萬大海道：「在下來此，想和王門主作一票生意，高兄先說，咱們再談生意。」

高萬成道：「萬兄，認得那案上一片枯葉嗎？」

萬大海小心翼翼地取過枯葉，托在掌心之上，仔細地看了一陣，道：「王門主，這片樹葉，很有年代了。」

王宜中道：「不錯，總有幾十年了吧。」

萬大海道：「如若老朽沒有看錯，這片枯葉不是中土的產物。」

王宜中啊了一聲，道：「不是中土的產物，那是來自異域了？」

萬大海道：「是的，這片枯葉，應該是來自天竺國。」

王宜中道：「天竺國？」

萬大海道：「是的。不過，這片枯葉並無什麼寶貴之處。」

王宜中道：「多謝指教，已經很夠了。」

萬大海放回手中枯葉，道：「王門主，三句話不離本行，老朽此番前來，希望和你王門主再作一票生意。」

王宜中想到他獅子大開口的要錢，不禁心中有點寒意，緩緩說道：「萬兄聲譽卓著，在下自然是很想和萬兄交易，不過，敝門中積財不多。」

萬大海笑一笑，接道：「不要緊，金劍門是好客戶，付不起現金，暫時欠下也好，日後再慢慢償還。」

王宜中道：「既然如此，那麼萬兄請說說看什麼生意。」

萬大海笑一笑，道：「兄弟重金收買到了一個消息，一部分來歷不明、行動詭秘的武林高手，扮成各種不同的身分，已接近距此五十里內。」

這確是一個使人震動的消息，王宜中、高萬成連同門中二老，都聽得心頭震動。

王宜中鎮靜了一下心神，道：「這確是一個很重大的消息，看來，金劍門非得花一筆錢買它不可了。」

頓了一頓，接道：「萬兄可否見告，和本門作對的，究竟是何許人物？」

萬大海苦笑一下，道：「王門主，這一點，在下很慚愧……」

王宜中歎息一聲，接道：「好吧！萬兄，你開個價錢，金劍門只要能出得起，我們決不還價。」

萬大海尷尬地笑一笑，道：「在下真的不知道。王門主，我已經用盡了心機，那位真正的領導人物，神秘得很，到現在爲止，在下還找不出一點線索。」

王宜中道：「是不是天人幫？」

萬大海道：「是的。天人幫只是一個稱呼，主要的是幫主。唉！說起來，也不能不佩服他，他羅致無數高手，聽命於他，竟然沒有人見過他的真正面目。」

王宜中道：「天人幫主就在附近，敝門已和他衝突了很多次。就在下所見，能近他身側的人，似乎都是他自己訓練的人，那些人武功怪異，和中原武學路數，大大的不同。」

萬大海道：「怎麼一個不同法？」

王宜中道：「在下的感覺中，他們練的武功似非正宗武學，可能是旁門左道，而且跡近邪術。」

萬大海道：「王門主，可否說得詳細一些？」

王宜中點點頭，把經過的詳情，很仔細地說了一遍。

萬大海沉吟了一陣，道：「就萬某所知，那確非中原武功。」

笑一笑，接道：「在下來此，原準備做它一票生意。想不到回程中又帶回了一票。」

伸手從懷中摸出四張銀票，又道：「王門主，這消息，在下可賣二十萬兩銀子，扣了在下奉告消息的六萬兩，找現貴門四萬兩現銀，在下兩頭賺，再扣去奔走開銷，有十萬兩銀子好賺，生意人，賺錢要緊，在下告別了。」

銀票放在桌子上，轉過身子，大步而去。

王宜中本想攔阻，卻被高萬成示意阻止。

目睹萬大海去遠之後，王宜中伸手取過桌上的銀票。每張一萬兩，四張銀票四萬兩銀子。

王宜中道：「看來，那萬大海實在是有錢得很。」

高萬成道：「萬大海一向做事，叫人莫測高深，他要做的事，別人沒有法子作主，也不允許別人作主。他要走，誰也留不住他，他要來，就會很突然地出現。」

沉吟了一陣，接道：「其實，金劍門也曾下過一番工夫打聽過，但卻一直沒有找出萬大海的寨子，就憑這一點，就可證明萬大海的爲人深藏不露，表面上唯利是圖，但內心中，卻又似是充滿著仁義。」

王宜中沉吟了一陣，道：「先生，萬大海如若說得不錯，咱們即將被人圍攻了。」

高萬成道：「萬大海一生不打誑語，他的話十分可信，這些人，大概是天人幫中人了。」

王宜中劍眉聳動，冷冷地說道：「不論來的是什麼人，咱們金劍門都不能示弱，不過，天人幫一向喜歡利用別的門派中高手賣命，這一場殘酷搏殺，不知要喪失武林中多少精銳高手。」

高萬成道：「是的，屬下也有這樣的看法，我們不能在未瞭解敵人之前，先迎著來人大殺一陣。」

王宜中沉吟了一陣，道：「先生，不論敵勢如何，我想仍按咱們的計畫行事。」

高萬成道：「門主吩咐。」

王宜中道：「李老、姚婆婆一路，帶四名劍士，搜尋正東方位。」

李公義、姚婆婆一欠身，道：「我等領命。」

王宜中道：「由四位大劍士，分成兩道，各帶劍士四名，分搜南、北兩方位。嚴護法、林護法也帶四名劍士，搜正西方。以本莊爲中心，二十里內爲限，常順、劉坤兩位護法，各帶劍士五名，分兩路巡視，接應四方人馬，發現敵蹤，立刻以本門中最快速傳訊之法，報入此地，兩位總接應，立刻趕援。」

他第一次調遣人手，井井有條，使得大廳中人，各個凝神靜聽。

王宜中環顧了四周一眼，見無人提出建議，繼續接道：「四方搜尋之人，以發覺敵人為限，盡量避免和敵人交手。萬一為勢所迫，非要動手不可，立時放出響箭，呼請趕援之人。」

群豪齊齊點頭。

王宜中沉吟了一陣，接道：「咱們有六位大劍士在此，六十位劍士，除了傷亡三位，還有五十七名，留兩位大劍士和二十一名劍士，加上本處分舵的莊丁，嚴守此莊，如有警訊，立刻鳴鑼傳告，由兩位大劍士馳援，餘下的各守方位，不許擅離守地。」

目光一掠瞎仙穆元，接道：「先生江湖經驗豐富，眼線廣闊，要身任艱鉅了。」

穆元笑道：「門主吩咐，水裡水中去，火裡火中行。」

王宜中道：「我要你易容改裝，探視一下，逼近咱們的武林高手，是哪一路的人物。如若是中原各大門派裡高手，被人用毒驅迫利用，咱們得設法解去他們的禁制，放他們離去，如若是天人幫那些人物，那就要設法搏殺。」

瞎仙穆元微微一笑，道：「屬下立刻動身了。」轉身如飛而去。

王宜中目光轉到高萬成的身上，道：「先生，派哪四位劍士，搜索敵蹤，哪兩位留守本莊，你調配一下吧！」

高萬成道：「屬下遵命。」

放低了聲音，接道：「姚婆婆的女弟子，已然混入了女婢群中，保護老夫人。」

王宜中道：「你想得很周到。」

高萬成笑一笑，道：「納賢堂中六位堂主，扮裝成各不相同的身分，布守在莊院四周，他們會先行傳警。」

王宜中點點頭，道：「先生負責全面調遣，不論發生什麼事，立刻要使我知道。」

高萬成道：「門主……」

王宜中皺皺眉頭，低聲接道：「我再去看看金玉仙。雖然她一直未露痕跡，但我心中總是對她有些懷疑。」

高萬成道：「屬下也顧慮及此，所以，特為老夫人安排一處很隱秘的所在，但不知太夫人會不會去？」

王宜中道：「我去說服她老人家，家母受過了一次被擄之苦，我相信不難說得動她。」

高萬成道：「那就好，但事不宜遲。」

王宜中道：「我明白。」舉步行向後宅。

高萬成依照著王宜中的吩咐，派出了人手。立刻，大批劍士分四路離開莊院。

且說王宜中回到內宅後院，王夫人、金玉仙剛剛吃過東西。

金玉仙蓮步姍姍地迎上去，低聲道：「官人，婆婆有了興致，賤妾奉陪下廚，做了些小菜，尚有不少，官人可要進用一些？」

王宜中道：「很好，我正有些饑餓。」

金玉仙道：「我這就去準備。」即轉身離去。

王宜中借機會對母親道：「娘，孩兒有點事，想與母親談談。」

王夫人一皺眉頭，道：「什麼事啊？」

王宜中道：「孩兒一直懷疑金玉仙，所以，孩兒想讓母親，母親……」

王夫人皺皺眉頭，道：「什麼事啊，怎麼吞吞吐吐的？」

王宜中道：「孩兒想把母親請到別的地方去住。」

王夫人道：「你是說玉仙是你的敵人？」

王宜中道：「孩兒不敢武斷，但讓她和母親在一起，孩兒終是有些不太放心。」

王夫人沉吟了一陣，道：「好吧，雖然我覺著玉仙不會是武林中人，但你心中既然有這些懷疑，我躲開也好。」

王宜中突然流下淚來，低聲說道：「多謝母親！」

王夫人微微一笑，道：「孩子，我既然允許你進入江湖，自然不能困擾你，但不知你要我幾時動身？」

王宜中道：「在玉仙沒有回到客廳之前，離開最好。」

這時，一個青衣女婢，突然行入廳中，低聲道：「太夫人，小婢已替你整理好了應用之物。」

王夫人笑一笑，道：「你們早就有準備了。」

王宜中道：「母親恕罪。」

王夫人不再多言，站起身子，向外行去。

王宜中送母親離開了客廳，立刻轉回。

就這一陣工夫，金玉仙已雙手捧著木盤，盤中放了幾盤小菜。

金玉仙緩緩把木盤擺在木桌上，笑道：「娘呢？」

王宜中微微一笑，道：「娘走了。」

金玉仙微微一怔，道：「走了？到哪裡去了？」

王宜中道：「娘去看一位昔年故友，過幾天就回來了。」

一面說話，一面暗中留神金玉仙的神色。

金玉仙神色很平靜，淡淡一笑，道：「娘怎麼不講一聲呢，我該陪她老人家去，你也好放開手腳，對付敵人了。」

王宜中確然看不出金玉仙有什麼可疑之處，但他心中的懷疑，並未消失，暗暗忖道：「也許我真的是誤會了她。」

心念一轉，歉然一笑，道：「玉仙，過幾天娘就回來了，來日方長，有得你盡孝的日子。」

金玉仙道：「官人說得是。」

王宜中心裡甚感不安，輕輕咳了一聲，道：「玉仙，這些日子裡，你受了很多苦，待江湖大勢安定下來之後，我該好好地陪陪你。」

金玉仙臉上泛現出微微的羞紅，垂下頭，道：「多謝官人。」

木案上放置著金玉仙親手調製的美味佳餚，王宜中竟然滴口未進就轉身而去。

金玉仙也不攔阻，只是呆呆地望著王宜中的背影。冷肅的神情，叫人瞧不出她心中是悲是怒。

這次，王宜中倒不是有意地逃避金玉仙，怕她在佳餚之中下毒，而是覺著有些愧對嬌妻，不忍多看她黯然神色。

匆忙中走到前廳，各路人馬已分別出動。高萬成一個人坐在廳中，似是在等待王宜中。

高萬成道：「太夫人已在極度隱密下成行，屬下相信，這秘密不會洩漏出去，不論如何狡猾的敵人，都不致找出太夫人的行蹤。」

王宜中道：「我相信先生的安排。」

語聲微頓，接道：「對金玉仙，我們是否該給她很嚴密的保護？」

高萬成道：「應該。至少有八位劍士，在暗中嚴密地保護後面的宅院，他們暗通聲息，一遇變故，立時能把警訊傳出。」

王宜中道：「這就好了。如若她真是受人擺佈的弱女人，我不想讓她受到傷害。」

高萬成道：「咱們無法判斷出他們如何攻來，但他們可能攻來的地方，咱們都必須防守，所以，咱們的力量太過單薄。因此，屬下代門主傳諭，天色入夜之前，四路分出的搜敵高手，都要趕回莊院，免得為人各個擊破。」

王宜中道：「先生安排得好。」

高萬成道：「這大廳旁側，有一靜室，特為門主準備。」

王宜中道：「為什麼？」

高萬成道：「門主坐鎮莊院，用心在能夠及時赴援各路，真正能夠對付天人幫高手的，還是仗憑門主。所以，門主必需保持著充沛的體力。」

王宜中想想那天竺武功的怪異，確是有些駭人聽聞，他必需保持明澈的神智，對敵時才能不為對方的邪惡武功所乘。

世間自有人學習武功以來，王宜中這身武功，可算是最為奇特的例子。

他練成了一身深厚的內功，熟記了天下武學總綱，但他卻不能估計自己有多大的能耐，也不太熟習攻守之道，臨陣對敵，全在對方的攻勢中，尋求破解之道。

深博的武功，早已融化於他心靈、意念之中，未和人動手時，腦際、心靈，宛如一張白紙，什麼也沒有。

別人無法預測出他有些什麼成就，他自己也無法估算出自己有多大的威力。但他明白，必須保持著心靈的平靜，才能夠臨敵致勝。

自從他瞭解到自己有一身武功之後，他也會開始向自己探索，希望能對自己多一些瞭解。他由極靜中學得了武功，也必須在禪坐靜思中，才能探索出一些自我。

天色暗了下來，四路探索的人馬，已有兩路回到了莊院。

兩路人馬都沒有找出任何蛛絲馬跡。

回來的兩路人馬是嚴照堂和林宗兩位大劍士。

嚴照堂等退下不久，常順、劉坤也率領十位劍士回到莊院。

王宜中突然生出了不安之感，向高萬成問道：「先生，二老的武功如何？」

高萬成道：「武功在四大護法、八大劍士之上，門主不用擔心。」

王宜中一皺眉頭，道：「高先生，還有一路未歸人馬，由哪兩位大劍士率領？」

高萬成道：「張領剛和魏鳳鳴。」

王宜中仰面吁一口氣，道：「先生，事情有些不對了。」

高萬成也有些警覺，嗯了一聲，道：「是。兩大劍士和門中二老，都還沒有回來，而且都過了時限很久。」

王宜中輕輕歎息一聲，道：「是不是他們被人生擒去了？」

高萬成道：「也許不致被人生擒，只是陷落在敵人的手中了。」

王宜中道：「如若他們遇上了天人幫中人，動手相搏，定然會有消息傳來，除非他們突然間全都喪失了抗拒的能力。」

高萬成道：「他們帶有本門中傳訊的火焰，只要極短的一瞬，就可以把消息傳出來。」

王宜中道：「但他們竟然沒有能把消息傳出來。」

這時，嚴照堂和林宗，已安置好搜尋敵蹤的劍士重回廳中。金劍門中四大護法，有一個永不改變的職司，那就是竭盡所能地保護門主的安全。

王宜中回顧了嚴照堂、林宗一眼，道：「你們怎麼不休息？」

嚴照堂道：「屬下等精神很好。」

王宜中歎息一聲，道：「你們還是去休息吧！養好了氣力，明天還要搜尋敵蹤，我們和天人幫已勢成水火，當心他們惡毒的報復。」

忽然間，人聲吵雜，傳來了呼喝及兵刃交擊之聲。

高萬成一皺眉頭，霍然起身，道：「屬下去瞧瞧怎麼回事。」

就在高萬成站起身子的同時，一個劍手，已奔入廳中，道：「稟門主，張、魏兩大劍士回來了，他們……」

王宜中接道：「快請他們進來啊！」

那劍士道：「他們好像不認識自已人了，已傷了三個劍手，現在正被堵在二門口處。」

嚴照堂雙目圓睜，長髮無風自動，道：「反了，我去擒他們回來正法。」

高萬成心中一動，道：「嚴兄稍安，這中間只怕別有原因。」

目光轉到那劍手身上，道：「去通知守護的人，放他們進來。」

那劍手應了一聲，站起身子，還未及轉身行去，張領剛和魏鳳鳴已然並肩行了進去，兩人手中提著寶劍，劍尖上仍然有著血跡。

高萬成大聲喝道：「門主在此，兩位還不棄劍請罪。」

張領剛、魏鳳鳴四目發直，呆呆地望著大廳中人。對那高萬成的大聲呼喝，直似未曾聽聞。

林宗、常順，齊齊喝道：「你們聽到沒有？」雙雙奔了過去。

兩人本想先取下張領剛和魏鳳鳴手中長劍，卻不料兩人雙劍一振，分向兩人刺了過來。

以兩大劍士出手之快、劍招之奇，這等突然發難，本無不中之理，幸得林宗、常順早已有了準備，翻身一讓，避過一劍。

出山虎林宗怒聲喝道：「膽大叛徒。」呼地一聲，劈了過去。

張領剛長劍一揮，截斬右腕，林宗疾收右拳，一式鴛鴦連環腿，踢出一十二腿，逼退了張領剛。

常順和魏鳳鳴也打在一起。

兩大護法、兩大劍士，各出奇學，打得凶猛絕倫。

王宜中望著場中劍光拳影，低聲說道：「先生，這是怎麼回事？」

高萬成道：「張、魏兩大劍士，雙目發直，似是已然無法分辨親疏上下了。」

王宜中道：「可要先把兩人擒下？」

高萬成道：「最好先把兩人生擒下來，才能問明內情。」

王宜中舉步行出大廳，沉聲喝道：「你們退下來！」

林宗、常順，聞聲疾攻了兩拳，逼開兩人手中長劍，向後退開五尺。

王宜中放過了林宗、常順，一橫身攔住了張領剛和魏鳳鳴。

兩大劍士，似是打紅了眼，門主當前，亦似不識，雙劍並出，分兩側襲來。

高萬成、嚴照堂等，都知道王宜中身負絕世奇技，但卻不知他武功高到何種程度，都很留心地看著門主如何應付這兩大劍士。

只見王宜中雙手齊出，左、右一抄，已然抓到了兩人的握劍右腕。這等看似簡單，實則是武功中至高的化繁為簡境界，那分手一抄，正是武林失傳已久的「分光捕影」手法。

劉坤和嚴照堂雙雙飛縱而至，出手點了張領剛和魏鳳鳴的暈穴。

王宜中丟了奪到手中的雙劍，道：「讓他們進去。」

嚴照堂、劉坤對兩人膽敢和門主動手一事，極為憤怒，砰地一聲，把兩人摔在地上。

王宜中道：「解開他們的暈穴，問問內情。」

嚴照堂應聲拍出一掌，拍活了張領剛的暈穴，左手卻落指如風，點了他兩臂穴道。

原來，他怕張領剛醒來之後，突起對門主發難。

張領剛醒了過來，他仍然是雙眼發直，呆呆地望著高居首位的王宜中，似乎他根本未見過王宜中，舉動之間，十分陌生。

高萬成重重地咳了一聲，道：「張大劍士。」

張領剛似乎還記得起自己的名字，轉過頭望望高萬成，眼神中仍是一片漠然，完全是一副素不相識的模樣。

王宜中輕輕咳了一聲，道：「先生，他們是不是中了邪？」

高萬成道：「屬下瞧不出來，但他們不像中毒的樣子。」

這時，突然一個劍士大步行了過來，欠身說道：「啓稟門主，有位西門瑤姑娘求見。」

王宜中略一沉吟，道：「請她進來。」

那劍士應了一聲，轉身而去。

片刻之後，那劍士帶著西門瑤，大步行了過來。

西門瑤雙目微紅，眉宇間隱現出倦意，緩步行入了大廳。

王宜中、高萬成等，所有人的目光，都投在西門瑤的身上。

西門瑤目光轉動，掃掠了張領剛一眼，道：「他們神智受到了控制，是嗎？」

王宜中道：「不錯。」

西門瑤道：「打開他們頭髮找找看，後腦上是否有一根毒針？」

高萬成啊了一聲，打開張領剛的頭髮，果然在玉枕穴處，找到了一根銀針。

王宜中唉了一聲，道：「我早該想起來的，有種金針過穴之法，可控制人的神智。」

高萬成拔下銀針，仔細瞧去。只見那根針長約一寸五分，但並非正對玉枕穴刺去，而是刺在玉枕穴下。

銀針拔出，張領剛的雙目，立時靈動起來，眼珠兒轉了兩轉，忽地挺身而起，道：「這是怎麼回事？」

一面對王宜中拜了下去，道：「屬下見過門主。」

王宜中笑一笑，道：「不用多禮，想一想經過的情形，告訴我們。」

高萬成立時伏下身去，果然，又在魏鳳鳴的玉枕穴下，找到了一枚銀針。拔出銀針，魏鳳鳴也立刻醒了過來。

但聽張領剛說道：「屬下和魏兄，帶著四位劍士，查一片樹林，四個劍士，忽然間無聲無息地倒了下去。我們正在驚奇，就什麼也不知道了。」

王宜中沉吟了一陣，道：「你們辛苦了，下去好好休息一下。」

張領剛、魏鳳鳴心中極感慚愧，他們自出道以來，可算是從未受過這等大挫，應了一聲，垂頭退出大廳。

王宜中目光轉到西門瑤的身上，道：「多謝姑娘指點。」

西門瑤黯然一笑，道：「王門主，我和義父商量了很久……」

王宜中道：「什麼事，姑娘只管請說。」

西門瑤道：「我與義父和他們相處的都不太好。」

王宜中道：「你說的什麼人？」

西門瑤道：「木偶主人和另外幾個人。」

王宜中接道：「天人幫主。」

西門瑤道：「不是。天人幫主很神秘，到現在爲止，我們都只是聽過他的聲音，沒有見過他的人。」

王宜中怔了一怔，道：「你們也沒有見過？」

西門瑤道：「王門主可是不信？」

王宜中道：「你們在天人幫中的身分，不算低了，怎地竟未見過幫主？」

西門瑤道：「所以我覺著這件事有些不對了，和義父商量終宵，特來和王門主談談。」

王宜中道：「在下洗耳恭聽。」

西門瑤道：「我們想脫離天人幫，暫時托庇於貴門之下，不知門主願否答允？」

王宜中慨然說道：「就算是一般武林同道，有此危難，我們也是義不容辭的要全力援救，何況西門姑娘有一片向善之心呢。」

西門瑤輕輕歎息一聲，道：「我現在才覺出正大門戶和黑道組合的不同之處，不是完全由武功上分別出來。」

王宜中道：「姑娘要我們如何幫助，但請吩咐。」

西門瑤道：「目下還不要，當我們決心棄暗投明時，希望能做一、兩件對貴門有益的事。多則五日，少則兩天，我會和義父到此，借重貴門大力保護。」

高萬成沉聲道：「姑娘，也許在下不該問，現在我問了，但姑娘可以不說。」

西門瑤笑一笑，誠懇地道：「先生要問什麼只管請說，凡是我知道的，都會說出來。」

高萬成道：「貴幫中人，現在何處安宿，可否見告？」

西門瑤道：「我們常變換位置，而且也不是大夥兒集居一處。幫主有兩位使者，經常傳達令諭，有時，用百靈鳥傳達他的令諭。」

王宜中道：「百靈鳥？」

西門瑤道：「是的。他應該是一位天才，不但能役鳥，也可逐獸。自然那些鳥，都受過了特殊的訓練，他說用信鴿，常會引起人的注意，所以，改用了百靈鳥。」

長長吁一口氣，接道：「在我的看法中，敝幫主把人也看成了鳥、獸，所以，他用役使鳥、獸的方法，來對付你們。」她放步向外行去。

王宜中道：「在下送姑娘一程。」

西門瑤道：「不敢有勞。」加快腳步，離開了莊院。

西門瑤離開了莊院，超越捷徑，越過一片雜林。那是一片很小的樹林，方圓不過百餘丈，西門瑤已經走過了很多次。

但這一次，當她行入林中之時，突然傳來一聲低沉喝聲，道：「西門瑤！」

那聲音充滿著怪異，似男如女，又不像從人口發出來的聲音。

但西門瑤對這聲音卻熟悉得很，那是天人幫主的聲音。這聲音，含有著無比的權威，西門瑤只聽得全身打了一個冷顫，停下了腳步。

那聲音重又傳了過來，道：「你該知道背叛本幫的結局，那是很殘酷的死亡。」

聲音來自身後，西門瑤暗作估算，對自己不會超過兩丈的距離，她心中充滿著驚懼，但也生出了強烈的好奇，暗暗地忖道：「我只要突然地回過頭去，就可能瞧到他。」

這個充滿著神秘的人物，一直未露過面，只用那種怪異的聲音，統治著這個神秘的幫會。也正因為如此，才使人覺著他莫可預料，有一種神秘的主宰力量，使人畏懼。

但天下事，有利有弊，一幫之主，從不和重要的部屬們見面，只用一種詭奇的聲音，控制著他們，自然是毫無感情可言。這就使幫中之人，在畏懼中，孕育著反抗的情緒。

西門瑤雖然在極度的驚懼中，仍然無法按捺強烈的好奇之心，一語不發，陡然間轉過了身子。目光到處，但見樹木聳立，哪裡有天人幫主的影子。

西門瑤呆了一呆，緩緩跪了下去，雙手掩面，道：「屬下恭候幫主令諭。」

那怪異的聲音從空中飄落了下來，道：「以你的行為而言，已然觸犯幫規，但本幫正值用人之際，故准戴罪立功，以後不得擅自和金劍門中人接近。」

西門瑤道：「屬下有下情回稟。」

不再聞有人接言，似是那天人幫主已去。

西門瑤緩緩放下掩在臉上的雙手，只見面前放著一個封簡。

封簡上用硃砂寫著一行字：「按計行事，將功折罪，且有厚賜。」

西門瑤取過封簡，緩緩站起了身子，流目四顧了一陣，突然飛身而起，躍上一棵大樹，四下張望一陣，不見有什麼蛛絲馬跡，又開始在四面搜尋了一陣，不見有人，才輕輕歎息一聲，拆開封簡。

拆看了封簡之後，西門瑤立時臉色大變，匆匆奔出樹林。

且說王宜中送走了西門瑤之後，重返大廳，歎口氣對高萬成道：「先生，兩大劍士可以爲人所乘，四路搜尋敵蹤的人手，都可能再受暗算，不知先生對此事有何高見？」

高萬成沉吟了一陣，道：「屬下之意，不能因噎廢食，咱們已和天人幫形成了正面衝突，如不能擊潰天人幫，金劍門只有一條路走。」

王宜中道：「哦！那一條路？」

高萬成道：「退出江湖，解散金劍門。」

王宜中搖搖頭，道：「先生，這是不可能的事啊！」

高萬成道：「那就只有不計一切犧牲，和天人幫戰下去。」

他說話時神情嚴肅，掩不住內心中的悲痛之情。

王宜中道：「先生，目下咱們最困難的一件事，似乎是沒法子找著天人幫主，在下自信可以和他一戰，但咱們……」

高萬成接道：「對方有著絕高的智力，已經和咱們短兵相接，但他仍能不現身。唉！屬下追隨先門主南征北剿數十年，卻從未遇上過這樣的敵手。」

王宜中似是忽然間想到了什麼大事一般，站起了身子，道：「我去看看她！」

高萬成道：「看什麼人？」

王宜中道：「金玉仙。不知怎麼，我總覺她有著很大的可疑。」

高萬成道：「門主不妨和她好好地談談，也許能問出些蛛絲馬跡。」

王宜中道：「盤人根底的事，我自知難以勝任，先生和我一起去吧！」

高萬成道：「這個，不太妥當吧！她是門主夫人的身分。」

王宜中道：「目前，先生不用有此一慮，只管放膽子盤問她就是。」

高萬成道：「門主如此吩咐，屬下只有從命了。」

王宜中望望天色，道：「事不宜遲，咱們早些去吧！」

兩人匆匆回到了後宅，只見大廳中空空蕩蕩不見人蹤。

高萬成舉起手互擊三掌，片刻後，兩個身著工人衣著的少年，行了過來。

王宜中道：「你們看到金玉仙嗎？」

左首年輕人欠欠身，道：「門主可是說的夫人嗎？」

王宜中道：「不錯。正是問她。」
那年輕工人搖搖頭，道：「沒有看到過夫人出去。」
王宜中點點頭，道：「你們去吧！」
兩個年輕工人應了一聲，轉身而去。
王宜中道：「咱們到廳裡坐吧。」
兩人舉步行入廳中，金玉仙也正好在廳中。
高萬成一欠身，道：「屬下見過夫人。」
金玉仙欠欠身，笑道：「你是高先生？」
高萬成道：「不錯，屬下叫高萬成。」
金玉仙道：「先生襄助賤妾夫君，維護金劍門盛譽，不辭勞苦，賤妾先代夫君謝過。」
高萬成道：「屬下理當效命，夫人言重了。」
王宜中突然輕輕咳了一聲，道：「夫人，高先生是應我之請，特來內宅，拜見夫人。」
金玉仙道：「官人言重了，男主外，女主內，賤妾只望能調節夫君飲食，侍奉婆婆，其他的事，不願多問。」
王宜中笑一笑，道：「金劍門有很多規戒，我雖然是一門之主，但也不能不遵守先門主的遺規。」

金玉仙啊了一聲，道：「官人，這遺規可是和賤妾有關係？」

王宜中道：「不錯，和夫人有關。」

金玉仙道：「既然和賤妾有關，就由夫君吩咐吧！」

王宜中目光轉到高萬成的身上，道：「先生，你要問什麼，只管問吧！本座相信，我這位夫人，不會因此對你心生記恨。」

金玉仙笑一笑，道：「知妻莫若夫，官人雖然是誇讚我，但也是說實情，你有什麼事，只管請問」

高萬成道：「夫人怎會和木偶主人認識？」

金玉仙道：「我不認識他，但我祖母和他很熟。」

高萬成道：「夫人，屬下斗膽請問，我等可否見見令祖母？」

金玉仙皺皺眉，回顧了王宜中一眼，道：「官人，需要嗎？」

高萬成道：「夫人說明一下地方，屬下等自己趕去求證一下就是。」

金玉仙道：「好吧！你們到永定河畔的綠竹村，找金姥姥，去問就是。」

高萬成一抱拳，道：「謝夫人指教，屬下告退。」

金玉仙道：「恕我不送。」

高萬成哈著腰退了出去。

卅四　同床異夢

後廳中，只餘下了王宜中夫婦二人。

金玉仙笑一笑，道：「你對我仍然不肯相信，是麼？」

王宜中道：「我是一門之主，他們提出了戒規，我自是不能破除。」

金玉仙道：「我看你還是把我關起來吧！」站起身子，直入臥室。

王宜中望著金玉仙的背影，臉上是一片愧疚和茫然的神色，心中暗暗忖道：「不知高先生是否問出了什麼？」

他很想說幾句致歉的話，但他心中的疑念，卻又未能全消，更不敢追在金玉仙身後，行入臥室，只是呆呆地站著。

突然間，嗚嗚咽咽的哭聲，由臥室中傳了出來。哭聲很哀悲，也很動人。王宜中暗暗地歎息一聲，硬著頭皮舉步向臥室中行去。

推開室門，只見金玉仙倒臥在床上，只哭得雙肩不住地聳動。

王宜中輕輕歎息一聲，緩步行到木榻前面，低聲說道：「我知你受了很多的屈辱、委曲，但此事情非得已。唉！除去了天人幫大敵之後，定當向夫人賠罪。」

金玉仙忽然坐起身子，破涕一笑，道：「你向我請的什麼罪啊？」

王宜中道：「這些日子中，夫人受的委曲太多了。」

金玉仙道：「你能知道就好，我為你忍受了這麼多的閒氣、委曲，只希望你知道就好了。」

王宜中笑一笑，道：「我已經知道了。」

金玉仙拂拭去臉上的淚痕，笑道：「我真的不明白，你們在懷疑我什麼？」

王宜中呆了一呆，道：「你出現的時機不對，自難免引人懷疑，不過，真金不怕火，總有一天，會證明你的無辜、清白。」

金玉仙道：「我知道。我現在多忍受一份屈辱，日後在金劍門中就可以多得到一分尊敬。」

王宜中微微一怔，道：「我也曾想到過這些，但卻沒有你想得這樣透徹。」

金玉仙道：「我本是江湖兒女，只因祖母心傷我父母慘死，不准我學習武功，但她老人家忘了一件事。」

王宜中道：「什麼事？」

金玉仙道：「出身江湖的兒女，已然帶有了江湖氣，不論她如何地費盡心機教養我，也無法把我教養成名門閨秀。」

王宜中道：「更錯的是，她又替你選了個江湖中人的丈夫。」

金玉仙道：「所以說，老人家的用心，當真是叫我們做晚輩的猜不透，她不該讓我嫁給你的。我應該嫁一個日出而做、日入而息的農夫、村人。」

王宜中道：「這是一件不可思議的事，令祖母既要逃避江湖，但卻又把你送入江湖。唉！你如是嫁一個平常人家，也不致受到這些委曲了。」

金玉仙黯然說道：「這都是命，冥冥中早有了主宰。」

王宜中道：「那主宰就是你相依爲命的祖母。」

金玉仙道：「也不能怪她老人家，我知道她有她的想法。」

王宜中道：「她想的什麼？」

金玉仙道：「送我來此之前，祖母把我叫到身前，告訴我說，她如能再活五十年，決不會把我嫁出去。她要把我留在身邊，好好的愛惜我，但她風燭殘年了，沒有法子永遠陪著我，但她替我選擇了一個人，可以保護我。」

王宜中接道：「可惜她選擇錯了，你丈夫領導的金劍門，目下正有些自身難保。」

金玉仙道：「官人，不論我祖母選擇的是錯是對，但我對這樁婚姻，卻感到十分滿意。

但願殺伐早止，賤妾自當會克盡婦道，善奉婆母，使一家和樂融融。」

王宜中聽她話題回轉，忍不住接道：「夫人，令祖母怎會認識那木偶主人？」

金玉仙道：「我家中有兩位訪客，來往的除了那木偶主人之外，還有一位半百的老婦人。」

王宜中接道：「那人是誰？」

金玉仙道：「他們每次前來，祖母都不准許我參與其間，所以，賤妾不知她的姓名。」

王宜中道：「這麼說來，令祖母也許識得那天人幫主了。」

金玉仙道：「如若那天人幫主是木偶主人，或是那位半百婦人，祖母就可能認識。因爲，我們家中只有那兩個客人。」

王宜中道：「那半百婦人是何許人，我不敢妄言，但木偶主人，確和天人幫有關。」略一沉吟，又道：「那趕車送你來此的婦人，又是何許人物？」

金玉仙略一沉吟，道：「那位傻大姐，是我祖母的侍婢。」

王宜中道：「她的武功很高？」

金玉仙道：「是的。她能力斃虎、豹。」

王宜中語塞了。只覺這金玉仙每一句話，都說得合情合理，叫人無懈可擊。

金玉仙忽然長歎一聲，道：「官人，賤妾倒有一策，不知是否對官人有助？」

王宜中道：「說說看吧！」

金玉仙道：「賤妾覺著，如若能夠見著我祖母，由賤妾出面求她，她或能指點我們一些什麼。」

王宜中道：「夫人，多承你的指教，只怕時間來不及了。」

金玉仙道：「除此之外，妾身自恨無能，難助官人一臂之力。」

王宜中輕輕歎息一聲，道：「如若無法在短時間內找到那天人幫主，只怕這場武林劫難，勢必形成。唉！那就不知有多少武林高手，要死傷在他們的手中了。」

金玉仙突然抬起了頭，滿臉都是關切之情，緩緩說道：「官人，賤妾有一句話，問錯了，希望官人不要生氣。」

王宜中道：「不要緊，你說吧！」

金玉仙道：「那天人幫主很厲害嗎？」

王宜中點點頭，道：「很厲害。武林中很少有這等高明的人物。」

金玉仙無限關心地說道：「官人，那人雖然很厲害，一旦遇上了，官人是他的對手嗎？」

王宜中道：「我不知道。」

金玉仙道：「這……這不是太危險了嗎？」

王宜中神情肅然地說道：「不管我是不是他的對手，都無法避免和他一拚，天人幫不惜和金劍門正面爲敵，大約也是爲我。」

金玉仙奇道：「爲你一個人？」

王宜中道：「雖然他敵視了整個金劍門，但我卻是他最重要的目標。」

金玉仙道：「他想殺你，是嗎？」

王宜中道：「大概是吧。他已把我看成了他第一強敵，殺了我，他才能安心爭霸天下。」

金玉仙道：「真若如此，咱們還是去見我的祖母吧！我不能失去你。」

她忽然雙頰飛紅，住口不言。

王宜中大爲感動，輕輕拍拍金玉仙的香肩，道：「謝謝你，玉仙，等解決了天人幫，我要好好陪陪你。」

金玉仙道：「官人，我擔心你……」

王宜中接道：「不用擔心，不論那天人幫主如何凶殘，但他一直不敢和我面對面地動手。」

金玉仙垂下頭，道：「官人，對手太厲害了，你不能大意啊！」

王宜中道：「我知道。你歇著吧！我還要安排人手。」

金玉仙點點頭，道：「官人多多珍重。」

王宜中笑一笑，大步行出了內廳。他心中忽然生出了一種不忍的感覺，對金玉仙這等善良的女人存疑，實在是一樁大不應該的事。

前廳中，高萬成正在來回走動，顯然內心中很焦慮。

王宜中望了高萬成一眼，道：「先生，有事情嗎？」

高萬成輕輕咳了一聲，道：「木偶主人遣人送一封信來。」

王宜中接道：「信上說些什麼？」

高萬成道：「那封信，也是一封挑戰書，邀門主今夜三更，到十里外雙柏樹一搏。」

王宜中道：「先生可曾想到他用心何在麼？」

高萬成道：「屬下覺著，他是奉命行事，用心是調虎離山。希望把門主調離此地，然後天人幫高手盡出，施行夜襲。」

語聲微微一頓，接道：「自然，在那雙柏樹下，亦有著極爲惡毒佈置。」

王宜中沉吟了一陣，道：「先生對此事可有應付之策？」

高萬成道：「屬下正在想，咱們已派出大批人手，搜尋那天人幫的巢穴，目下留在莊院中的實力不強，實不宜再作分散。」

王宜中又沉思片刻，道：「穆元，可有回報？」

高萬成道：「已有一次回報來過，他正在全力阻擋那些武林高手向前推進。」

王宜中道：「那都是些什麼人？」

高萬成道：「他們穿著一色的衣服，想掩遮自己的出身，但納賢堂中人，都是見多識廣的老江湖，他們發覺那群人中，身分複雜得很，有少林寺中人，也有武當門下人物，而且都是很有成就的人，最可怕的是人數很廣大，不下百人。如若被他們逼近莊院，決難避免一場血戰。姑不論這一場搏鬥之中，我們的勝算如何，但這一戰下來，必將有慘重的傷亡。」

王宜中道：「這些各大門派中人，沒有理由和咱們作對，他們定然是那天人幫所役迫而來了。」

高萬成道：「據穆元傳回的密函說，那些人似乎受一種神秘的力量控制，他盡力設法破壞那控制群豪的神秘力量，阻止他們向莊院接近，但如無法阻攔時，勸咱們暫避鋭鋒。」

王宜中道：「穆元只有十幾個人，如何能阻止那麼多人？」

高萬成道：「一帆順風萬大海，也在暗中幫助咱們。」

王宜中臉色突然泛現出堅毅之色，道：「我先去會會那木偶主人。也許可以從他身上，逼出那天人幫主的下落。」

高萬成道：「門主準備帶幾個人去？屬下替門主安排人手。」

王宜中搖搖頭，道：「我一個人去。」

高萬成道：「這樣吧！屬下把此地安排一下，我跟門主一起去。」

王宜中道：「我看不用了。我一個人來去比較方便，先生把那裡的地形給我解說一下。」

高萬成略一沉吟，道：「那是個很荒涼的地方，因一棵連生柏樹而得名，那古柏已生長了數百年之久，枝密葉茂，緊鄰著一座很大的墳園。」

王宜中冷哼一聲，道：「天人幫主果然是見不得天日的人物，不是約人在古廟中相見，就是約人在古墳中碰頭。」

高萬成詳細說明了地形之後，緩緩說道：「門主此去，還請小心。」

王宜中道：「我帶那金玉仙一起去，共赴那木偶主人之約。」

高萬成道：「那木偶主人，定然在那裡設下有很厲害的埋伏，門主如若帶著夫人同去，那豈不是太過危險了嗎？」

王宜中道：「雖然有些危險，但如那金玉仙是天人幫中人，可以使她露出原形。」

高萬成道：「門主個人對付那木偶主人，已經是危險十分了，如若是帶上一個天人幫中的內應，那豈不是……」

王宜中笑一笑，道：「這個，我倒不怕。金玉仙如是天人幫中人，他們自然是不會傷害她，如她不是天人幫中人，那她就不會做木偶主人的內應。」

高萬成道：「唉！門主雖然武功高強，但一個人總難免勢單人孤，屬下之意，何不暗派幾位劍士，追隨門主的身後，備而不用。萬一門主需要人手之時，只要招呼一聲，他們就可以出手相助了。」

王宜中搖搖頭，道：「如是敵勢強大，我要分心照顧，反而大爲不安，莊中的事交給你辦，我立刻帶金玉仙走。」

王宜中去而復返，金玉仙微感意外，一怔之後，立刻迎了上來，喜道：「官人，你……」

王宜中道：「我特地來和夫人商量一件事。」

金玉仙道：「官人吩咐。」

王宜中道：「咱們一起去見個人。」

金玉仙道：「見什麼人？」

王宜中道：「木偶主人。」

金玉仙滿臉歡愉之容，道：「你帶我一起去？」

王宜中接道：「是的，我要帶你去，而且要立刻動身。」

金玉仙道：「好！官人，你等片刻，我去換件衣服，收拾一下。」
她表面的神色、舉動，實在瞧不出一點可疑之處。
王宜中心念動搖了，輕輕咳了一聲，道：「夫人，那裡很危險。」
金玉仙道：「但是你仍然帶著我一起去了。」
王宜中道：「不錯，要帶著你去。」
金玉仙嫣然一笑，道：「官人，我雖然不會武功，但我總算是出身武林世家，見過不少的場面，決不會拖累到你。」
王宜中道：「我是怕我們動手相搏時，嚇住了你。」
金玉仙道：「和你在一起，我什麼都不害怕。」疾步行入了內室之中。
片刻之後，金玉仙換了一身天藍長褲，短衫，腰中束著黑色汗巾。
王宜中冷靜地思索了一番之後，仍認定這金玉仙有著許多的可疑，神情間也安適了不少，緩緩說道：「夫人，你不帶兵刃？」
金玉仙搖搖頭，道：「我沒有。」
王宜中道：「好！等一會兒，我要他們給你準備一件。」
金玉仙道：「要小一些，我不能和人動手，但必需時，我可以自絕殉節。」
王宜中道：「這個，不用了，你祖母覺著我能保護你的安全，才要你嫁給我。」

金玉仙一笑，接道：「是啊！我也相信她老人家不會看錯。」

王宜中看看天色還早，緩緩說道：「那木偶主人和你祖母很熟，是麼？」

金玉仙道：「很熟，也和我很熟。」

王宜中道：「那木偶主人約我今夜三更，在一處很隱秘的地方搏鬥，不知令祖母是否知曉？」

金玉仙道：「所以，你一定要帶我去，我要問問他，這件事，是否和我的祖母有關。」

足足走了近一個時辰，到了雙柏樹，已是快起更的時刻。

金玉仙目光轉動，只見一棵雙樹連生的巨柏，矗立在夜色中。巨幹聳雲，枝葉繁茂，蔭地有畝許大小。

樹蔭下，有一座廟，廟雖然小，卻修築得金碧輝煌。廟前面，掛著一盞風燈，照亮了數

向左看是一大片黑黝黝的樹林，隱隱間可以看出那是一座大墳地。丈方圓。

金玉仙長長吁一口氣，道：「好一個陰森的所在。」

王宜中抬頭看看那高大的連生柏樹，道：「夫人，咱們躲到樹上，居高臨下，再借燈火照明，木偶主人，如有什麼佈置，咱們豈不是一目瞭然。」

金玉仙道：「那樣高，如何能爬得上去？」

王宜中道：「不要緊，我先上去瞧瞧，如若有適當的藏身之處，再想法子把你送上樹去。」

金玉仙道：「官人小心。」

王宜中微微一笑，突然一提真氣，拔起了三丈多高。

右腳一點左腳的腳面，身子突然又向上升去。這是輕功中最難練成的梯雲縱，雙足互相借力、換氣，可以飛高十丈以上。

王宜中第二次又升了兩丈多高，伸手抓住了一根橫枝，一個翻身，隱入了濃密的枝葉中不見。

金玉仙呆呆地望著頭頂上密茂的枝葉出神，神色很奇異，叫人瞧不出她是畏懼，還是敬佩。

王宜中移身過枝，很快地繞行了一周，確定那大樹上沒有埋伏，才悄然由另一面落著實地。他極盡小心，落地不帶一點聲息。

巨大的樹身掩住了金玉仙的視線，她似是完全沒有發覺王宜中已落著地面，仍然抬著頭，呆呆地向樹上張望。

她對丈夫有著絕對的信任，也有著無比的耐心。快近一頓飯的工夫，不見王宜中下來，她就一直仰著臉向樹上瞧看，也不出聲呼叫。

王宜中隱在暗處，把金玉仙的一舉一動，都看得很仔細。

忽然間，金玉仙就原地坐了下來，但仍然抬著頭向樹上張望。

王宜中暗暗歎口氣，道：「我對她如此存疑，看來是真的冤枉了她。」

正待現出身去，忽見一條人影，直到了金玉仙的身後。

金玉仙似是還未警覺，那人影卻在金玉仙的身後，停了下來。

那是個穿著黑衣的人，距離金玉仙也就不過是三尺左右。只要他向前探探身子，手指就可以觸摸在金玉仙的身上。

只聽那黑衣人冷森一笑，一掌拍了下去。

金玉仙停身處，一直就在廟前燈的照耀之下，王宜中能看清楚他們的一舉一動。

就在那黑衣人出手的同時，王宜中突然飛躍而出，道：「住手！」

這些事情，不過發生在一瞬之間。

金玉仙這才有所發覺，霍然站起了身子。

那黑衣人拍出的掌勢，突然改變成點穴的手法，點中了金玉仙的穴道。

王宜中急怒之下，全力施爲，只一躍，人已到那黑衣人的身前。

黑衣人身子一轉，把金玉仙的身子，對準了王宜中，左手抓著金玉仙的左臂，右手按在金玉仙的心脈之上。只要他右手的勁力一發，金玉仙必被他震斷心脈而死。
細看金玉仙，只見她微閉著雙目，人似是暈了過去。
王宜中冷冷說道：「你殺了她？」
黑衣人道：「只是點了她暈穴，但如你再向前逼近，我就立刻殺了她。」
王宜中看他臉上也包著一層黑紗，冷笑一聲，道：「你是天人幫中人？」
黑衣人道：「不錯。」
王宜中道：「那木偶主人呢？爲何不來？」
黑衣人反問道：「你是什麼人？」
王宜中道：「金劍門主王宜中。」
黑衣人道：「你來的太早了。」
王宜中望了被掌勢抵住心脈的金玉仙一眼，道：「放下她！」
黑衣人望望金玉仙，道：「這女人又是誰？」
王宜中道：「金劍門主的夫人。」
黑衣人突然仰天打個哈哈，道：「你的老婆，落我手中，你不求我饒命，反敢大言不慚。」
王宜中道：「我不用爲她求命，我可以殺了你，救她之命。」

黑衣人道：「金劍門主，也許有殺我之能，但你在殺我之前，我會先殺了你的老婆。」

王宜中似乎是突然想起了什麼重大之事，仰臉出神，不再理會那黑衣人。

那黑衣人半晌不聞王宜中回答之言，心中甚感奇怪，凝目望去，只見那王宜中呆呆地望著夜空出神，不知在想些什麼。

心中大怒，道：「我講的話，你聽到了沒有？」

王宜中目光一轉，兩道冷電一般的眼神，直逼到那黑衣人的臉上，道：「你可能是受天人幫裡控制，身不由己的人，我不想殺你，快些放開她吧！」

黑衣人怒道：「我如殺了金劍門主的夫人，就算是死於你手，那也是大大露臉的事，死而何憾。」

王宜中突然揚手一揮，一道金芒脫手飛出。

黑衣人哈哈一笑，道：「我站在東面，你把暗器打向南邊，難道會傷著我嗎？」

王宜中道：「你小心一些就是。」

黑衣人正待反唇相譏，突覺背後一涼，頓覺得巨疼刺心，眼睛一花，鬆開了手中的金玉仙。

只見他身子打個踉蹌，張口說道：「你設有埋伏？」身子一顫，倒摔在地上。

王宜中大步行了過去，緩緩說道：「我早勸過你了，但你不相信，爲了救我的妻子，只好殺死你了。」

伸手從那黑衣人背後，拔出一柄金劍，擦去血跡。抱起了金玉仙，右手連揮，拍活了她三處穴道。

金玉仙睜開眼睛望了那黑衣人一眼，道：「什麼人殺了他？」

王宜中道：「我！」

金玉仙道：「我不明白，你怎麼殺了他，又使我不受傷害？」

王宜中道：「在武林之中，有一種迴旋劍，那是一種很奇巧的勁道，如是運用得當，那投出的兵刃，會在一種極爲適當的距離之中，自行轉彎。」

金玉仙微微一笑，道：「這麼說來，你練成了很多種高明、奇怪的武功？」

王宜中道：「金劍門主豈是好當的嗎？」

金玉仙嫣然一笑，道：「真的，老人家的眼光，究竟是比我們高明一些，她的看法沒有錯，看起來，不論在任何環境之中，你都可以保護我了。」

王宜中雙目凝注在金玉仙的臉上，瞧了很久，發覺她臉上，橫溢著情愛，心中甚是感動，暗道：「她在經歷了生死之劫後，還對我充滿著信任，看起來，對我也許是一片真情了。」

忽然間，感覺到過去對她的諸般懷疑，有著於心不安之感，心中抱歉，不自覺間，伸手去攬住了金玉仙的柳腰。

金玉仙打蛇隨棍上，借機會偎入了王宜中的懷裡。輕扭柳腰兒，蛇一般地纏在王宜中的身上。

突然間，王宜中感覺到血流加速，全身都生出一種異常的感覺。

金玉仙發出了輕微的嬌喘聲，緩緩把臉兒貼在了王宜中的臉上。

有生以來，王宜中第一次和女孩子這般地臉兒相貼，身體相偎。溫柔滋味，竟然是那樣地令人陶醉。

忽然間，一道冷芒，閃電而至，直向王宜中後腦玉枕穴上刺去。那是人身致命的大穴，不論何等武功高強之人，如若被刺中玉枕穴，也必將殞命當場。

如若這時間有些聲音，能夠掩去那兵刃破空的聲音，王宜中在如此纏綿的當兒必死無疑。

但深夜中太靜了，王宜中又有著世無其匹的精深內功，那微小的破空風聲，給了他很大的警覺。

一元神功的深厚修爲，使得王宜中潛力迸發，警生念動，霍然向前一衝。

金玉仙正在品嘗著纏綿柔情，王宜中向前一衝，她仍然緊緊地抱著王宜中，未曾放手，這一來，兩個人一齊向地上倒摔下去。

一道冷芒如電，掠著王宜中頭頂飛過。

金玉仙驚呼一聲，放開了雙手，王宜中一躍而起。

回頭望去，只見一個全身黑衣的人，冷肅地站在兩丈以外。他臉上蒙著面紗，瞧不出他的神情、形貌，但見他身材頎長，手中執著一柄長劍，全身散發著冷森的殺氣。

王宜中吸一口氣，道：「閣下和木偶主人，是何關係？」

那黑衣人肅立未動，也未回答。

王宜中冷笑一聲，道：「閣下可是以爲這神情就唬住區區了嗎？」

舉步對那黑衣人行了過來。

金玉仙突然尖叫一聲，王宜中怔了一怔，疾快地轉身。只見兩個黑衣人幽靈一般，忽然出現，而且已逼近在金玉仙的身側。

王宜中殺機頓生，厲聲喝道：「不許動她！」

兩個黑衣人，恍如未聞，直對金玉仙行了過去。

王宜中突然飛躍而起，人如閃電，向兩個黑衣人衝了過去。燈光下，只見一道金芒閃動，耳際響起一陣金鐵交鳴之聲。緊接著是兩聲慘叫，兩個黑衣人，突然倒摔在地上，氣絕而逝。

每人的咽喉上，有一個制錢大小的血洞。鮮血汩汩，不停地流了出來。

王宜中回過身子，望著另一個黑衣人，道：「閣下，你如相信比他們高明很多，那就只管出手。」

那黑衣人仍然沒有說話，只是緩緩把手中的長劍，平舉在胸前。

王宜中很少閱歷，但他感覺那黑衣人舉劍之勢，充滿著劍術大家的氣度。

金玉仙長長吁一口氣，道：「啊！官人，好快、好凶的劍法，金劍門主的身分，果然是非同小可。」

王宜中回顧了金玉仙一眼，道：「你沒有受傷嗎？」

金玉仙搖頭微笑，道：「沒有。你來得太快了，他們沒有時間傷我。」

王宜中道：「兵戰凶危，生死一髮，我不該帶你來的。」

金玉仙歎口氣，道：「奇怪啊！那木偶主人向你挑戰，為什麼不見他來呢？」

王宜中道：「天人幫這個恐怖、神秘的組織，做事不按正規行動，也許那木偶主人不會來了。」

只見那黑衣人舉著手中的長劍，凝立不動。顯然，他已被王宜中揮手殺死兩人的威勢所震驚。

王宜中伸出手去，輕輕拍拍金玉仙，道：「你等著我，我對付了僅留的敵人，咱們就立刻回去，用不著再等那木偶主人了。」

金玉仙道：「賤妾一切遵從官人之命。」

王宜中轉過身子，緩步向那黑衣人逼了過來。右手執著金芒閃閃的短劍。

那黑衣人一直肅立不動，手中長劍，卻隨著那王宜中的身子轉動。

王宜中逼近那黑衣人身前五尺左右處，突然停了下來，道：「閣下是準備和我動手呢，還是棄劍投降？」

黑衣人冷肅地說道：「動手。」

王宜中道：「你不是我的敵手，三招之內，我就可取你之命。」

黑衣人道：「很可能，不過，我還是和你動手。」

王宜中道：「閣下當真是有著視死如歸的豪氣。」

黑衣人道：「死亡固然可怕，但還有比死亡更可怕的事情。」

王宜中突然輕輕歎息一聲，道：「你也是被人用藥物控制麼？」

黑衣人道：「你問的太多了，但你要知道我不會告訴你。」

王宜中道：「好！你小心了。」

右手長劍，刺了過去，引動那黑衣人的兵刃，左手一揮，疾向黑衣人蒙面黑紗上抓了過去。

那黑衣人似是早有預防，右手一揮，手中的長劍，突然閃轉出一片光芒，護住了全身。劍勢密如重雲、光幕，封住了王宜中銳利的攻勢。

王宜中胸中熟記著天下武學總綱，一看那人出手的劍勢，已知是劍術大家的手法，而且劍勢中大氣磅礴，似是正大門派中劍招。就在他心念一轉之間，攻出的劍招微微一收。

嗆的一聲，金鐵交鳴，雙劍觸接在一起。

黑衣人借勢變招，長劍一圈，忽然化成一片劍幕，泰山壓頂一般，罩了下來。

王宜中金劍上舉，封擋住下壓的劍勢，口中卻冷冷說道：「閣下出身正大門派。」

黑衣人沉腕收劍，劍招忽變，密如彩雲般，連攻三劍，道：「咱們動手相搏，你不殺我，我就殺你，用不著通名報姓了。」

王宜中金劍揮舞，擋開三劍快攻，道：「你如是被人控制、威迫，身難由己，在下不願殺你。」

黑衣人道：「王門主，目下的情勢，咱們是只有捨命一拚的結局，在下不希望和你談的太多，你也不用對在下太仁慈了。」

王宜中劍眉聳動，炯目放光，冷笑一聲，道：「毋怪江湖上宵小當道，正義淪喪，原來，武林中有這麼多縮首畏尾，甘願助紂為虐的人物。」

金劍一揮，疾攻過去。他心含憤怒，攻勢銳利異常，手中金劍，蓄滿了強勁絕倫的真力。

三劍硬拚之後，逼的那黑衣人門戶大開。

王宜中左手乘勢而入，一下子，抓下來那黑衣人的面紗。只見一張方面大耳，額留長髯的五旬大漢，滿臉驚愕之色，呆在當地。

忽然間，那大漢右手一抬，長劍反向頸間抹去。

王宜中右手金劍一探，壓住了黑衣人返回的劍勢，左手一把扣住了那黑衣人的右腕，冷冷說道：「你既然連死都不怕，還怕什麼？」

黑衣人長歎一聲，道：「王門主劍法高明，在下確非敵手。不過，如若王門主允許在下選擇，在下希望選擇死亡。」

王宜中一皺眉頭，道：「很奇怪，你爲什麼一定要死？」

黑衣人道：「一個人活在世上，感覺之中比死亡還要痛苦時，爲什麼不求一死？」

這時，金玉仙突然蓮步姍姍地走了過來，接道：「這位大哥，你爲什麼一定要死呢？」

黑衣人道：「唉！姑娘是……」

金玉仙接道：「我是他的妻子。」

黑衣人道：「原來是王夫人，在下失敬了。」

金玉仙道：「我丈夫不但有一身好武功，也有一副好心腸，金劍門是武林中人人皆知的大門戶，有很多很多武功高強的劍士，你如有什麼痛苦，只管說出來，我丈夫自然會幫助你，不管多大的事情，他都能替你擔待下來。」

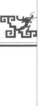

黑衣人道：「謝謝你們夫婦，你們確然是無能幫助我。」

金玉仙微微一笑，道：「官人，想法子阻止他，別讓他死。」

黑衣人臉色一變，道：「夫人，死的方法很多，你如是阻止我，我只不過是死得痛苦一些。」

金玉仙道：「豹死留皮，人死留名，似你這等無聲無息的死去，有何價值？」

黑衣人道：「在下死得確無價值，但只要對別人有價值，那就夠了。王門主，需知一個人生在世上，並非是全為自己一個人活著。」

王宜中沉吟了一陣，點點頭，道：「我有些明白了，你死之後，可以救別的人。」

黑衣人道：「王門主既能瞭解這些，那就應該成全在下了。」

王宜中回顧了金玉仙一眼，道：「看來，咱們對江湖中的事務，確然是瞭解的太少了，他既然堅持要死，而且是為他人而死，那該是義薄雲天的大義，咱們就成全他吧？」

金玉仙忽然歎息一聲，道：「有一句俗語說，這世間無奇不有，看來是果然不錯。官人覺著應該如何做，自然是不會錯。」

黑衣人突然抱拳一禮，道：「多謝兩位成全。」反手一劍，自向頸上抹去。一股鮮血噴了出來，人頭飛落到五尺以外。

那黑衣人雖然苦苦求死，但對自刎一事，卻又非完全甘心，一具無頭屍體，挺立了良久，才栽倒在地上。

王宜中望著那倒臥在地上的屍體，出了一陣子神，才輕輕歎一口氣，道：「我真的想不明白。」

金玉仙道：「什麼事？」

王宜中道：「天人幫不知用的什麼手段，竟然能使全不相干的人，爲其生、爲其死，當真是叫人有些迷惘了。」

金玉仙道：「可能是天人幫控制了他的家人，他不敢抗命，一個人如是爲父母妻兒而死，自然是毫不猶豫了。」

王宜中雙目盯注在金玉仙臉上瞧了一陣，道：「夫人之言，甚爲有理。咱們走吧！」

只聽一陣冷厲的笑聲，道：「王門主，就這樣走嗎？」

說話的聲音，十分熟悉，正是那木偶主人。

轉頭看去，只見那木偶主人，身著藍衫，白髮飄飄，站在燈火可及之外的夜色之中。

王宜中冷冷說道：「你來了……」

木偶主人接道：「老夫既然約你來，自然會按時趕到。」

王宜中冷漠一笑，道：「你如能早來一會兒，也許他們三個人還不會死。」

木偶主人冷酷地說道：「一個人如是該死，坐在屋子裡，也會被大樑壓死。」

王宜中冷哼一聲，道：「在下看錯了你。」
木偶主人冷笑一聲，道：「像你這點年紀的人，犯幾次錯，實也算不得什麼。」
王宜中回顧了金玉仙一眼，道：「你問問他吧，那些人都是些什麼人？」
金玉仙應聲向前行了兩步，道：「我是玉仙，你……」
木偶主人接道：「我看到你了。打架搏命，是男子漢的事情，你來此地作甚？」
金玉仙呆了一呆，道：「離開我奶奶之後，你對我完全不一樣了。」
木偶主人道：「這地方，場合不對，你退開去吧！」
王宜中道：「玉仙，退回來！生具惡根的人，好言好語，決是無法勸得醒他。」
金玉仙黯然歎道：「早知如此，小時候我應該學武功的，如若我能把武功練得像我奶奶一樣，他們也不敢對我如此了。」
木偶主人淡淡一笑，道：「賢侄女，你退下去，這不關你的事。」
金玉仙道：「爲什麼不關我的事，你知他是誰嗎？」
木偶主人道：「金劍門主王宜中。」
金玉仙道：「他也是我的丈夫。」
木偶主人道：「天下男人，多如恒河沙數，王宜中死了，還有無數英俊的少年人。」
金玉仙道：「住口，你懂不懂什麼叫三從四德。」

木偶主人道：「我懂，但那都是騙人的名堂。」

金玉仙道：「我要有機會見我祖母之面，我會告訴她這些話。」

木偶主人道：「那是以後的事了，現在，你請快些閃開。」

王宜中大行兩步，越過金玉仙，道：「玉仙，你明白了江湖上醜惡的人性，那就夠了。你退開去，我來教訓他一頓。」

木偶主人道：「對！王宜中，咱們男子漢的事情，最好別要女人插手。」

木偶主人突然向後退了三步，互擊了一掌。

只見兩個高逾三尺的矮人，緩步向前行了過來。

兩人舉動怪異，一看之下，就可瞧出是兩具高大的木偶。

王宜中冷冷說道：「你除了木偶之外，大約再無別的能耐了。」

木偶主人道：「你先對付了木偶，再對付老夫不遲。」

王宜中回頭望了金玉仙一眼，道：「你退開去，我對付了這木偶主人再說。」

說話之間，那兩個木偶已然直逼過來。

王宜中雙目圓睜，盯注在兩個木偶之上，暗中運氣戒備。兩個木頭做成的人，能走能動，看上去自然是有些恐怖，王宜中亦難免心中有些緊張。

兩個木偶行動很慢，一步一步地走了過來。

王宜中直待那木偶行到丈餘左右處，才突然一揮手，拍出了一股強猛的掌力直衝過去。左首木偶，首當其衝，吃王宜中強猛的掌力擊中，突然飛了起來。

就在王宜中掌力擊中木偶時，那木偶口、鼻、雙目，突然飛出來數道銀芒，直向王宜中飛了過來。

飛出銀芒，足足籠罩了丈許左右的地方，而且勁道強猛。顯然木偶身上，都裝置著強力的彈簧，果然惡毒無比。

王宜中早有戒備，一提氣，身子陡然向上飛去。他輕功卓絕，前無古人，一躍兩丈多高。

任是他動作快速，左足亦被一道寒芒射中。那銳利的鋒針，穿過靴子，直刺左足小指之內。

王宜中只覺左腳一麻，立時警覺受了毒傷，一面運氣閉著穴道，一面頭下腳上地直向木偶主人飛去。

手中的短劍，閃起了金芒，人、劍合一，破空而去。

木偶主人眼看王宜中排山一般的氣勢，心中大吃一驚，一提氣，躍飛而起，直向正東飛逃。

他逃的雖然很快，但王宜中的劍勢更快，金芒一閃之下，鮮血濺飛。木偶主人一條左臂生生被斬了下來。

王宜中落著實地，那木偶主人已然奔出了七、八丈外。

金玉仙急步奔了過來，低聲說道：「官人，你沒有事吧？」

王宜中苦笑一下，道：「腳上中了一枚毒針。」

金玉仙吃了一驚，道：「毒針？」

王宜中道：「我傷處發麻，自然是淬毒之物了。」

金玉仙道：「那針上的劇毒厲害嗎？」

王宜中道：「天人幫中用的毒物，自然是極為惡毒了。」

金玉仙道：「那要怎麼辦啊？」

王宜中道：「你不要急，這針上之毒還要不了我的命。」

金玉仙道：「想不到啊，人心這麼可怕，當我奶奶之面，對我百依百順，想不到今夜中竟然對我如此無禮。」

王宜中道：「今夜裡不該帶你來的，我本來可以殺死他，但我怕這裡仍有埋伏，所以沒有追殺他。」

金玉仙道：「官人說得是，你應該帶幾個劍士同來。」

伏下身子，接道：「官人，脫下靴、襪來，讓我瞧瞧你左腳的傷勢。」

她跪下雙膝，一副深情款款的樣子十分叫人感動。王宜中本待拒絕，但又不忍。

金玉仙抱起了王宜中的左腳，正待脫下他的靴子，忽聽砰的一聲，傳入耳際。

原來，另一個木偶脫離了那木偶主人的控制，無法轉彎，撞在那並生的柏樹之上。木偶內腑中機關發出的無數銀針，全都中在了樹身之上。

金玉仙仍然緊緊抱著王宜中一隻左腳，用力拉下了王宜中足上的靴子。

這當兒，忽聞一聲冷笑，傳了過來，道：「王宜中，你中了本門的五絕奇毒，十二個時辰之內，毒發而死，除了本門之外，遍天下再無人有此解藥。」

聲音嬌甜，分明是女子的口音。

王宜中顧不得再穿靴子，一轉身回頭望去。只見西門瑤手執長劍，站在那小廟前燈光之下。

王宜中道：「西門瑤姑娘。」

西門瑤緩緩地向前行了兩步，目光一掠金玉仙，道：「這位是……」

金玉仙已然站起了身子，微微欠身一禮，道：「賤妾金玉仙。」

西門瑤道：「你是王宜中的夫人？」

金玉仙道：「正是王門主的寒妻，姑娘見笑了。」

西門瑤冷冷說道：「有一件事，小妹想奉告王夫人。」

金玉仙道：「我洗耳恭聽。」
西門瑤道：「敝幫主有令，王宜中要殺，王夫人也要殺，很不幸的是，你叫我遇上了。」
王宜中冷冷說道：「西門姑娘，說話不覺著太過分嗎？」
西門瑤道：「王門主，你可知道，這地方埋伏有多少人手？」
王宜中道：「不論多少人，在下相信你們都無法取我之命。」
西門瑤道：「王門主如若未中毒針，這話咱們相信，可惜你中了毒，情勢就大不相同了。」
王宜中道：「就算比這再厲害的毒，也無法困得住我。」
西門瑤冷冷說道：「不論你武功如何高強，但你殺一個人，總要耗去一些真力，那奇毒就隨著你血液的流動，逐漸向心臟中行去，極快就會失去功力。」
王宜中道：「果真如此，在下爲西門姑娘可惜。」
西門瑤道：「爲什麼？」
王宜中道：「後面如何變化，你西門姑娘就看不到了，在下會先殺死你。」
西門瑤道：「抱歉的是，我奉了不能死去之命，只好有負雅意。」
王宜中道：「在我們目前的距離之下，你走不開的。」

西門瑤運劍突然繞頭打了一轉，暗影中魚貫行出了十餘個黑紗蒙面的人。這些人穿著一色的衣服，但手中卻拿著不同的兵刃。有長劍、大刀，竟也有佛門中用的方便鏟和禪杖。十餘個黑衣人一字排開，站在西門瑤的身前。

西門瑤冷冷說道：「這些人都是武林中第一流的高手，有些還是一派掌門身分。」

王宜中吃了一驚，接道：「這些人是……」

西門瑤接道：「這些人，都是來爲你王門主試劍用的。」

王宜中道：「好惡毒的手段。」

西門瑤道：「你應該自豪，這些人集在一起，武林中沒有第二個人可以和他們抗衡，但你王門主能夠，不過……」

王宜中道：「不過什麼？」

西門瑤道：「不過，你如殺死了這些人，只怕你也將到了毒發的時刻。」

王宜中道：「你們算得這樣準嗎？」

西門瑤道：「你該知道，敝幫主不是常人，一向是算無遺策。」

王宜中抬起頭來，目光如電，緩緩由群豪臉上掃掠過去，冷冷說道：「諸位雖然用黑紗蒙面，但在下知道，諸位都是武林中有聲望、有地位的高人，在下也知道，諸位到此的原因，都是身不由己，但希望諸位的神智都還能保持著清醒。」

幾個黑紗蒙面的人，一排橫立，冷肅地站著，但卻無一人回答。

王宜中一皺眉頭，道：「也許諸位的家人、妻兒，控制在別人的手中，也許是諸位的師長、親友、門人爲人控制，諸位心懷大仁，但行動卻是助紂爲虐。其實，諸位應該明白，你們就算殺了我王某人，但也未必能解救得了你們的親友、師長和門人、故友。」

十幾個黑衣人的蒙面黑紗，無風自動，顯然內心中，都激動得不能自制。

王宜中目睹其情，心中暗喜，忖道：「他們既有反應，顯然，內心之中都還很清楚。」

當下重重咳了一聲，接道：「諸位殺了我王宜中，加害諸位的天人幫，也不會替諸位解去禁制。一個手段慘酷、不講信義的人，他永遠不講信義，你們對付我之後，還得去對付我金劍門。消滅了金劍門，諸位一樣不會得到安靜，還得去對付很多很多別的人，像少林、武當，直到整個的武林，完全被天人幫征服之後，最後，諸位還落得一個鳥盡弓藏、兔死狗烹的命運。」

十幾個黑衣人中，突然發出了幾聲長長的歎息。

西門瑤並未喝止王宜中，似乎是很欣賞他滔滔不絕的大道理。

王宜中聽得了反應，信心大增，暗道：「我如再多費一些口舌，也許會說服他們了。」

這時，站在王宜中身後的金玉仙，突然向前兩步，低身說道：「官人，這些人，爲什麼要用黑紗蒙面？」

王宜中道：「他們都是武林中很有地位的人，不願意讓人見到他們的真面目。」

金玉仙啊了一聲，道：「他們的武功很強嗎？」

王宜中道：「我雖然無法見到他們的真正面目，但我相信，他們是武林中第一流身手的人物。」

金玉仙道：「你相信那位西門姑娘的話？」

王宜中道：「我相信天人幫主，決不會找一群武功不好的人來對付我。」

金玉仙低聲道：「如是他們的武功，都很高強，你一個人，如何對付他們，咱們先走，設法召來門中劍士，再來對付他們。」

王宜中搖頭道：「我是一門之主，如何能臨陣逃走？」

金玉仙道：「他們……」

王宜中微微一笑，接道：「他們都是極具才慧的人物，能夠辨識利害，我希望說動他們，擺脫天人幫的控制。」

金玉仙道：「如是無法說服他們呢？」

王宜中道：「說不服他們，自然要動手了。」

金玉仙接道：「賤妾擔心的就在此了，如何能勝過這多高手？」

這句話說得聲音很大，站在旁側的西門瑤也聽得十分清楚。

西門瑤冷笑一聲，道：「你爲什麼不幫他的忙？」

金玉仙道：「他是我丈夫，我自然應該幫他，可惜我不會武功。」

西門瑤道：「夫妻應該是生同羅帳死同穴。」

金玉仙道：「西門姑娘說得不錯。雖然我們沒有生同羅帳，但卻要死同一穴。你們如真的殺死我的丈夫，我一個人豈能獨生。」

西門瑤忽然間，淡淡一笑，道：「你如真想死，我就先成全你。」長劍一探，突然刺了過來。

金玉仙眼看寒芒刺來，啊喲一聲，向後倒去。

王宜中金劍一揮，噹的一聲，震開了西門瑤的長劍，怒道：「西門瑤，你口是心非！」

西門瑤長劍一緊，唰唰唰連劈三劍，大聲說道：「你是金劍門主，怎能血口噴人？」

王宜中封開三劍，還了一招。

西門瑤縱身避開，道：「你先對付了這十二高手，咱們再打不遲。」

王宜中劍一擺，道：「諸位，是否三思在下之言？」

十二個黑衣人，沒有一個人答話，也沒有一個人出手。

躲在王宜中身後的金玉仙沉聲道：「官人，無毒不丈夫，趁他們還在猶豫，先殺他們幾個，也可減少一些力量。」

王宜中微微一怔，回顧了夫人一眼，道：「玉仙，你不懂江湖中事，最好別多插口。」

金玉仙啊了一聲，向後退去。

王宜中目光轉到西門瑤的身上，道：「姑娘，在下話已經說完了，聽不聽是他們的事了，你要他們出手吧！」

西門瑤道：「你太倔強了。」

長劍一揮，指向了王宜中。

這本是指揮十二個黑衣人的暗號，但十二個黑衣人卻是肅立未動。

西門瑤皺皺眉頭，失聲叫道：「奇怪啊！」

王宜中冷冷說道：「沒有什麼奇怪，他們如若還神智清明，自然會分辨是非，這事很簡單，任何人聽到，都會明白。」

西門瑤神色平靜，笑一笑，道：「他們神智如是很清醒，他們就應該聽從令諭，他們敢不認命，那是從未有過的事。」

王宜中道：「貴幫主應該明白，這件事早晚都會發生。」

十二個黑衣蒙面人中的兩個，突然回過身子，一左、一右地向西門瑤逼了過去。

西門瑤長劍一揮，劃出了一道森寒的冷芒，道：「站住！兩位應明白，只要我法器一響，諸位立刻就毒發而死。」

兩個向前逼近的黑衣人，一個手執戒刀，一個手執禪杖，兩個分明都是出家的和尚。西門瑤的喝叫聲，發生了很大的效用，兩個黑衣人立刻停了下來，就這一陣工夫，十二個黑衣人散佈開去，把西門瑤圍在中間。

西門瑤心中明白，這十二位武林高手，任何一個，都極難對付，若十二個人一起出手，除了王宜中還有一點機會之外，任何人都無法擋受得住，心中大急之下，探手入懷，摸出了一個銀色長管，放入口中。

王宜中瞧得心中大爲奇怪，暗道：「一個銀色的短管，能有多大威力，如何能駭住這十二個高人。」

但十二個黑衣蒙面人，卻對那銀哨有著很大畏懼，齊齊向後退去。

西門瑤突然取下口中銀管，長歎一聲，道：「你們如若真的不畏懼後果，你們可以去了。不過，你們要知道，你們身中之毒，除了我們的幫主之外，很難再找到解毒藥物。」

只聽一個威重的聲音，說道：「王門主說得不錯，咱們就是遵從貴幫主之命，殺死了王門主，擊潰了金劍門，貴幫也一樣不會放了我們，咱們就算毒發而死，留下金劍門，也好替武林保存一分正義。」

西門瑤黯然歎息一聲，道：「你們去吧！我慚愧沒有能力幫助你們。」

只聽那手執戒刀的黑衣人，一聲阿彌陀佛的高昂梵唱，響徹雲霄。這一聲梵唱，有如暮鼓晨鐘，使得全場中人都爲之心神一震，神智也爲之一清。

緊接著傳出蒼勁的聲音，道：「老衲喜睹武林中又一代奇才人物，也使老衲放心了不少。希望你能早誅天人幫，爲武林中解除危機。但王門主身受暗器所傷，天人幫中暗器，想來必是淬毒之物，這裡有解毒丹藥一粒，奉贈門主服用。」

右手一抬，一粒黃豆大小的丹丸，直飛過來。

王宜中伸手接過丹丸，道：「多謝老前輩。」

那手執戒刀的黑衣人突然棄去手中戒刀，道：「王門主多保重，老衲去了。」

王宜中道：「老前輩留步。」

黑衣人轉過身子，道：「王門主還有什麼指教？」

王宜中道：「老前輩可否取下面紗，讓晚輩一睹廬山真面目？」

黑衣人歎息一聲，道：「王門主，不用了。但老朽可以奉告一句，今宵來此的一十二人，都是武林中很有身分的人，他們不願以真正面目和你相見，希望王門主替他們留下一點顏面。」

王宜中啊了一聲，道：「老前輩不要誤會，晚輩並無此意。」

黑衣人道：「那麼我等去了。」當先舉步向前行去。

餘下的黑衣人緊追那人身後，大步而去，片刻之後，走的蹤影不見。

王宜中目睹十二個黑衣人消失之後，目光轉注到西門瑤的身上，道：「你又爲什麼放了他們？」

西門瑤歎息一聲，道：「我說不出理由，我只是覺得應該放他們走。雖然，我明明知道，放他們離去，他們也無法逃過毒發而死的命運，但我覺著應該給他們一個機會。」

王宜中道：「什麼機會？」

西門瑤道：「讓他們碰碰運氣看。」

王宜中道：「碰運氣？」

西門瑤道：「他們如若沒有什麼意外的遭遇，大約還可以活上十天，希望他們在十天之內，找到解毒的藥物。」

王宜中道：「有機會嗎？」

西門瑤道：「如若有，那該是千古奇遇。」

王宜中啊了一聲，道：「西門姑娘，你如真有棄暗投明之心，就請告訴在下一件事。」

西門瑤道：「什麼事？」

王宜中道：「告訴我，貴門主現在何處？」

金玉仙突然開口說道：「姑娘別告訴他。」

西門瑤冷笑一聲，道：「為什麼？」

金玉仙道：「他的傷勢還沒有好。」

西門瑤道：「姑娘可是怕他聽得消息之後，去找敝幫主拚命。」

金玉仙黯然說道：「不錯。他生性倔強，雖然傷勢未好，但他知曉了貴幫主居住之地，定然會不顧生死，趕往貴幫主停身之處，奪取解藥。」

西門瑤冷笑一聲，接道：「你是替你的夫君擔憂呢，還是替咱們的幫主擔憂？」

金玉仙微微一怔，抬頭望了西門瑤一眼，道：「賤妾爲夫君擔心，他毒傷未癒，縱然有絕世武功，也難是貴幫主的敵手。」

西門瑤道：「夫人會療毒嗎？」

金玉仙道：「賤妾不會武功，怎會療毒？」

西門瑤道：「那你要他在此，豈不是要他等著毒發死亡？」

金玉仙道：「賤妾雖然不會療毒，但我知金劍門中必有療毒之藥，只要他能回金劍門，就可以療治毒傷了。」

西門瑤道：「夫人，你太小看咱們的幫主了。」

這一次說得聲音甚大，而且含意明顯，金玉仙勢已無法裝作不懂，神情一愕，道：「姑娘說的什麼？」

西門瑤道：「我說得很明白，夫人還未聽清楚嗎？」

金玉仙道：「我聽清楚了，但我不懂。」

西門瑤道：「夫人，咱們是黑夜看燈，打鈴聽聲，王宜中不會笨得不知道你的身分。」

金玉仙眨動了一下圓圓的大眼睛，道：「姑娘，你是說我也是天人幫中人？」

西門瑤道：「咱們天人幫中人一向善於僞裝，這一次不知怎的做了這等大露破綻的事，整個的金劍門中，只怕都知你是天人幫派去的人了。」

金玉仙輕輕歎息一聲，臉上是一片茫然的神色，回顧了王宜中一眼，道：「官人，毋怪你對我動疑了，連這位西門姑娘，也懷疑我是天人幫中的人。」

王宜中心中始終對金玉仙存著一分懷疑，一直冷眼旁觀，未多一言。

直待金玉仙開口相問，才緩緩說道：「在下已知夫人不可能是天人幫中人，但卻無法對人解說，這一點，還望夫人原諒。」

兩行淚珠兒，順著金玉仙雙腮流下，但她迅快地取出一方絹帕掩在臉上。那神情悽楚中，帶著無限的委曲，怎麼看也不像是裝做。

王宜中心中又泛出一份愧疚之感，道：「夫人真金不怕火，金劍門、天人幫，已到了短兵相接的時刻，不要多久的時間，就可以水落石出。那時，夫人所受的委曲，就可以得到了補償，目下多忍一分誤會，屆時，就可以多受到一分敬重。」

金玉仙緩緩放下了掩面手帕，黯然歎息一聲，道：「官人，我可以忍受關在地牢中的百般痛苦，也可以忍受閨房冷淒、寂寞，但我不能再忍受這些冷嘲熱諷。我以死明心，爲什麼你又放我出來，我一個弱女子能承受多少痛苦？」
王宜中大感愧疚，陪笑道：「夫人你已經忍受了很多，爲什麼不能再多忍受一些呢？」
金玉仙突然間變得倔強起來，搖搖頭，道：「我不願再忍受了，我要走。」
王宜中吃了一驚，接道：「你到哪裡去？」
金玉仙道：「回到我奶奶的身邊，我不能再忍受了。」
王宜中道：「金劍門中人，已對你漸生諒解，你如一走，豈不是前功盡棄？」
金玉仙道：「你消滅了天人幫，我再回來，那時妻以夫貴，我固然可以堂堂正正地做金劍門主的夫人，你也可以揚眉挺胸，受人敬重。我不能再留這裡，害你也抬不起頭。」
王宜中道：「夫人，西門瑤並不是金劍門中人。」
金玉仙道：「正因爲她不是金劍門中人，我才感覺事情嚴重，因爲，懷疑我的，並不只金劍門中的人。」
西門瑤聽兩人對答之言，心中也不禁有些懷疑起來，暗道：「難道這只是碰巧的事，這女人真的和天人幫無關？」
繼而心念一轉，暗道：「天下哪有這等巧事，再說，木偶主人已明明是天人幫中的人了，她怎會和天人幫全無關係。」
當下冷冷說道：「夫人，你回去稟報幫主一聲，就說我西門瑤過不慣這等詭秘、恐怖的生活，我要棄暗投明，降服金劍門。」

金玉仙黯然一笑，道：「良禽擇木而棲，姑娘具有大智慧，能夠迷途知返，賤妾為姑娘慶幸。」轉過身子，緩步向前行去。

王宜中飛身一躍，攔住了金玉仙的去路，道：「夫人，夜色幽暗，道途荒涼，你一個人不會武功，如何能夠行動。」

金玉仙道：「千古艱難唯一死，我連死都不怕了，還怕什麼，不勞官人費心。」

王宜中道：「不行！我不能讓你一人冒險。」

金玉仙冷肅地說道：「我雖然未學過武功，但我出生江湖世家，一些防身暗器，倒是有的。你不要攔我。」

王宜中微微一笑，道：「原來夫人身懷奇技，深藏不露，我倒要見識一下。」

金玉仙一探手，取了一把雪亮的匕首，對準咽喉之上，道：「攔阻我，我就死給你看。」

王宜中呆了一呆，想不到她防身之法，竟是自求一死，倒不敢強行攔阻。

金玉仙神色冷峻地道：「你們不許再向前一步，動一動，我就刺穿了自己的咽喉一死。」

王宜中急急說道：「玉仙，有話好商量，不可輕易尋短見。」

金玉仙道：「我想過很多了，別勸我，我該先回去，但我會很耐心地等你。」

王宜中道：「就決定要走，我也該派些人送你回去。」

恩泉下了。」

金玉仙道：「我知道如何自保，你消滅了天人幫，如若我還活在世上，你就去接我回來，如是我死了，你不妨再娶一房，只要你記著咱們成親的那一天，替我燒些紙錢，賤妾就感恩泉下了。」

這等纏綿悲淒之言，她談來竟然是從容鎮靜，全無半點傷感的味道。

王宜中卻有些黯然神傷，熱淚幾乎要奪眶而出。

他極力地忍受著，長長歎息一聲，道：「夫人，我真的是有些對不起你。」

金玉仙道：「來日方長，我如不死，你以後還有不少補償的機會，我去了。」

目光一掠西門瑤，道：「這位西門姑娘，才貌雙全，更難得的是一身武功，既有棄暗投明之心，也許我以後永遠沒有機會對你說這些話了。」

語聲一頓，接道：「如是你能收了西門姑娘，就把她收了。我如死了，就把她扶正，我如是不死，你就多收一房妻妾。」緩緩轉身大步而去。

王宜中看她手中的匕首，一直指在咽喉之上，也不敢攔阻於她。只見一個孤獨的背影，緩緩消失在夜色之中。

金玉仙去後良久，西門瑤才長長吁一口氣，道：「王門主，你信不信她的話？」

王宜中微微一怔，道：「你呢？」

西門瑤道：「如若我沒有這幾年的詭異經歷，我一定會為她剛才一番話，感動的放聲大哭。」

王宜中道：「她來的時機太過巧合，不論什麼懇切、動人的話，都很難解說清楚。但我實在又無法從她的言行中，瞧出任何破綻，你也是天人幫中很重要的人，應該比我清楚，她是不是天人幫中人？」

西門瑤道：「要是能夠一眼瞧出她是不是天人幫中人，天人幫也不足稱爲神秘組織了。」

王宜中道：「可惜那木偶主人逃走了，要不然定可從他口中問出內情。」

西門瑤搖頭道：「你問不出來，天人幫主永遠不會給屬下洩漏秘密的機會，我這次來對付你……」

突聞一聲悲嘯，劃破了夜空，傳入耳際。

王宜中微微一怔，道：「那是什麼聲音？」

西門瑤道：「人！一個將要死亡的人，臨終前發出的悲嘯。包含了無限的悲苦，無限的怨恨，也是心中充塞的一股悲憤不平之氣。」

王宜中道：「姑娘似是對他的嘯聲很熟？」

西門瑤道：「我是很熟悉，因爲，我聽過這樣的嘯聲，他們和常人有些不同。」

王宜中接道：「哪裡不同了？」

西門瑤道：「他們有一身深厚的功力，卻無能對面臨的死亡反抗，那是一股不平之氣，化作一聲悲嘯。」

王宜中道：「唉！這又是貴幫的傑作了。」

西門瑤道：「不錯，除了天人幫，沒有人能夠讓一個功力深厚的武林高手，死的如此窩囊，也許是他們直到死亡臨頭時，才知道自己過去錯了，清醒了，惜愛性命，知道瞻前顧後，不一定能保住自己的性命。」

王宜中道：「姑娘倒是想得很清楚。」

西門瑤道：「如是想不清楚，我也不會和你談這些話，也不會放了那十二位武林高人。」

王宜中掂掂手中的解藥，道：「姑娘，這解藥可不可以服用？」

西門瑤道：「應該是可以，給你解藥的人，是少林寺中的高僧，我雖然不知道他在寺中是何身分，但卻不會低。他們甘願自己等待毒發而死，不肯對你下手，那是說，他們把希望都寄於你的身上了。」

王宜中道：「我心中有一點不解之處，他如誠心送我解藥，這解藥定然十分名貴，爲什麼他自己不肯服用，卻甘願接受貴門主驅使？」

西門瑤道：「他們中的毒和你不同，你是淬毒暗器所傷，他們卻是被服用一種毒物所傷。而且，他們甘願受命，並非只是爲了本身的生死，原因是身後還有著極爲嚴重的威脅。」

王宜中一張口，服下解藥，道：「這是一粒毒藥，也未必會毒得死我。」

西門瑤微微一呆，道：「你已練成了百毒不侵的身體？」

王宜中道：「那倒不是。但我心中記得有一篇逼毒之法，就算是中了毒，我也可以把奇毒集中於一處，不讓它發作出來。」

西門瑤道：「那能夠支持多少時間？」

王宜中道：「我想一、兩個月不會有什麼問題。」

西門瑤呆了一呆，歎道：「無怪我們幫主，念念不忘取你之命，你確然是他一大勁敵，也是唯一能夠對付他的人。」

王宜中道：「可惜的是，我一直無法見他之面，不論他武功如何的高強，我都不會怕他，但他隱在暗處，到處放火，實在叫人防不勝防了。」

西門瑤舉步行到王宜中的身後，伏身撿起地下那只靴子，道：「穿上吧！身在殺機四伏中，你們還有纏綿的興致，實在叫人佩服。」

王宜中臉一熱，道：「她要看我的傷勢，我……」

西門瑤接道：「你沒法子拒絕是不是？」

王宜中穿了靴子，道：「她是個很可憐的女人，我不忍太傷害她……」

又一聲斷魂驚心的長嘯，傳了過來，打斷王宜中未完之言。

王宜中黯然說道：「又死了一個，是嗎？」

西門瑤點點頭，道：「十二個人，看樣子，都無法逃走了。」
王宜中道：「他們毒性發作的好快啊！」
西門瑤道：「本來，他們還可以活一天，因爲他們都服用了足夠份量的解藥。」
王宜中道：「爲什麼他們一個個發出了厲嘯死亡？」
西門瑤道：「我們幫主，算無遺策。他不信任我，一定另外派人在暗中監視著我，使用法器，促使他們毒性提早發作而死。」
王宜中道：「像你適才含在口中的銀哨一樣？」
西門瑤搖搖頭，道：「我不知道。我用銀哨，也許別人用的另外一種法器，他們中毒的人，怕聽那種聲音，那聲音促使他們失去控制的能力，使毒性立刻發作。」
王宜中道：「用毒用到了這等境界，實是罕聞罕見的事，也足以自豪了。」
轉頭望去，只見西門瑤仰臉望天，似是在想些什麼，而且，想得十分入神。
王宜中一皺眉頭，道：「姑娘想到了什麼重要的事？」
西門瑤道：「我在想，敝幫主不可能跟蹤我啊！」
王宜中呆了一呆，道：「那是遇上了貴幫主？」
西門瑤搖搖頭，道：「沒有這麼巧的事情。」
王宜中道：「咱們瞧瞧去！」

西門瑤道：「沒有用，瞧到了他們死亡前掙扎的痛苦，你會肝膽俱裂，但卻又無能幫助他們。」

她神色突然間轉變得十分嚴肅，接道：「王門主，尊夫人走的是不是牽強一些？」

這句話有如醍醐灌頂，頓使王宜中神智一清，道：「不錯。照她近日的性格而言，是一位很柔弱的女人，今夜裡突然間變得十分堅強起來。」

西門瑤道：「仔細地想一想，尊夫人很可能和我同屬一幫。」

王宜中道：「你是說，她也是天人幫中人？」

西門瑤道：「是的。不過，咱們沒有親眼看到，也不能肯定是她。」

王宜中道：「多謝姑娘提醒。」

西門瑤道：「如若她真是天人幫中人，身分定然很高。」

王宜中道：「會不會是天人幫主？」

西門瑤呆了一呆，道：「這個，不大可能吧！」

王宜中看出她臉色大變，顯然心中有著無比的震駭，輕輕咳了一聲，道：「姑娘，你很怕貴幫主？」

西門瑤嗯了一聲，道：「我是怕他。」

王宜中道：「不要怕，你如肯投入金劍門中，我負責保護你的安全。」

西門瑤突然想起了一件事，黯然一笑，道：「沒有人知道敝幫主的存身之處，他可能隨時出現。」

王宜中接道：「這樣的神秘嗎？」

西門瑤道：「王門主信不信，我在貴門分舵附近，卻見到了敝門主。」

王宜中道：「什麼時候？」

西門瑤道：「昨天，我們分手之後，我行在一座樹林中，敝幫主忽然現身，他指責我叛離天人幫，要我將功折罪，今晚上帶人來取你之命，可是我……」

王宜中微微一笑，接道：「你又背叛了天人幫主之命，不但沒有殺我，而且還放了十二位高手。」

西門瑤點點頭，道：「不錯。我沒有殺了你，已經是抗拒令諭，犯了幫規，再放走十二高手，那是非死不可的大罪。」

王宜中道：「姑娘，你害怕了？」

西門瑤冷冷說道：「我爲什麼不怕。我人就要死了，難道還要我開心的大笑不成。」

王宜中道：「姑娘怎會就要死了？」

西門瑤道：「因爲我違抗了我們幫主的令諭。」

王宜中道：「我和貴幫主處處爲敵作對，我怎麼還活到現在而沒有事情。」

西門瑤道：「你不同。」
王宜中道：「哪裡不同了？」
西門瑤道：「你不是天人幫中人。」
王宜中笑一笑，道：「貴幫主殺我之心，重於殺你何止百倍，但他沒有辦法殺我，只要你和我走在一起，他縱有殺你之心，也是沒有下手的機會。」
西門瑤展顏一笑，道：「其實，我如不是身中有毒，我也不太怕他。」
王宜中愕然說道：「怎麼，你也中了毒？」
西門瑤道：「是的。天人幫主的屬下，大都身中有毒。」
王宜中道：「唉！這麼看來，貴幫主是一個人也不相信了。」
西門瑤道：「這大概是吧。所有在天人幫中的人，大概都已中毒。」
王宜中道：「貴幫主爲人看來十分孤僻了。」
西門瑤道：「不錯。他沒有一個朋友，所有的只是屬下和敵人。」
長長吁一口氣，接道：「其實他連敵人和屬下也沒有辦法分得清楚。」
王宜中道：「此話怎麼說？」
西門瑤道：「因爲，他對屬下的手段，和對敵人並無什麼不同。」
王宜中道：「我不明白，他這樣一個人活下去有什麼意思，沒有朋友，沒有一個可以和他說話的人。」

西門瑤道：「我也不明白，他如何的生活下去？」

王宜中歎口氣，道：「一個做壞事的人，一定有他的怪癖，就算有一天真的統治了整個江湖，他的生活又有什麼快樂。」

西門瑤道：「我從前從沒有想到過這些事，你這一句，卻也提醒了我，一個人如若沒有朋友，沒有親人，沒有可信、可托的人，活著和死亡，並無區別。」

王宜中突然仰起臉來，望著夜空，長長吁一口氣，道：「西門姑娘！」

西門瑤嗯了一聲，道：「什麼事？」

王宜中道：「貴幫主所以能隨心所欲，隱現無常，貴幫中人都在爲他掩護。」

西門瑤睜大了一對明亮的眼睛，接道：「我們天人幫中人，也沒有幾個見過他，如何爲他作掩護？」

王宜中道：「表面上似是如此，但事實上，你們先把他給神化，覺著他無所不能，無所不在，表現出的畏懼、服貼，像一道牆，擋住了你們的雙目，也遮住了你們自己的眼睛。」

西門瑤眨動了一下圓圓的大眼睛，似解非解地說道：「你說的話，似乎是很深奧，我有些不大明白。」

王宜中道：「你們在心理上，覺著貴幫主太強大、太可怕了，所以，形諸於外的，是無比的恭順和敬服。」

西門瑤搖搖頭，道：「你這一解說，我就更爲糊塗了，我們本來就沒有見過他，如何能知道他是什麼樣子？」

王宜中道：「因爲你們太怕他，忽略了身邊的細節小事，縱然是懷疑了，也是不敢追、不敢查。如是你們能精細一些，留心到身側的瑣事，也許早就能發覺貴幫主的真正身分。」

西門瑤若有所悟地點點頭，道：「你說的也許有些道理。」

王宜中道：「姑娘如若能夠仔細地想想，你定然曾放過了很多揭穿貴幫主真實身分的機會。」

西門瑤道：「你說得不錯，過去我們太怕他了。」

王宜中道：「對！天人幫主也是一個人，他不敢和我面對面地動手相搏，那證明他沒有致勝的把握，但姑娘……」

西門瑤道：「我也打不過你啊！」

王宜中道：「但姑娘如若和我動手，至少可以打個百來回，不！咱們各出全力相搏，你也可以和我打上幾十個照面，但如你能和你義父在一起，你們兩個人聯手拒敵，世上能夠勝你們的人，那就絕無僅有了。」

西門瑤道：「連你也不能嗎？」

王宜中道：「我不能。至少要有一場激烈絕倫的惡鬥，我想天人幫主也不能，因爲，他的武功未必能強得過我。」

西門瑤道：「唉！你說得很有道理，可是過去，我們似乎是全未想到。」

王宜中道：「現在，你用心想，還不遲。」

西門瑤道：「我身上中了毒，你知道嗎？我只要一生叛離他之心，他隨時可以置我於死地。」

王宜中道：「現在，你叛離了他，不是還好好的活著嗎？」

西門瑤道：「因爲，我身中之毒沒有發作。」

王宜中道：「什麼樣的毒？」

西門瑤道：「只要他發出一種聲音，我身中之毒，立刻發作。」

王宜中微微一笑，道：「像那十二位高人一樣？」

西門瑤道：「是。不過，聲音不同，能促使我身上毒發作的，只有天人幫主一人。」

王宜中哈哈一笑，道：「有一個辦法，你和我在一起，貴幫主就不敢害你了。」

西門瑤道：「你一點也不怕天人幫主嗎？」

王宜中道：「不怕。而且我希望早些見到他，作一個了斷。唉！貴幫主多活一天，武林中就多一天災難。」

西門瑤長長吁一口氣，道：「我可以跟你在一起，但我的義父和妹妹，只怕無法逃過天人幫主的毒手了。」

王宜中歎道：「這是人性的弱點，你自覺著死不足惜，但卻怕連累了你的義父和姐姐，令姐和你義父，也有著同樣的憂慮，就這樣，你們永遠被天人幫主控制。」

西門瑤沉吟了一陣，道：「多謝指教。小妹已決心棄邪歸正，但我還是要回去一趟，勸說我義父、妹妹一起離開。」

王宜中道：「我和你一起去。」

西門瑤笑一笑，道：「不用了，我好像忽然間有了勇氣，你和我同行，敝幫主只怕不會露面了。」

王宜中道：「你要見貴幫主？」

西門瑤道：「是的。這些年來，我們一直受著他的威脅、恐嚇，在驚怖之下生活，幾乎不覺著自己存在。我們爲幫主而生，也爲幫主而死，現在，我忽然很想見見他。」

她語聲微微一頓，接道：「對你的事，我們知道的很多，你練成一元神功，那是天賦、師承和環境的配合，我相信我們幫主未必有這個能耐，他和我們一樣，必然面臨著一個人體能的極限。」

王宜中道：「姑娘真的想通了。」

西門瑤道：「想通了人的價值，也想通了生死的意義，就算我仍然無法逃過死亡的命運，但我已不再恐懼、怯弱。」

王宜中突然抱拳一揖，肅然說道：「是非需明白，生死安足論，希望咱們能早日相見。」

西門瑤笑一笑，道：「王門主也應回去看看，他們可能用調虎離山之計。」

王宜中道：「在下早已想到了，不過我們也早有準備，金劍門中的劍士，個個都立下重誓，獻身於武林正義。貴幫主不是君子人物，我們也不用君子手段對待他，金劍門中劍士聯手，我相信可以對付他。」

西門瑤道：「我的大門主，他不會一個人去，去了必然有很多相從高手，你還是快些回去瞧瞧吧，不過……」

王宜中道：「不過什麼？」

西門瑤道：「沿途上小心一些，我們幫主一向是個很精細的人，所以，你不能有一點大意，稍一不慎，就可能造成莫可彌補的大恨事。」

王宜中淡淡一笑，道：「多謝姑娘提醒。」

西門瑤道：「不要謝我了，路上珍重，我先去了。」

王宜中道：「姑娘也要珍重。」

卅五　正面交鋒

世上事就是那麼奇怪，怕處有鬼，癢處有蚤，西門瑤一路上擔心害怕遇上幫主，但她行不過四、五里，偏偏就遇上了天人幫主。

夜色中，只見一個全身黑衣的人，站在途中，擋住了去路。

西門瑤愣了一下，道：「閣下是什麼人？」

那黑衣人雙目閃動奇異的眼光，冷冷說道：「西門瑤！你很幸運，見到了本幫主，雖然你沒有見到我的真正面目，但能這樣見我，也可以死而無憾了。」

聽到第一句聲音，天下再沒有第二個人能發出那種聲音。那聲音難聽之極，也恐怖之極。

西門瑤頂門上滾落下幾顆冷汗珠兒，長長吸一口氣，勉強保持著鎮靜，緩緩說道：「見過幫主。」一面欠身作禮。

天人幫主那怪異的聲音，重又傳入了耳際，道：「你還知道有幫主嗎？」

西門瑤道：「屬下未執行幫主的令諭，自知罪該萬死。」

天人幫主接道：「你既知罪，那就趕快自絕吧！」

西門瑤驚震之情，逐漸地平復下來，緩緩說道：「請問幫主，一個人能夠死幾次？」

天人幫主一時間沒有聽出西門瑤話中的含意，緩緩說道：「一次。」

西門瑤道：「如是一個人只能死一次，屬下就不願自絕。」

天人幫主道：「爲什麼？」

西門瑤道：「幫主如若要殺死屬下，至少還要勞動一下尊手，如是屬下自絕了，幫主正是坐觀其變，連手也不要動了。」

天人幫主有些大感意外，雙目眨動了一下，暴射出兩道神芒，道：「你可是想和我動手？」

西門瑤道：「屬下還不願死，幫主如能高抬貴手，屬下感激不盡。」

天人幫主道：「在整個天人幫而言，我對你已經格外施恩了。任何人只要犯一次錯，就會死亡，但你錯了兩次，仍然活著，這第三次，勢不能饒過你了。」

西門瑤道：「那也是沒有法子的事了，不過屬下請求幫主，答允屬下一件事。」

天人幫主道：「你說說看。」

西門瑤道：「屬下希望幫主能以真功實學，把我殺死。」

天人幫主怒道：「這麼說來，你還要和我動手了？」

西門瑤道：「如是幫主不開恩，非要殺我不可，屬下也只好領教幫主幾招了。」

天人幫主冷笑一聲，道：「你當真是膽大得很。」

西門瑤道：「卑躬屈膝，如是難免一死，屬下何不死得氣壯一些。」

天人幫主道：「好！我倒要看看你武功上成就如何？」

突然一上步，一掌向西門瑤前胸拍去。

西門瑤不敢出手封架，飄身退後了七、八尺遠。

天人幫主一跨步，又欺到了西門瑤的身前，道：「你怎麼不還手？」

西門瑤道：「我，我，我……」但見臉上汗水汩汩而下，我不出個所以然來。

天人幫主冷笑一聲，道：「你心裡也會害怕，是嗎？」

只聽一聲朗朗長笑傳來，道：「西門姑娘，不用怕，在下來也！」

聽到來人的聲音，西門瑤心中忽然間鎮靜下來。

王宜中疾如鷹隼一般，飛落在西門瑤的身前，攔住了天人幫主。

天人幫主怪異的聲音中迸出憤怒，道：「你是什麼人？」

王宜中微微一笑，道：「幫主早知道在下是誰了，何用再問？」

天人幫主道：「金劍門門主王宜中。」

王宜中道：「不錯，正是在下。」

天人幫主冷冷說道：「你可知道我是誰？」

王宜中道：「天人幫主。我想你不應該不承認，第一是，你已經承認過了，第二是，我聽過你的聲音，世間沒有第二個人，能夠發出這樣的奇怪聲音。」

天人幫主不再答話，突然轉身緩步向前行去。

這變化大出了王宜中的意料之外，不禁爲之一呆。

一怔之下，立時提氣飛躍，掠過了西門瑤，落在了那天人幫主的身前，攔住了去路，道：「怎麼，幫主想走？」

黑衣人突然冷冷說道：「王宜中，別太自信，能這般輕易地見到我們幫主。」

王宜中又是一怔，道：「你在說什麼？」

黑衣人道：「我再說一遍，你未必能這樣輕易地見到我們幫主。」

王宜中道：「在下很奇怪，貴幫主處處有心取我之命，但一旦見到我時，卻又推三阻四，不知是何用心？」

黑衣人道：「不論你信不信，快給我閃開去路。」

王宜中道：「可以，但有條件，取下你的罩帽，讓在下見一下你的真正面目。」

黑衣人道：「我從不答應別人的條件。」

王宜中劍眉聳動，俊目放光，冷笑一聲，道：「那就很抱歉了，閣下只有依仗武功闖過去了。」

黑衣人冷哼一聲，未再答話，身子一側，硬從王宜中的身側衝去。

王宜中左手一探，五指如鉤，抓向那黑衣人。五指觸在了黑衣人的身上，有如抓到了一條滑魚似的，突覺那人一滑而過。敢情那黑衣人除了一身功夫外，身上的衣服也光滑得很，不似用布做成。

王宜中一抓落空，那人已衝出了七、八尺遠。

趕忙飛身一躍，又到了那黑衣人的身後，大喝一聲：「接我一掌。」右掌一揮，劈了下去。

但見黑衣人向前一探，忽然間衝出去一丈四、五尺遠。動作快速無匹，避開了王宜中的一掌，但他仍未還擊。

王宜中如影隨形，追了上去，道：「閣下當真是吝惜得很。」

雙掌齊揮，一齊擊出。一掌拍向黑衣人的背心，一掌擊向黑衣人的肩頭。雙招並出，各極其毒。如若是黑衣人要閃避王宜中後面的一掌，很難再避得右面的肩窩。

哪知事情又出了人的意料，黑衣人竟然不再閃避，一個大轉身，雙掌齊出，迎向王宜中的雙手。

但聞波波兩聲，四隻掌力接實。

王宜中微微感覺著手腕一震，黑衣人卻借著王宜中的掌力，向後倒躍四、五丈遠。夜色中，但見黑影閃了兩閃，消失不見。

王宜中再想追趕時，已然蹤影全無。

西門瑤行了過來，道：「多謝門主相救。」

王宜中一頓足，道：「想不到竟然被他逃走了。」

西門瑤笑一笑，道：「逃走了，表示他心中怕你。」

王宜中歎息一聲，道：「他穿著一身很奇怪的衣服，不似用布料做成。」

西門瑤道：「那是什麼？」

王宜中道：「我不知道，著手又滑又光，但卻十分堅韌，如是普通之物，決無法滑過我的手指。」

西門瑤臉上泛起了一片興奮之色，道：「看來，天人幫主並無什麼可怕。」

王宜中道：「也證明了他確然是一個很狡猾的人。我們交手幾個照面，每一次他的反應都不同，既表現了他的功力，但又不鬥而退。」

西門瑤道：「啊！他為什麼不肯和你動手打一架呢？」

王宜中搖搖頭，道：「我也不明白，也許是我不怕他的緣故。」

西門瑤笑一笑，道：「很有道理。你不怕他，他就會怕你。」

王宜中道：「我做錯了一件事。」

西門瑤道：「什麼事？」

王宜中道：「我應該拔劍動手，如若手中有兵刃，他就無法逃走，非和我動手一戰不可。」

西門瑤道：「沒有雙掌推送之力，他不會躍得那麼遠，走得那麼快。」

王宜中仰望夜空，長長吁一口氣，道：「我想不明白，他的功力，決不在你義父之下，至少他可以放手和我打一陣，爲什麼他竟然不肯出手，而要逃避。」

西門瑤道：「也許他知道和你打下去，難免落敗，所以選擇了逃走一途。」

王宜中沉吟了一陣，道：「姑娘，送你回去吧！」

西門瑤微微一笑，道：「不用了，我真的不怕天人幫主了。」

王宜中道：「嗯！你瞧出了天人幫主的武功路數了。」

西門瑤笑一笑，道：「我想過去怕他，心理因素很大，現在，我從心底裡不怕他了。」

王宜中喜道：「那就好了，如若你義父也不怕他了，天人幫主的神秘，就可以揭穿了。」

西門瑤欠欠身，道：「門主保重，我去了。」轉身向前行去。

目注西門瑤的背影，王宜中忍不住長長吁一口氣。這一次，王宜中沒有暗中跟去。直待西門瑤的背影完全消失之後，才轉過身子，緩步向前行去。

王宜中走得很慢，他心中很坦然，只要天人幫主和白雲峰不親身趕去，王宜中相信自己的屬下一定能夠應付。

一面走，一面心中暗自盤算，道：「天人幫主為什麼這樣怕我，至少他應該和我打一陣才是，但卻一見我不戰就走，這中間難道全無原因嗎？」

心念轉動之間，又回到了原來的小廟前面。不知何人，在小廟前又加了一盞風燈，光度更為強猛，照的方圓三丈內一片通明。

但小廟前卻多了一個木牌，上面寫著幾個紅字：「王宜中埋骨之地。」那是硃砂寫成的紅字，燈光下，十分耀眼。

王宜中笑一笑，走到木牌子前面，正待伸手去拔下木牌，心中忽地一動，中途停下了手，疾快地向後退去了十丈多遠。伸手抓起了一塊磚頭，右手暗運內力，一探手投擲了過去。

但聞砰的一聲，磚塊正擊在木牌之上。木牌倒摔在地上之後，燈光下突然見一片細小的銀芒，一閃而逝。

王宜中笑一笑，道：「好惡毒的手段，可惜這設計太幼稚了。」

他說的聲音很大，好像有意地說給人聽。但良久之後，仍然沒聽到一點聲息、反應。

王宜中忍了又忍，仍是忍不住緩步向前行去。

只見那木牌倒裂之處，有著針筒、匣夾的殘跡，都是用強力的彈簧發射出毒針、鐵箭。

這佈置談不上什麼詭奇，但這樣快佈置成一個陷阱，倒也不太容易。

王宜中一通百通，對江湖上的鬼蜮伎倆，似是已認識了不少。望望那木牌，並未伸手去扶，心中暗道：「也許這木牌已滿布劇毒。」

就在他心念轉動之際，突然聽得一陣嗡嗡之聲，傳入耳際。回目望去，只見點點黑影，分由四面八方飛了過來。

王宜中忽然想到了毒蜂，不禁心頭大駭。就這一轉念的工夫，蜂群已到了目力可見之境。點點黑影，成千累萬地飛了過來。而且，一眼之間，就可瞧出，那些毒蜂，正向王宜中停身的地方飛聚。

情勢已然緊急萬分，王宜中來不及多作思索，轉身向那小廟中奔了過去。

在這等空曠之地，群蜂由四面八方圍攏過來，不論武功何等高強的人，也是無法抵擋。

王宜中腦際中，只有一個意念，那就是躲入小廟之中藏躲，可以集中全神，對付一面。

小廟前兩盞高挑的風燈，照明了去路，王宜中兩個飛躍，人已進入了小廟中。那是個很小的廟宇，除供台、神像之外，只餘六、七尺見方的空地。

他迅速地打量了廟裡一眼，立刻把目光轉到了廟門處。

這時，蜂群已然逼近了小廟，在廟門處，兩盞風燈的照耀之下，清晰可見。

那是長過寸餘的巨蜂，而且身體如墨，和一般黃蜂不同。十幾隻黑蜂，微動雙翼，向小廟中飛了過來。

王宜中心中大急，右手一揮，拍出了一掌。

十幾隻衝入小廟的黑蜂，應手跌落在地上死去。

強猛的掌力，衝出了門口，使得雲集在廟外的蜂群，分向四方散去。

也許這巨蜂有些通靈，王宜中劈出了一掌之後，就未再向廟裡飛衝。但雲集在廟外的蜂群，卻是愈來愈多。王宜中呆呆地望著小廟外面的群蜂，心中盤算著如何才能退去這些群蜂。

蜂群越集越大，使得小廟前面的燈光，也爲之減弱了不少。

忽然間，王宜中感覺了身前不遠處有物體蠕蠕而動。其實，王宜中並沒有真正地向下面看，只是一個武功高強之人，一種超越常人的反應。

以王宜中深厚的內功而言，五丈之內的落葉，都無法瞞得過他。但目下情形不同，蜂群雲集，繞空飛行，嗡嗡之聲，不絕於耳，使得王宜中耳目失去了靈敏。

當他低頭一看時，不禁一呆。只見幾條形狀怪異的金色小蛇，正由廟門口處爬了過來。

過去，王宜中曾有過被毒蛇纏腕的經驗，對毒蛇並不很怕，但此刻卻對那金色小蛇，有著很大的恐懼，立即發出一掌。

強猛的掌力，捲起了一陣急勁之風，帶起了一片塵土，把幾條爬入廟中的小蛇，捲出廟外。

這時，傳來了一個清冷的聲音，道：「王宜中，不管你武功如何高強，卻無法和成千上萬的毒蜂抗拒，何況還有數十種毒物，沒有用出。」

王宜中道：「你是什麼人？」

清冷的聲音，道：「百毒老人于元。」

王宜中道：「你也是天人幫中人？」

于元道：「這和王門主無關了。但老夫和貴門前代門主朱崙，四十年前杯酒訂交，不忍眼看你死於毒物之口。」

王宜中道：「原來是先門主的故交，何不現身一見？」

群蜂飛繞中，突然出現了一個白髮垂胸，手執竹杖的老人，直行到廟門四尺處停了下來。

王宜中看那人穿著一身黑袍，兩條長眉，白如霜雪，臉色卻是一片紅潤，童顏鶴髮，當之無愧。

不禁一皺眉頭，道：「這些毒蜂、毒蛇，都是老前輩所役用嗎？」

于元道：「老夫號稱百毒，能役天下各種毒物。」

但見群蜂在他頭頂飛繞，卻無一蜂向他襲擊，親目所睹，自叫人無法不信。

王宜中歎一口氣，緩緩說道：「江湖上的奇人太多了，老前輩這等能耐，當真是匪夷所思。看來一個人縱然真能練成天下無敵的身手，也難無往不利。」

于元笑一笑，道：「是的，年輕人。」

王宜中歎道：「絕世武功，雖不能通行天下，但是非二字，卻是黑白分明，老前輩能與先門主訂交，當是一位能辨是非的武林先進了。」

于元道：「年輕人，咱們今宵相會，不是分辨是非，老夫要逼你投降。」

王宜中笑一笑，道：「老前輩用什麼方法，逼服晚輩？」

于元道：「漫天飛蜂，遍地毒蛇，只要老夫一聲令下，牠們將不計生死，衝入這廟中。你縱有絕世武功，也難抗拒這些飛蜂、毒蛇。」

王宜中道：「毒蛇我已有過見識，不足爲慮。這群飛蜂，難道還真能螫死人不成？」

于元笑一笑，道：「如是一般的毒蜂，自然是不能傷害像你這樣武功高強的人，但老夫這毒蜂，乃南荒特種，而且又經老夫飼養過半年之久，牠們的凶殘，決非人的武功所能抗拒。」

王宜中道：「老前輩可否指點一下，如何能對付這些毒蜂？」

于元沉吟了一陣，歎道：「年輕人，這毒蜂針上奇毒，性極強烈，就是練成了護身罡氣的人，也是無法抗拒。」

王宜中霍然站起身，縱聲大笑，道：「于老前輩，你未來之前，晚輩對這漫天的毒蜂，確然有些害怕，但老前輩這一說，倒激起了晚輩豪壯之心，我倒要試試看，這毒蜂是否真的能螫死人？」

于元臉色一變，道：「年輕人，毒蜂凶殘，不可輕易嘗試。」

王宜中冷冷說道：「老前輩如若不願分辨是非，那就請發動毒蜂！」暗中一提真氣，大步向前行去。

步出廟門，但見群蜂密集，何止萬隻，隻隻逾寸，嗚聲震耳，威勢驚人。看到群蜂的聲勢，王宜中豪壯之情，頓然一挫。

只聽于元緩緩說道：「年輕人，此蜂奇毒，螫人必死，而且凶猛絕倫，一蜂即難抗拒，何況集此的毒蜂，不下萬隻，不可意氣用事。」

王宜中冷然一笑，道：「當今之世，苟安偷生之人太多了，在下覺著，必須有幾個不畏死亡的人，爲武林大局而死，也好一振江湖正氣。」

于元忽然發覺王宜中臉上泛出一片光輝，耀眼生花，不可逼視，不禁緩緩垂下頭去。緩緩說道：「老朽慚愧！」

王宜中道：「人各有志，不可勉強，何況千古艱難唯一死，在下也不能責怪你老前輩的不是。」

于元原本想了一套說詞，但見到王宜中的態度之後，感覺到自己是那麼卑下，千言萬語，再也無法出口。

王宜中揮揮手，道：「老前輩是否準備和在下動手？」

于元呆了一呆，道：「王門主，識時務者爲俊傑，這等死法，於江湖大局何補？」

王宜中道：「正因爲人人都有畏死之想，才使江湖情勢，晦暗不明，任由魑魅橫行，老前輩不用多費唇舌了，金劍門中人，不會爲暴力所屈。」大踏一步，出了廟門。

當他步出大門之時，右手已同時抽出了身上金劍。短劍一揮間，泛起了漫天精芒。近身蜂群，忽然間灑落了一地。百隻左右巨蜂，被劍氣所傷。

但那密集的蜂群忽然散佈開去，並未向王宜中飛撲。

于元退到一丈開外。

王宜中默運真氣，全身的衣服，都鼓了起來，就像是個吹滿氣的皮球。

于元呆呆地站著，若有所思。

不見蜂群攻襲，王宜中也明白是于元暗中幫助，心中暗道：「此老良知未泯，看來，還有說動他倒戈向敵的希望。」

驀地，一聲奇異響聲，傳了過來，于元身軀突然開始發起抖來。

王宜中吃了一驚，道：「老前輩，你……」

于元接道：「我身中之毒，已開始發作，片刻之後，就要失去馭蜂之力，你快些走吧！」

王宜中道：「你號稱百毒老人，難道也會中毒嗎？」

于元道：「他們用一種毒針，釘入了人的穴道之中，任何人都無法擺脫。」

王宜中飛身一躍，落到了于元身側，道：「我帶你走！」

于元道：「不行。我即將失去自主的能力，蜂群已失去控制，必會向你攻襲，時間不多了，王門主快些走吧！」

王宜中黯然說道：「這豈不害了你嗎？」

于元道：「老朽還不算太遲，害了你王門主後再行覺悟，那才是千古大恨。快！快！快些走。」

王宜中歎道：「老前輩役使毒物的才慧，世無其匹，如若殉身於此，那未免太過可惜了。」

于元怒道：「我憑藉數十年修練的功力，和奇毒對抗，你如還不借機會逃走，那豈不是負我一片苦心了。你再不走，等我毒發，失去了馭駕此蜂之人，你決無能走脫，此時還不快走，更待何時。」說完了幾句話，忽地一張口，噴出了一股鮮血。

王宜中看他臉上的痛苦之狀，知他確在極力忍耐著，實已無法再留，只好說道：「老前輩關顧之情，晚輩是感激不盡，但得有三寸氣在，必為老前輩報此血海大仇。」轉身一躍，疾奔而去。

于元強運功力，耐受著無比的痛苦，目睹王宜中的背影消失不見，自己也已無法支持。砰的一聲，跌摔在地上。

七竅湧血，流了滿面、滿身。這時，他已逐漸失去了駕馭蜂群的能力。雲集在小廟前面的蜂群，大有立時散去的徵象。

也許是人之將死，其心也善，一種深藏人性深處的良知，使他掙扎而起，用衣袖拂拭去臉上血水。運足目力望去，只見無數黑點，在眼前閃動。絕毒的藥性，已使他雙目失去視力。

他掙扎著從懷裡摸出一個紅木盒子，緩步向前行去。一個身負絕世武功的人，但此刻，卻有著舉步維艱之感。每一次舉步落足，都付出了無比的痛苦。但他仍然強忍著向前摸索。行約十餘丈，在一株小樹下停住身。

紅木盒子中，盛滿了黑色的粉末。打開盒蓋，立時有一股強烈的硫磺味道，撲入鼻中。這些物品，已在身上放了十餘年，他永遠不希望用到它，但現在用上了。

他暗暗歎息一聲，吐出一大口血來。血中夾著一塊塊碎肉。那是他強忍毒性發作的痛苦咬碎了舌根。一個人肉體上痛苦太過巨大時，只有用一種痛苦壓制另一種痛苦。

他迅快地把盒中的粉末，灑在那株小樹之上，摸出火摺子，燃了起來。

強烈的火藥粉末，助燃之下，整株的小樹，立時燃起熊熊的大火。

于元也用他最後一口護心保命的元氣，吹出一種奇異的口哨聲。血和碎肉，隨著哨聲，噴了出來。

這是一件很奇怪的事，那若斷若續的口哨，似具有無比的誘惑力。只見那遮天蓋地的蜂群，前仆後繼地向烈火上撲去。

于元吹出的口哨聲，愈來愈快，蜂群也像急雨狂風一般地撲向了烈火。

百毒老人眼看半生苦心培育的毒蜂，焚死於大火之下，才停下口哨之聲，緩緩從懷中摸出了一把匕首。

這時他的體能，已然無法再支撐軀體上的痛苦，舉刀刺入了前胸之上。

他無法拔出刺入胸中的利刃，身體一歪，倒入了燒斃的蜂群屍體之中。

一代奇人，就這樣與世長辭，殉葬的是他苦心培育的異種毒蜂。但他卻爲江湖上保存下正義的力量，替武林保留下一株奇葩。因爲王宜中雖然練成了絕世的神功，但也無法和那成千成萬的毒蜂對抗，必然會死於群蜂的毒刺之下。

且說王宜中一口氣奔出了四、五里，才停下腳步。回頭看去，只見火光燭照，隱隱可見無數的黑影，撲入了那熊熊的火焰之中。

王宜中雖然沒有親眼看到那老人死去的慘狀，但想他強忍毒傷發作，馭蜂時的痛苦，想到他的死狀，必然是奇慘無比。他也想到了那撲向大火的黑影，可能是于元在死前毀了他培養的毒蜂。

他呆呆地站著，想得很入神。直待火光消失在夜暗之中，才轉身向前行去。

行不過數丈，王宜中忽然覺著四周的情勢有異，霍然停下步腳步，冷冷說道：「諸位可以出來了，用不著鬼鬼祟祟地躲在暗處。」

語聲甫落，衣袂飄風，四周突然湧現出十幾個身著黑衣的人。

這些人，用著不同的兵刃，有大刀、巨斧，有長劍、鐵戟。只見現身人，都用黑紗蒙面，就不難想到是天人幫中的人。

王宜中環顧四周一眼，只見圍在四面的人，不論高、矮、肥、瘦，但站在那裡，都有一種淵渟嶽峙的氣度，顯然，都是威震一方的名家高手。

暗中地數計一下，環伺在王宜中左右的高手，又有一十二位之多。

王宜中長長歎息一聲，忖道：「剛才已有十餘位高手死去，如今又有這十二高手現身，但這等武林中精萃人物，能有多少。天人幫這等驅狼吞虎之計，就算是消滅了天人幫，武林精英，也已損失莫可數計。」

他心中悲天憫人，爲天下武林擔憂，但環伺在周圍的十二個黑衣人，卻已緩緩地舉起了手中的兵刃，顯然，準備一擁而上。

王宜中金劍出鞘，大聲喝道：「你們先行住手，聽我一言。」

十二個黑衣人，無一接口，但卻都停下了手中揮動的兵刃。

王宜中目光環顧，神威凜凜地說道：「我知道你們都身中奇毒，無能自制，才受人迫使，和我爲敵。在諸位之前，已有十餘人和我王宜中見過了。」

他希望有一個能開口回答自己的話，但他失望了，十二個黑衣人，只是靜靜地站著不動，卻無人開口。

王宜中冷肅地說道：「你們雖然身中劇毒，但就在下所知，你們還可以開口說話，爲什麼竟無一人出聲。大丈夫生得光明，死得磊落，難道你們連說幾句話的膽量也沒有嗎？」

十二面蒙臉黑紗，夜色裡無風自動，好像他們內心中都感覺到慚愧，但仍是無人開口。

王宜中仰天長歎，道：「諸位個個氣勢不凡，想都是有名望的高手，諸位在成名之前，必有著歷經生死的危險，但諸位都已經度過那重重的難關，現在，諸位怎變得啞口無言？」

他一人自說自話，十二個人，只是靜靜地聽著，沒有回答他。

王宜中心頭火發，大聲喝道：「我王某人爲武林同道悲哀，你們沒有說話的膽子，卻有和我拚命的勇氣。好！你們出手吧！最好是一擁而上，反正，你們已不知道江湖上還有正義，人間還有廉恥！」

這幾句話罵得很重，但十二個黑衣人仍然是肅立未動。

王宜中茫然了，這些人的肅立，使得王宜中想不明白究竟他們是否已被說服。

雙方相峙了一刻工夫，王宜中突然一進步，直向一個黑衣人行了過去。他的舉動很慢，而且金劍在懷，毫無敵意。

距那黑衣人還有三步左右時，那黑衣人卻突然向後退了兩步，手中一把巨斧，在身前劃了一片斧影。

王宜中金劍一揮，噹的一聲，震開了近身的斧影，道：「在下並無惡意。」

那黑衣人冷冷說道：「我知道。你王門主只是想取下我臉上的面紗。」

王宜中道：「不錯，在下很希望瞧瞧你真正的面目。」

黑衣人冷笑一聲，道：「王門主，你可以殺死我，但卻別想看到我的真正面目。」

王宜中歎息一聲，道：「諸位不要我見到真正面目，那證明了諸位還有羞恥之心，也知道來此對付我王某人，是一件不應該的事情。但我想不明白，諸位明知如此，何以故犯？」

十二個黑衣人仍然靜靜地站著不動。

這幾人不言不動，使得王宜中大為惱火。冷笑一聲，道：「如非在下剛剛聽到了諸位有人講過了兩句話，在下當真要誤會諸位是啞巴。」

金劍一揮，閃起了一大片金光，接道：「各位如若肯放我離開，那請閃到一邊，如若諸位仍然甘願助紂爲虐，只管出手。」言罷，大步向前行去。

忽然刀光一閃，一柄金背大砍刀，迎面劈了過來。王宜中一招「畫龍點睛」，金劍點出，輕輕一撥，一柄數十斤重的金背刀，立時滑向一側。這時，王宜中如若趁機施襲，立時可以傷了那使刀人。但一人發動，群豪隨起，兩支判官筆，一柄練子槍，左、右分襲而至。王宜中金劍揮轉，一道金芒劃過，擋開了三件兵刃。

只見寒芒流轉，另外十餘件兵刃，紛紛襲至。這十二高手群襲的威勢，非同小可，方圓數丈內，激起了破空的金風。

王宜中冷笑一聲，施開金劍，劃出了一片劍幕，獨鬥十二高手。

十二個高手圍襲的威力，無法制服王宜中，不禁激起了他們的好勝之心。逐漸地，都用出了全力。十幾件兵刃，力道也大見加強。

王宜中只感周圍的壓力，愈來愈大。冷鋒寒刃，漸都襲向要害。

王宜中歎息一聲，忖道：「看來，今日極難善罷，似這般纏鬥下去，對我是有害無益。」心中念轉，殺機頓起，手中金劍連出絕招。

一片金光閃轉，數點寒星迸飛，在刀光斧影中，四下激射。耳際間，響起了兩聲悶哼，兩個黑衣人中劍倒下。

十二個黑衣人，見他在許多高人圍攻中，仍然能揮劍傷人，不禁心中大為震駭。

就在群豪震動之間，王宜中左手已連環彈出，縷縷指風，破空而至。這是武功中極難練成的「彈指神通」，也是全憑內勁彈出的力道，彈出時無聲無息，毫無警兆。

但聞悶哼、驚呼之聲，連連傳來，片刻之間，又一連傷了六個人。

十二個黑衣人眼看同伴傷亡逾半，餘下四人，都不禁心生畏懼，同時停手。

王宜中金劍橫胸，冷冷說道：「諸位可以罷手了。他們傷的，都不足致命，諸位如想救助他們，只要施用一般的推宮過穴手法，推拿他們的穴道。至於兩個中劍的人，傷勢也不嚴重，只要止住流血，休養上十天、半月，就可以復元了。」

長長吁一口氣，接道：「你們傷亡，十之六、七，也足可向天人幫主交代了，如是諸位願放過王某，我要離開了。」

四個黑衣人，默默無語，眼看著王宜中緩步而去，竟無一人敢出面攔阻。

王宜中不聞有人追來，逐漸加快了腳步，心中卻暗作盤算，道：「天人幫大約已動員了所有能夠動員的力量，加害於我，由木偶主人斷臂，到于元役放毒蜂，和這十二高手突襲，都是天人幫主的設計，不知歸途之上，是否還有別的阻攔。」

心念轉動，突然一陣嗚嗚咽咽的哭聲，傳了過來。

王宜中心中一動，暗道：「此時，怎會有人夜哭，難道這又是天人幫主的詭計不成？」冷笑一聲，暗暗忖道：「見怪不怪，其怪自敗，我不去理他就是。」

但聞那哭聲愈來愈是悲戚，有如鮫人夜哭、杜鵑悲啼，哭聲是動人無比。

王宜中行了一陣，突然停下腳步，暗道：「就算那是天人幫主的詭計，但我王宜中既然聽到了，怎能坐視不問。如是我不管此事，那和天人幫主的行爲，又有什麼不同呢？」

心中在想，人卻不自覺地向那哭聲傳來的地方行去。

那是一個清水池塘的岸畔，一塊大青石上，坐著一個身著白衣的少女。雙手蒙面，放聲悲哭。

王宜中行到那少女面前四、五尺處，才停了下來，重重地咳了一聲。

那白衣少女，似哭得十分傷心，竟然不知道有人到了身側，就是那一聲重重的咳嗽也未曾聽到。

王宜中皺皺眉頭，道：「姑娘。」

這句姑娘，由內力發出，鑽入了那白衣少女的耳朵之中。那白衣少女突然停住了哭聲，緩緩轉過頭來。

只見她淚痕滿面，雙目紅腫，似乎是哭了很久的時間，而且還哭得十分傷心。

顯然，這女人有著一身精湛的內功。

王宜中心中暗道：「果然又是一個陷阱。」趕忙提氣戒備。

那白衣少女打量了王宜中一眼，道：「你是什麼人？」

王宜中道：「區區王宜中。」

白衣少女臉上閃掠奇異之色，道：「金劍門的王門主！」

王宜中道：「正是在下。」

白衣少女臉上的神情，怪得無以復加，是怒、是恨、是悲。

她良久之後，才歎息一聲，道：「你爲什麼要來，深夜荒郊，一個女人，敢在這裡放聲大哭，那女人豈是好對付的人？」

這一次輪到王宜中奇怪了。

沉吟了一陣，道：「在下不懂姑娘的話？」

白衣少女道：「你爲什麼愛多管閒事？」

王宜中道：「荒野悲啼，哀聲動人，我來勸勸姑娘，難道也勸錯了嗎？」

白衣少女肅然地說道：「你要是不來勸我，咱們素不相識，那豈不是用不著衝突了。」

王宜中忽然放聲而笑，道：「你姑娘是不是天人幫中人？」

白衣少女道：「不是，怎麼樣？」

王宜中一抱拳，道：「在下打擾姑娘，十分抱歉，就此別過。」

白衣少女厲聲喝道：「站住！」

王宜中人已轉身行了兩步，聽得喝聲，只好停了下來，道：「姑娘還有什麼吩咐？」

白衣少女道：「你這樣惹了我，怎能就這樣輕鬆回去。」

王宜中道：「在下勸姑娘，實爲一片好心，如是確有不當之處，也請姑娘原諒一、二。」

白衣少女歎口氣，道：「有一句俗話，是非只爲多開口，煩惱皆因強出頭。」

王宜中道：「就算我錯了吧！在下已對姑娘再三的致歉，也該饒我這一遭了。」

白衣少女雙目盯注在王宜中的臉上瞧了一陣，道：「我確想放過你。」

王宜中接道：「多謝姑娘。」

白衣少女道：「可惜的是，他們不會放過我。」

王宜中道：「他們是誰？」

白衣少女，突然一揚雙手，數道寒芒，疾射而出，飛向了王宜中的前胸。

雙方相距也不過是五、六尺遠，白衣姑娘突起發難，勢道又快速絕倫，王宜中心中雖想閃避，但卻已閃避不及。心中大急之下，不覺吸一口氣。

但見那數道寒芒，距那王宜中前胸數寸處，似遇到一種無形的阻力一般，去勢忽然一緩。王宜中借勢拔劍一揮，數道寒芒，盡落地上。

白衣少女喃喃說道：「王門主，你英靈有知，不用怪我，我是被他們強迫如此，非得殺你不可。」

王宜中擊落寒芒之後，心中大爲震怒，一側身，人已欺近那白衣少女身側。金劍一舉，點向咽喉。

星光閃爍下，只見那白衣少女，臉上掛著兩行淚痕。口中喃喃自語，淚水由兩個眼角下擠了出來。原來，她發出了暗器之後，自覺王宜中必死無疑，竟然是不忍目睹慘狀。

忽聽兩聲蛙叫，傳入耳際。

王宜中低頭一看，只見兩隻青蛙，碰在了那落地毒針之上，已然倒翻死去。想那毒針上之毒，實在可怕之極。

兩聲蛙叫，也驚醒了那白衣少女，睜眼看去，只見王宜中好好地站在身側，手中平舉金劍，隨時有殺死自己的可能，不禁一呆。

王宜中道：「姑娘，我明白你的處境，但你的暗器太毒了，不可多用，姑娘保重，在下去了。」

轉身一躍，人已消失在暗色中。

只聽那白衣少女大聲叫道：「王宜中，你爲什麼不殺死我，我爹娘被他們控制，拿你頸上人頭，才能換回兩位老人家的性命，你不殺死我，那是害了我的爹娘啊！」

卅六　鳥盡弓藏

夜色幽幽，哪裡還有王宜中的回聲。白衣女呼叫無應，又忍不住放聲大哭了起來。

王宜中疾躍飛奔，一口氣，跑出四、五里路，才放緩了腳步。

回想到剛才的際遇，亦不禁汗水淋漓，如非吸那口氣，發動了護身罡氣，阻得那毒針一緩，在全無防備之下，必被毒針射中，以針上淬毒之烈，只恐此刻已死去了多時。

想到剛才所遇的可怕，處境的險惡，也想到那天人幫主手段的惡毒，當真是無所不用其極了，也愈堅定了處死天人幫主之心。只覺其人留在世間，這世間就充滿著危險、邪惡。

一面想，一面舉步而行。半宵來連番的際遇，使得王宜中又增加了不少的閱歷、經驗。同時，也想到了這一段不長的行程中，只怕還潛伏著無數的危險。

心念轉動之間，警兆忽生，立刻停下了腳步，一面運起護身罡氣，目光四下轉動搜尋。

繁星微光下，只覺四周有很多綠色的光芒閃動。

王宜中只瞧得心中大感納悶，暗道：「這些是什麼呢？不像是人的眼睛。」

只聽一個粗豪的聲音，傳了過來，道：「來人可是金劍門的王門主？」

王宜中冷笑一聲，道：「不錯，區區王宜中，閣下是什麼人？」

那粗豪的聲音，哈哈一陣大笑，道：「你小子沒有吃過豬肉，難道也沒有見過豬走路嗎？連老夫是誰也不知道。」

王宜中道：「不論你是什麼人，王宜中也不會害怕，你有什麼能耐，只管施展出來，在下也好開開眼界。」

他連番遇上強敵，心中實大生警惕，口中雖然說得不在乎，但內心之中，卻絲毫不敢大意。

只聽那粗豪的聲音，冷冷說道：「王宜中，你好大的口氣。」

王宜中目光凝注到那聲音傳來之處，只見那是一片濃密的林草。當下舉步緩緩向前行去。

但他行了五、六步，立刻停了下來。只覺那夜風中，飄傳過來一股淡淡的腥氣。

這腥氣很淡，非有很靈敏的嗅覺，無法聞得出來。

就是一瞬工夫，四周的情勢，似乎有很大的變化。

目光轉動，只見四周不少綠色的閃光。那綠光已然逼近到五丈以內。

王宜中凝聚目力，發覺那綠光閃動之處，竟是一個龐然大物的兩隻眼睛。

定定神，王宜中大聲喝道：「這些都是什麼怪物？」

那粗豪的聲音，哈哈大笑，道：「王宜中，你是害怕了？」

王宜中搖搖頭，道：「不怕。我只是覺著奇怪，那是一種什麼樣的怪物？」

粗豪的聲音道：「狼、虎、豹等猛獸，應有盡有。」

王宜中哦了一聲，道：「我不明白，你能用這些猛獸嗎？」

只聽那粗豪的聲音接道：「先是三十六頭餓狼，牠們已三日未進過食用之物，王門主正是牠們的一頓美餐。」

王宜中身軀顫動了一下，他雖然不知餓狼的凶殘，但想到天人幫放出能夠吃人的猛獸，必定計策極爲惡毒，一下有三十六頭之多，確然叫人有些驚懼。

緊接著一聲呼哨聲傳入耳際。兩道藍色的光芒，緊隨著呼哨聲，傳了過來。

王宜中揮劍一擋。兩團藍色光芒的火焰，熊熊燃燒起來。

王宜中雖然有一身絕世的武功，但他江湖上閱歷不多，看兩個藍色火焰熊熊燃燒，心中甚感奇怪，暗道：「這兩團烈焰不知是怎麼回事？」

心念轉動之間，突然嗅到了一股異香，頓覺頭腦發脹，甚想嘔吐，不禁大吃一驚，趕忙閉氣。

他內功精純，又吸入異香不多，還可支持著未倒下去。

這時，突然幾聲狼嚎，十幾頭灰色巨狼，分由四方疾撲而至。

王宜中看巨狼撲來之勢，十分凶猛，口中白牙森森，心中亦不禁微生寒意，疾快地拍出一掌，擊向迎面撲來的一頭巨狼。哪知這劈出一掌，竟然是毫無作用，那撲來巨狼，反而大嘴一張，咬向手掌。

王宜中匆忙中一挫腕，收回了左手。

巨狼一口未中，怒嚎一聲，疾撲而上。

這一頭巨狼，似乎是群狼之首，看上去特別凶猛。

王宜中掌力拍不出去，還未想到功力已失，眼看巨狼又至，一提氣，向前飛躍而去。

哪知身子向前一衝，真氣卻提不起來，雙腿一軟，一跤跌摔地上。

巨狼掠頂而過，一口撕破王宜中後背上一片衣服。也不過就是毫釐之差，沒有傷到肌肉。

這時，他心中才明白，全身功力忽然失去，已然全無抗拒狼群之能。

但見四周白牙交錯，看得人眼花撩亂。敢情連目力也受了極大的影響。

眼看這一代武林大俠，就要死於群狼之口，忽見人影一閃，疾飛而至，雙手一撥，把兩頭撲向王宜中的巨狼撥開，口中發出一聲怪嘯。

群狼忽然間倒退數尺，但卻並未散去，數十隻綠芒閃閃的眼睛，盯注在王宜中的身上。

眼前現出一個人，一個長相很怪的人，頭上繫一個衝天辮子，頷下留著山羊鬍子。

個子很矮，比那頭大狼高不了多少，三角眼、小耳朵，但一張嘴巴卻有半個臉大小，兩面嘴角向上翹，幾乎碰著耳根子。如若不是站著走路，那就像極了一頭大狼。

只聽他一陣陣格格怪笑，道：「王門主，你不認識老夫嗎？」
王宜中緩緩坐起身子，搖搖頭，道：「不認識。」
那怪人打個哈哈，道：「黑白兩道中聞名喪膽的天山狼人胡化，就是區區。」
王宜中哦的一聲，道：「這些狼，可都是你養的嗎？」
胡化道：「不錯。老夫養了一百多頭狼，都是天山上佳品種，凶猛尤過虎、豹。」
王宜中已明白自己已無力反抗，隨時可以被狼群撕裂而食。
瞭解了最後的結局，王宜中一直很平靜，微微一笑，道：「這些狼群可以吃人？」
胡化道：「是啊！數十頭餓狼，如若一起攻襲，只要片刻工夫，可以把你王門主吃得屍骨無存。」
王宜中道：「這個，我倒不怕。只是你這人能夠把凶殘的狼群訓練得能夠聽你的指令傷人，這能耐倒要叫人羨慕得很。」
這幾句話，只聽得天山狼人，大爲開心，哈哈一笑，道：「不錯，不錯。老夫這役用狼群的功夫，天下無第二個人會。需知役使毒物，甚至役使虎、豹，都比役使狼群容易。有道是狼心狗肺，狼心最毒，但老夫能使狼群聽命於我，這份能耐，當今之世，只怕再無人能夠和我媲美了。」
他說完，哈哈大笑起來，似乎是對能夠役使狼群之能，大感滿意。

忽然間，笑容消失，臉色一下變得冷森森，說道：「王門主，老夫奉命來殺死你。」

王宜中道：「我知道，你奉了天人幫主之命。」

胡化道：「我沒有法子救你性命，這麼吧，你選擇一個死亡的方法，我成全你的心願。」

王宜中搖搖頭，道：「不管我如何死法，那都無關緊要，我只想知道，你殺死我之後，能夠得到什麼獎賞？」

胡化搖搖頭，道：「沒有獎賞，但你的頭，可以換到一粒解毒丹，使我永遠脫離爲人控制的苦海。」

王宜中道：「重要的是我這條命，我如死去了，人頭又值什麼錢？」

胡化哈哈一笑，道：「你小子聰明得很啊！」

王宜中道：「你把我活著帶去見那天人幫主向他討取解藥，比殺死我的效果，要高明的多了。」

胡化道：「說得是。但我得點了幾處穴道，才能放心。」

王宜中道：「那是自然，胡大俠只管動手。」

胡化行近前來，右手連揮，點了王宜中右臂、右肋、右腿上三處大穴，才放聲笑道：「王門主，天人幫派出了當世武林中精英，這一路上，埋伏重重，都被你闖了過來，想不到卻落到我胡某人手中。」言下十分得意。

王宜中暗中運氣行功，只覺身上的毒性漸漸消退，體能漸復，心中大喜。閉上雙目，不再理會胡化，暗中默運真氣逼毒。

他胸羅一元神功，乃天下武學總綱，能夠氣走奇經，運息於不知不覺之間。

那胡化扛著王宜中，身後緊隨數十頭巨大的灰狼，但他竟不知王宜中雖然被點了數處穴道，仍能運氣調息。行到頓飯工夫之後，到了一高大的宅院前面。

這時，王宜中已然逼出軟骨香的藥力，而且運氣沖破了被點的穴道，但他想到此行可能見到天人幫主，是故一直裝作穴道被制，人未清醒。

胡化到了那高大的宅院之前，突然發出了一聲狼嚎般的怪嘯。身後群狼立時退向十餘丈外一片樹林之中。

王宜中暗暗歎道：「江湖上果然不乏奇人異士，役蜂、馭狼之人，對那些飛禽猛獸，竟能如臂使指一般，指揮牠們。」

思忖之間，只聽一個冷冷聲音喝道：「你是天山狼人胡化？」

胡化道：「不錯。」

那冷冷的聲音又道：「你奉命劫殺王宜中，不帶王宜中的人頭，就不用再回來了。」

胡化道：「在下雖未帶回王宜中的人頭，但卻點了他的穴道，生擒他回來。」

呀的一聲，木門大開，當門站著一白髮老嫗。

胡化道：「在下扛的就是王宜中。」

白髮老嫗似是仍然不信，緩步行來，瞧了一陣，道：「果然不錯，胡英雄快請進去。」

剎那變化，判若兩人，胡化昂首挺胸，大步而行，直進入大廳之中。

大廳原本一片黑暗，那老嫗沉喝一聲：「掌燈！」立時火光閃耀，點了四支巨燭。

燈光照明之下，只見大廳中站著四個穿青衣的少女。

王宜中微微啓動雙目，發覺廳中之人，一反常情，竟然未戴人皮面具。

緊靠後壁處，有一座很大的虎皮交椅，上面端坐著一個穿著黑衣的人。

但見那老嫗微微一欠身，道：「天山狼人，生擒了王宜中，求見幫主。」

那端坐在正中的黑衣人，道：「叫他進來。」

胡化帶著王宜中大步而入，直向黑衣人行了過去。

距那黑衣人還有七、八尺遠時，四個青衣女婢，背上的長劍，已同時出鞘。四劍交錯成一堵牆，攔住了胡化的去路。

這時，那白髮蕭蕭的老嫗，手中執著一柄黑色的手杖，緊隨在胡化身後，行了進來。

天山狼人，似是極爲自恃，對那攔路的劍牆，似是未放在心上，仍往前行了兩步，直待四柄劍尖和衣觸接時，才停了下來。

那上坐的黑衣人冷冷說道：「胡化，你擒的是王宜中嗎？」

胡化道：「一點不錯。」

黑衣人道：「你點了幾處穴道？」

胡化道：「上、中、下三路，各有一處要穴被點。」

黑衣人道：「本幫主要你拿他的首級來見，爲什麼你不殺死他？」

胡化笑一笑，道：「鳥盡弓藏，兔死狗烹，在下如若殺死了王宜中，只怕很難求得解藥。」

黑衣人冷笑一聲，道：「胡化，你想得很有道理，不過，你這樣做法，對本幫主的信譽，有些輕蔑。」

胡化道：「你交出解藥，在下試過之後，確然無錯，我就留下王門主，胡某人立刻轉回天山，輕蔑你幫主一次，也算不得什麼大事啊！」

王宜中心中暗道：「原來這些江湖上的豪雄，並非是被那天人幫主武功震服，而是身中劇毒，不得不聽那幫主之命。」

但聞那黑衣人道：「你交出王宜中，本幫主立刻給你解藥。」

胡化道：「我天山狼人上了一次當，不會再上第二次。」

突然間一仰身，向後退了五步，道：「幫主必得先交出解藥，在下才能交人。」

黑衣人道：「你膽子不小，敢不從本幫主之命。」

胡化哈哈一笑，左手一揮，在王宜中身上拍了兩掌。

黑衣人吃了一驚，道：「你幹什麼？」

胡化道：「我拍活王宜中身上兩處穴道，只要我再拍一掌，可使他立刻恢復了功力。」

黑衣人道：「你……」

胡化道：「幫主，在下如若拚著毒發一死，王宜中自會替我報仇。」

黑衣人無可奈何，道：「拿解藥給他。」

但聞一個嬌脆的女子聲音應道：「來了。」

一個身著黃衣少女，大步行了過來，手中拿著玉瓶。燭火下，只見那黃衣少女，長得十分秀美，蓮步姍姍地行到了胡化身前。

胡化又向後退了一步，道：「站住，把解藥給我。」

黃衣少女打開瓶塞，倒了一粒紅色的丹丸，遞了過去，道：「吃下去，身中劇毒，立刻可解。」

胡化接過解藥，並未立刻服下，笑一笑，道：「這解藥能管多長時間？」

黃衣女道：「可永遠解去你身中之毒。」

胡化道：「姑娘，瓶中還有幾粒解藥？」

黃衣女道：「還有一粒，但你服用一粒，就可以解去身中之毒。」

胡化道：「你把那一粒也倒出來。」
黑衣人高聲說道：「聽他吩咐，不許抗拒。」
胡化笑一笑，對那黃衣女，道：「姑娘，把瓶中那粒解藥倒出來。」
黃衣女無可奈何，依言又從玉瓶中倒出一粒解藥。
胡化看得十分真切，那紅色的藥丸，和自己手中的一般模樣，當下說道：「姑娘，請把那藥丸吞下去。」
黑衣人厲聲喝道：「聽他的話！」
黃衣女一張口，緩緩地把紅色丹丸放入了口中。
胡化瞪著眼，看那藥丸入口甚久，才把手中一粒藥丸吞下。
黑衣人緩緩說道：「胡化，不用急，你慢慢地運氣試試，等你覺出身上毒性解去，再交出王宜中不遲。」
胡化目光轉動，四顧了一眼，道：「你們都退開去！」
黑衣人嗯了一聲，道：「你們都照他的話做。」
那白髮老嫗和黃衣女，齊齊應了一聲，向後退去。
這時，王宜中已然暗中調勻了呼吸，隨時可以出手，但他仍然忍著未動。
連番的凶險際遇，使得王宜中學會了沉著，一直在暗中打量大廳中的形勢，默查出這大廳中的人手，忖思怎樣出手，準備著一出手就設法制服住那黑衣人，然後再想法子對付其他的人。

胡化運氣試毒，給了王宜中更多的機會。

過了快一盞熱茶工夫，胡化突然放下了王宜中，冷冷說道：「幫主，在下可以走了嗎？」

那黑衣人道：「幾年來對胡兄打擾甚多，日後，天人幫定當派人遠赴天山致謝。」

胡化臉上是一片憤怒，打量了廳中的形勢一眼，突然轉身向外行去。

大約他很想發作，但看過廳中的形勢之後，又忍了下去。

但聞那黃衣少女說道：「胡老前輩，就要走嗎？」舉步向胡化行去。

胡化冷冷說道：「別給我這一套，胡大爺不吃這個。」

那黃衣女臉上仍然帶著微笑，步履從容地直行過去。

胡化厲聲喝道：「站住。」

黃衣女笑道：「胡大爺，奴家想跟你到山上，學學你的馭狼術。」說話之間，人已逼到了胡化的身前。

胡化右手一揮，一掌劈了出去。掌勢挾帶起一股勁風，勢道十分強猛。

黃衣女腳下停步，右手一揮，硬接了胡化的掌勢。雙掌接實，響起了一聲砰然大震。

胡化厲喝一聲，道：「好一個奸險的丫頭。」

黃衣女揚了揚右手，笑道：「胡大爺，你怎麼不小心一些，硬向我毒針上撞。」

王宜中側臥地上，微啓雙目，看得十分清楚，暗道：「好生陰險，竟然在手中暗藏了一枚毒針，天人幫中人，果然是集邪惡大成的一個組織。」

針上劇毒，大約十分強烈，胡化登時臉色大變，怒聲喝道：「臭丫頭，老子先斃了你。」

他突然欺身而上，但他身子才剛剛躍飛起來，突然慘叫一聲，摔在地上。

耳際間響起了那白髮老嫗的笑聲，道：「胡化，你沒有用點心想過麼？背叛了天人幫，有幾個能夠活著？」

原來，那胡化飛身撲向那黃衣少女之時，身後的白髮老嫗，突然出手，一杖掃過去。

這一杖，待機而發，去勢如電，落處奇準，正擊在胡化膝關節上，一杖之下，胡化雙腿齊折，人也被震落在地。

大約胡化也自知沒有反擊之能，一咬牙，身子橫向王宜中滾了過去，他想拍活王宜中的穴道。

但那白髮老嫗，哪裡還肯給他機會，鋼杖一舉，迅快擊下，砰的一聲，正擊在胡化的後背之上。

鮮血由胡化的口中湧了出來。

胡化掙扎而起，狂噴鮮血中，緩緩說道：「王門主，我該放了你……」

這一句話，大概用完他護心保命的元氣，話未完，人已倒了下去。

但他死不瞑目，兩隻眼睛，仍然瞪著王宜中。

王宜中緩緩站起身子，一拱手，道：「你殺人甚多，死也是報應，不過，你可放心，我會替你報仇。」

語聲甫落，胡化圓睜的雙目，突然閉上。

王宜中的陡然起身，使得全廳中人都爲之震駭不已。一時間，竟然都呆在當地，不知如何應變。

對這位金劍門主，廳中人似是都有著無比的畏懼，呆了一陣，紛紛向後退去。

王宜中瀟灑地轉過身子，淡漠一笑，望著那黑衣人道：「你真是天人幫主？」

黑衣人默然不答。

王宜中緩緩抽出身上的金劍，接道：「你裝神扮鬼，用毒役人，使無數的武林同道爲你賣命，希望你有勇氣和我決一死戰。」

黑衣人突然尖聲叫道：「攔住他。」

那黃衣女一翻腕，長劍出鞘，當先撲了過去。

耳際間響起那白髮老嫗的喝聲，道：「熄滅火燭。」

王宜中大喝一聲，突然飛躍而起，金芒一閃，直向那黑衣人刺了過去。

一切事，都發生在一瞬間的工夫中，熊熊燃燒的火燭，也就在王宜中飛躍而起的當兒熄去。大廳中，突然間黑了下來。

一聲淒厲的慘叫，劃破了夜空。

王宜中蓄勢運劍，威勢無倫，那黑衣人雖然早已有逃走的打算，但他卻無法逃過王宜中的馭劍一擊。

一陣陣嬌弱的聲吟，緊隨著那一聲淒厲慘叫傳了出來。

原來，那黑衣人身側四個青衣女婢，也被王宜中凌厲的劍氣所傷。

忽然間，火光一閃，一個受傷的青衣女婢，晃燃了一枚火摺子，王宜中迅快地取這一支火燭燃上。

火光下景物可見。

但大廳中只餘下胡化屍體、四個傷在劍氣下的女婢，和那為自己金劍洞穿的黑衣人。其他的人，都已經走得一個不剩。

王宜中暗暗歎息一聲，忖道：「果然是一群邪惡匪徒的結合。竟然丟下他們的幫主不顧而去。」

雖然閃電般的念頭掠過腦際，這位天人幫主，怎的如此無能，竟然無法擋受我的一擊。如若他真是這樣一個人物，如何又能統率天人幫。

那白髮老嫗和黃衣姑娘的武功，分明十分高強，如若要出手攔截時，至少可擋住這一劍攻勢。

但那黃衣少女明明是向自己攻襲，卻借那燈火熄滅的一瞬，轉了方位，奔出大廳。白髮老嫗和所有的人，都在那火燭熄滅後，奔出廳外。

念頭轉動，忽然一伸手扯下那黑衣人臉上的黑色面紗。

不用再問任何人，也不用王宜中再用腦筋去想，那黑衣人的臉上，已有很明確的解說。那黑衣人臉上寫了四個字，寫的是：「第三替身。」

王宜中伏下身去，仔細查看，字是用針刺在臉上。四個黑色的大字，掩去了這黑衣人大部分真正面目。

王宜中暗暗歎息一聲，忖道：「好惡毒的手段，這個人除了一生做人的替身之外，他幾乎沒有了自我，要永遠戴著面紗。因為，那刺在臉上的黑字，深入肌骨，無法拿下。除非，把整個面目毀去。」

望著那「第三替身」四個字，王宜中暗暗歎口氣，想道：「既有第三，至少還有第一、第二兩個替身了。」

忽然，想到四個青衣女婢，急急伏下身子，查看四女的傷勢。

兩個傷得很重，已暈了過去，兩個傷勢輕些，人還清醒。

王宜中先替兩個傷勢輕些的青衣女婢止血，包紮了一下傷勢，緩緩說道：「你們能不能回答我的話？」

兩個青衣女婢，對望一眼，又四下瞧瞧，垂首不言。

這不是拒絕，而是有所顧慮。

王宜中未再理會兩人，轉身替兩個傷勢嚴重的女婢裹傷。

突然間，一聲悶哼傳來。聲音起自身側，嚇了王宜中一跳。

轉眼望去，只見左首一個青衣女婢，一劍刺入了右面青衣女婢的前心。傷中要害，立刻氣絕而死。

王宜中呆了呆，道：「你殺了她！」

四人中，以她的傷勢最輕，是以出劍的速度很快捷。

只見她，緩緩把長劍插入劍鞘，冷漠地說道：「反正她不能活了，殺了她，使她減去很多活罪。」

這些青衣女婢都不過是十六、七歲的年紀，而且都生得眉清目秀，說出的話，竟然是這樣冷酷。

王宜中搖搖頭，道：「姑娘，你們終日相處一起，難道就沒有一點情意嗎？」

青衣女婢也淒涼地笑一笑，道：「你可是覺著我很殘忍？」

王宜中道：「是的，殘忍極了，像你這樣年輕美麗的女孩，這樣的冷酷、殘忍，真讓人難以相信。」

青衣少女黯然一歎，道：「我們雖然是朝夕相對，但卻是全無情意，彼此之間相互猜忌。」

王宜中道：「你們同在天人幫主迫害之下，難道就不會生出同病相憐之心？」

青衣少女苦笑一下，道：「我們被一種猜忌和監視統治著，因爲，每過數日，我們必須把另外三個女婢的言行，很仔細地呈報上去。」

王宜中啊了一聲，接道：「你們就不會彼此合作嗎？」

青衣少女道：「我們在一起，從來不許私自談心，而且彼此之間都有著很嚴重的戒心，自也無法心意交流。我該是最幸運的一個，也是活得最久的一個。」說至此處，突然流下淚來。

王宜中輕輕歎息一聲，道：「姑娘，至少，現在你已經解脫了這種痛苦，你說得不錯，你比她們幸運多了。」

青衣少女拭去臉上的淚痕，道：「我親眼看到了和我一起的幾位姑娘被處死的慘境，我就在這種冷酷的環境中學會了自保。」

王宜中接道：「那些被處死的人，可都是背叛了天人幫？」

青衣少女道：「我們每天要把一日的瑣事，呈報上去。這等事不能揑造，也不能彼此相商。只有據實呈報。她們就在這樣的情勢中，找出毛病，任何人心懷不滿，都難免形諸於外，何況是十幾歲的姑娘，涉事不深，不太會掩飾自己，就這樣，一個一個的，被他們處死了，我看到了九位同伴的下場。」

王宜中似是已完全瞭然內情，點點頭，道：「果然是很殘忍的統治。」

青衣少女道：「只要她們有一個人活著，我就有被他們處死的危險，所以我要殺了她們。」

王宜中想了想，道：「你怎麼辦？」

青衣少女道：「我要回家，不想再在江湖之上混下去了。」

王宜中啞然一笑，道：「回家，天人幫中人，會放過你嗎？」

青衣少女道：「只要我能逃離此地，他們就不會找到我了，不過，這還要你王門主幫忙。你把這座大廳用火燒了，我就可以逃命。」

王宜中道：「這座大宅院中，還有人嗎？」

青衣少女道：「沒有了，都已被天人幫中人趕走了！」

王宜中心中一動，暗道：「這丫頭年紀輕輕，但卻是自私得很，處處都在爲自己打算。」

轉眼望去，只見那青衣少女，滿臉都是乞求之色。

長長吁一口氣，王宜中緩緩說道：「這座大廳之中，還有兩位姑娘未死，我替她們包紮了傷勢，給她們一個活命的機會，我不能救她們，已然心中不安，更不能放把火，把她們燒死。」

青衣少女冷笑一聲，道：「人家說你王門主英雄仁義，金劍門正大門戶，看來都是欺人之談。」

王宜中道：「因爲在下不能滿足你姑娘之求，是嗎？須知行仁救世，並非是只對你姑娘行仁，普及天下，人人相同，如著爲救你姑娘一人，殺害另兩條人命，那不是行仁，而是殘忍。」

青衣少女臉上，突然泛現出怒意，道：「你們連我一個人都救不活，還能救很多人麼？」

王宜中呆了一呆，暗道：「看她說得振振有詞，似乎是甚爲有理，這天人幫中的人，實是可怕。」

心中念轉，臉色一沉，道：「在下可以帶姑娘離開此地，姑娘如若感覺到已進入了安全之境時，再行離開。」

青衣少女道：「我不去。」

王宜中冷冷說道：「那麼姑娘就留在這裡，不過，你不能殺兩位受傷的同伴。」

青衣少女道：「這不用你費心了。」

王宜中冷笑一聲，道：「姑娘如若殺了她們兩位，只怕是……」

青衣少女接道：「你要怎麼樣？」

王宜中道：「姑娘，你既然知道了金劍門行俠仗義，爲了救這兩位姑娘，在下只有對付姑娘了。」

青衣少女道：「難道你會殺了我？」

王宜中道：「不會，但會點了你的穴道，讓你無法傷害她們。」

青衣少女微微一笑，道：「那不要緊，只要她們兩個傷重而死，我就不會有什麼危險了。」

王宜中道：「那要看看你的運氣了，如若她們不死，她們也可以開口說話。」

青衣少女道：「哼！你這人不公平。」

王宜中道：「爲什麼？」

青衣少女道：「你這人爲什麼只想到她們兩個，完全不顧及我呢？」

王宜中笑一笑，道：「再給你一個機會，我帶你離開這裡，你應該相信，我帶你離開，總會比你在天人幫中安全多了。」

青衣少女沉吟了一陣，道：「好吧，我跟你走。」

王宜中舉步向外行去。那青衣少女傷勢本就不重，一伸手抓起長劍，緊隨在王宜中的身後，向外行去。

王宜中回顧青衣少女一眼，心中暗道：「近朱者赤，近墨者黑，這丫頭清秀俊麗，想不到在天人幫下，竟然訓練成一副這樣自私的性格，看來這天人幫別有一套訓練的方法。」

兩人行出宅院門外，只見無數的綠光閃動，直瞪著兩人瞧著。

有過了一次經驗，王宜中心裡已知道這些餓狼的可怕，趕忙提氣戒備。

但聞一聲厲嚎，一頭巨狼，飛竄而來。

王宜中右手一揮，疾快地拍出一掌。但聞砰然一聲，掌力正拍在巨狼頭上。這一掌，力道強猛，那巨狼慘嚎一聲，腦漿迸裂，跌落在地上死去。

只聽厲嚎連落，四、五頭巨狼又直衝了過來。

王宜中雙掌連揮，又拍死了兩頭巨狼。

身子一側，另一頭巨狼，掠頂而過，撲身那身後的青衣少女。

青衣少女叱了一聲，長劍揮刺了出去。

那巨狼撲擊之勢，凶猛無比，青衣少女一劍劈下，雖然把那巨狼之頭劈作了兩半，但那巨口長牙，仍然向青衣少女頭上撞去。

幸好王宜中右手一回，抓住了狼的尾巴，回手一掄，擊向了另一頭撲過來的巨狼。兩隻巨狼相撞，後撲的巨狼慘嚎而死。

這時，群狼呼嚎，四面八方同時撲了過來。

王宜中左手邊發掌力，阻擋群狼，右手拔出金劍，劍灑一片金芒，耀眼奪目的光輝中，血如落雨。十來頭撲來的巨狼，不是被斬作兩段，就是被劈碎了腦袋。

還餘下十餘頭巨狼，似是已知道了厲害，狂嚎一聲，四下奔逃。

胡化一死，這些巨狼都失去了控制，驚駭中，發足狂奔，一面大聲嚎叫，靜夜中，聽起來十分駭人。

回頭看去，只見那青衣少女呆呆地站在當地，對王宜中搏殺群狼之事，看得十分入神。

王宜中道：「姑娘，沒有傷著你吧？」

青衣少女搖搖頭，笑道：「沒有。」

王宜中道：「沒有就好，咱們走吧！」

青衣少女緊行一步，緊靠著王宜中的身側，道：「我聽歐姥姥說……」

王宜中接道：「說什麼？」

青衣少女道：「天人幫中，不論何人，能夠生擒你王宜中的，就可以得到副幫主的位置。」

王宜中道：「啊！」

青衣少女道：「殺死你的，也可以得到總護法的位置。」

王宜中道：「哦！」

青衣少女微微一笑，道：「可惜，我和你的武功相差的太遠了，沒有生擒你的機會。」

王宜中身經了這麼多的凶險歷練，人已老練了不少，冷笑一聲，道：「那麼，姑娘準備暗算在下了。」

青衣少女道：「我確實這麼想。」

王宜中回頭看去，青衣少女突然微微一笑，接道：「不過，我不敢。」

王宜中道：「如若能當上副幫主，或是總護法的位置，很誘惑人的。」

青衣少女歎口氣，道：「可惜，我這一生沒有希望了……」

王宜中心頭有氣，暗道：「這個女娃兒反反覆覆，當真是難對付得很。」

當下冷笑一聲，道：「可惜，我只有一條命，如若我能有三條、兩條命的話，就借一條給你。」

青衣少女道：「其實，你如真有成全我的用心，就算只有一條命，也可以借給我啊！」

突然一揚長劍，悄無聲息地刺向了王宜中的背心「命門」穴。

王宜中武功已到了意、勢合一之境，霍然回身，右手疾出，抓住了劍身，冷冷說道：「你要幹什麼？」

青衣少女道：「你不是要成全我嗎？」

王宜中怒道：「但你的武功太差了，竟然連偷襲也無法得手。」

右手暗用內力，一振長劍，一把百鍊精鋼的長劍，竟然斷成兩截。

青衣少女手執著斷劍，呆呆地望著王宜中，臉上是一股驚訝的神情，緩緩說道：「你會不會殺了我？」

王宜中確然動了殺機，但看她畏懼之色，不禁暗暗一歎，搖搖頭，道：「我不殺你。但你好好的回答我的問話。」

青衣少女道：「好！我知無不言。」

王宜中道：「你在天人幫中，只是丫頭身分，怎的竟然如此貪心？」

青衣少女道：「因爲我知道那副幫主和總護法的權威，能使我變成一人之下，萬人之上。」

王宜中心中更是惱火，冷哼一聲，道：「你們幾個丫頭，是不是都和你一般？」

青衣少女道：「這個，我就不知道了。」

王宜中心中大爲憤怒，冷冷說道：「很好，你可以走了。」

青衣少女道：「要我到哪裡去？」

王宜中道：「那是你姑娘的事了，在下不願再管。」

王宜中不再理會那青衣少女，大步向前奔了過去……

卅七　銷魂蕩魄

王宜中對附近地形，本不熟悉，沿途之上，再遭逢重重阻攔，竟然迷了路途。停下腳步，四顧了一陣，竟不知何處是返回之路，不禁暗道一聲「糟糕」。這一陣被他們困撓攔截，連方位也記不清了，這要如何是好。

這時，濃雲蔽空，王宜中想借星象看看方位，亦是有所不能。

正感徬徨，忽見燈光一閃，十丈左右處亮起了一盞紅燈。

王宜中呆了一呆，暗道：「我想昏了頭，有人欺近了十丈之內，我竟然全無所覺。」

心中念轉，瞥見火光連閃，片刻之間，一連亮起來九盞紅燈。

連同先前亮起的一盞，一共十盞。

這紅燈分佈四面，都在十丈左右處，距離王宜中的停身之處，一般遠近。這顯然是一種預謀，決非偶然發生。

王宜中打量過四周形勢，道：「什麼人？」

但見紅燈在夜風中飄動，四周一片寂然，但卻不聞一點回應聲息。

王宜中暗暗吸一口氣，嚴作戒備，舉步向正東方位的一盞紅燈行了過去。

十餘丈的距離，片刻即到。那紅燈仍然靜靜地停在那裡不動。

凝目望去，一個身著白衣的長髮少女，呆呆地站在那裡。那少女的手中高舉一根木棍，木棍上挑著一盞紅燈。

紅燈耀照下，只見那少女臉色紅潤，長髮飄飄，長得十分美豔。

王宜中想到身中那天山狼人的暗算一事，立時閉住呼吸，目光盯注在那白衣女的臉上。

白衣女也瞪著一對眼睛，冷冷地盯著王宜中瞧看。

看那少女的神情，十分沉著、冷靜，對王宜中一點也不畏懼。

王宜中冷笑一聲，道：「你們是從哪裡來的？」

白衣少女突然間冷冰冰地說道：「你是什麼人？」

王宜中道：「在下只怕正是你們要找的人。」

白衣女道：「你先說說看，什麼人？」

王宜中道：「在下麼，金劍門主王宜中，是不是你們要找的人？」

白衣女道：「就是你，王宜中。」

王宜中接道：「這也是天人幫安排下的圈套，但我不明白，你們高挑起這麼多盞紅燈，用心何在？」

他實在想不通，這些白衣女一手高舉紅燈，會有些什麼作用，豈非影響她兵刃出手的靈活。因爲，那白衣女除了手中高舉的紅燈之外，還揹著一把長劍。

但他吃過了那軟骨香的大虧之後，對任何不太瞭解的新奇事物，都有著很小心的戒備，不敢絲毫大意。他心中明白，天人幫主很可能隱在暗中，指揮著這些雲集於此的高手，擺下了一個連一個的圈套，只要再有一次失手，那就不會再有僥倖，對方必將會先傷害到自己的身軀，不會再有生擒的打算。所以，王宜中一切都在極端小心中應付。

自入江湖以來，連番的風波，使他知曉江湖上除了武功之外，還要心機和謹慎。因此他一直沒有輕視那白衣少女，和那高挑的紅燈。

兩人相峙了一陣，那白衣女突然伸手，摸住了肩後的劍把，抽出了長劍，平橫胸前。

王宜中不看那白衣女手中之劍，卻瞧著那高挑的紅燈。

他已瞭解自己一身武功，尋常的刀劍、兵刃，對自己已無威脅。

王宜中不怕武功，就算對方是第一流的劍手，他也不放在心上。但卻怕對方用毒，或是旁門左道的辦法，所以，對那紅燈的戒備，尤過白衣女手中的殺人長劍。

白衣女突然高聲叫道：「王宜中。」

王宜中道：「幹什麼？」

白衣女啊了一聲，道：「你瞧那紅燈中有些什麼？」

王宜中凝目望去，只覺那紅燈之中，有幾個光影晃動，模模糊糊地看不清楚，這就使王宜中凝聚了目力看去。

他百般小心，萬般謹慎，仍然是中了那白衣女的詭計。

瞧不清楚，忍不住仔細看去。這一凝神瞧著，果然發覺那紅燈中有些人影在轉動。

那些人影不停地轉，也可以看出那都是裸體的女子。

這並非什麼邪怪的事，而是一種走馬燈，只是它構造的特別精巧，和利用那特殊設計的色彩，不是目力過人，仔細去看，一般人就無法瞧得出來。

就在王宜中全神貫注那紅燈中的裸女光影時，一縷奇妙的音樂，如絲一般地輕輕揚起。

初聽起來那聲音很細微，細微的叫人幾乎無法察覺，像一縷細絲，縹縹緲緲地鑽入了人耳之中。

樂聲和那走馬燈內的人影轉動，有著很佳妙的配合。

在樂聲的影響下，王宜中的精神，更覺集中。紅燈內的影像，也更爲清明。

樂聲逐漸地加大，樂聲配合著燈影的情節，挑逗著人性。王宜中忽然生出了一種異樣的感覺，全身的血液，加速了流動。他說不出那是什麼感覺，他從未有過這些感覺。

柔媚無比的金玉仙，深情款款的纏綿，也沒有給過他這樣的感受。

嬌豔絕倫的西門瑤，橫溢的關懷情愛，也沒有給過他這種感覺。

好像是處在一種無法自制的境遇，展翼欲飛。慢慢地失去了控制，忘去了自我。

這是紅燈門的魔功，紅燈魔女的制心大法，使人陶醉，陷溺在情欲之中，不知不覺間，毀去了一生的修為。

紅燈門劃地自守，從不和江湖上人物來往，門下都是年輕美貌的少女，她們牢守著「人不犯我，我不犯人」的門規。

門主是紅燈魔女，這一代，已是第三代的掌門，她們在江湖上沒有惡跡，也不擴展，所以，武林中所有的正大門戶，從未和她們衝突過。甚至絕大多數的江湖人物，都不知道有這樣一個門派存在著。

紅燈門另一個嚴格的規定，不論何人，只要離開了紅燈門的禁區，就不准施展紅燈門特異的武功。更不准施用紅燈門中的奇術，對付武林同道，違犯者立即處死。

白衣女緩緩舉起了手中長劍冷利的劍尖，對準了王宜中背後的「命門」要穴之上。

王宜中被那奇異的樂聲和紅燈中怪異的景像配合而成的威力所控制，毫無所覺。在這等情勢下，王宜中雖有著一身功力，也無法和利劍抗拒。

突然間，一道閃光，劃破了夜空，接著一聲震耳的雷鳴，王宜中茫然的神智，忽然清醒。

絕世武功的自然反應，忽然一側身子，長劍劃身而過，穿破了王宜中的衣服。

王宜中右手疾回，一把扣住了那白衣女的右腕。他心中熟記著天下武功總綱，心意一動，奇招立出。

那白衣女並非弱者，竟無法避過他回手一招擒拿。

王宜中五指加力，奪過那白衣女手中的長劍，左手一揮間，劈向紅燈。

一股強猛的掌力湧了過去，紅燈碎散，飄落一地。

就是這一陣工夫，散佈於四周的紅燈，已然圍攏了過來。

十餘個穿著白衣的少女，環立成一個圓圈，把王宜中圍在中間。

王宜中輕輕一揮奪自那白衣少女的長劍，冷冷說道：「在下和你們無怨無仇，不願傷害你們的性命，快些閃開。」

但見圍在四周的白衣女，插起手中的紅燈，突然翩翩起舞。

那消魂蕩魄的樂聲，重又響起，配合著那些白衣長髮少女曼妙舞姿。紅燈散射出誘惑的光芒。驟然間，王宜中又被那曼妙的舞姿吸引。

不知何時，那些起舞少女身上的衣服，開始減少，王宜中看到了雪白的肌膚，均勻的小腿，赤裸的玉臂。

飄飄長髮、飛揚的玉腿、扭動的柳腰、輕揮的玉臂，構成了一幅撩人的畫面。最要命的還是那若斷若續、勾魂銷骨的樂聲。

天魔舞，是紅燈門中最難抗拒的魔功。

王宜中感覺到血脈賁張，全身都有了一種異樣的變化。

仗憑著深厚內功、一點靈智不昧，人還可勉強支持。

這時，樂聲突然轉急，那些扭腰擺臂的白衣少女，緩緩向兩側分開。

一個頭戴金冠、身披輕紗，白嫩玉腕上套著兩個金環的絕美少女，帶著蝴蝶戲花般的美妙舞姿，行雲流水般地走了過來。

王宜中的目光頓然被那金冠少女吸引。

只見她身披輕紗飄飛，若隱若現地流露出一個美麗絕倫的身體。充滿魅力的舞姿，現出無比的誘惑。

王宜中長長吁一口氣，一股莫名熱力，由丹田直沖上來。

忽然間感覺到腿上一疼，似是有人用針在他腿上刺了一下。這一疼，使得他精神忽然一震，迷惑的神智，也忽然爲之一清。那直沖而上的一般熱力，也忽然平復了下去。

一剎間，神智復明，立時盤膝而坐，運氣行功。

那一元神功，本是武功之本，坐息之間，暗含著佛門般若禪力。真力行開，慾火頓消。

心田一片清明，但覺滄海、山嶽，盡生足下，頓有身置九重，目小天下的氣概，胸襟不停在擴大，那惑人的樂聲，妙曼的舞姿，再也引不起他的慾念。

那金冠少女眼看王宜中即將入掌握之際，忽生奇變，原本飛紅如火、充滿慾念的臉上，忽又平靜，不禁心中大驚。

凝目望去，只見王宜中臉上如古井不波，雙目中卻又深沉似海，含著無限無窮的容量。忽然間，王宜中雙目中暴射出兩道冷電也似的光芒，大喝一聲，站起了身子。

這一聲斷喝，有如晴天霹靂，使得正在曼歌輕舞的金冠少女，頓然一呆。

樂聲頓住，大地間恢復原有的寧靜。只有那高挑的紅燈，仍然散發出明亮的光芒。

王宜中冷漠地叫道：「你們跳得很累了吧？」

金冠少女忽然歎息一聲，道：「王門主內功精深，已是金剛不壞之身，我們認輸了。」

王宜中笑道：「你們用的是什麼妖術？」

金冠少女道：「天魔之舞，當今英雄，能夠度過此關的人，絕無僅有，王門主卻能視若無睹。」

王宜中心裡暗叫了幾聲慚愧，道：「你們可都是天人幫中人嗎？」

金冠少女道：「小女子是紅燈門中人。」

王宜中道：「紅燈門和金劍門有仇嗎？」

金冠少女道：「沒有。」

王宜中道：「你們既然和金劍門無仇無怨，為什麼要截攔在下？」

金冠少女道：「我們受制於天人幫主，不得不從他之命。」

王宜中啊了一聲，長劍平胸，道：「你們要再試試我的劍法嗎？」

金冠少女輕輕歎息一聲，道：「我等只怕不敵你王門主的神勇。」

王宜中笑一笑，道：「也許我是浪得虛名，你們如不出手試試，只怕你們心有未甘。」

金冠少女微一欠身，道：「王門主如此吩咐，我們是恭敬不如從命了。」

王宜中冷笑一聲，道：「去告訴她們一起上吧！」

金冠少女道：「這個，這個……」

王宜中長劍一揮，立時有幾朵劍花，灑了過去。

雖然他劍勢一發就收，但那劍身上透出的森寒劍氣，仍然逼著金冠少女連退了三步，道：「王門主如此吩咐，我們只好遵辦了。」

口中應話，右手高舉過頂，揮了一個圓圈。

但聞唰唰之聲，不絕於耳，十個白衣少女，一齊抽出了長劍。紅燈輝照下，長劍閃閃生光。

紅燈門雖然以魔舞、媚術見稱於世，但在武功上亦有著獨特的造就，十個白衣女長劍一齊揮動，布成了一個四面合圍的陣勢。

王宜中一直靜靜地站著不動，等待著那些白衣女布好了合圍之勢，才緩緩說道：「現在，可以出手吧？」

這時，金冠少女，突然伸手一拉，腰間圍的一條白色帶子，散落下來，順手一抖，白帶脫落，露出寒芒。

原本，那是一把軟劍，長過五尺，寬僅二指，寒芒流動，一望之下，即知是上好緬鐵精製之物。

王宜中領著劍訣，大喝一聲：「小心了。」

右手長劍揮出，人影一閃，已然衝入劍陣之中。

十個白衣少女長劍齊揮，閃起一片銀芒寒幕。但聞一陣金鐵交鳴之聲，夾雜著陣陣嬌呼之聲。

只一回合，白衣女已有四個棄劍，兩個受傷。

王宜中的劍招太強了，強大的劍氣，在搶制先機的發動下，十個白衣女布成的劍陣，還未來得及發揮出威力，就已殘缺不全。

金冠少女歎一口氣，道：「好凌厲的劍法！」

王宜中道：「誇獎，誇獎。姑娘是否也想試試呢？」

金冠少女道：「我雖然非你敵手，但卻不得不出手一戰。」

王宜中長長吁一口氣，道：「我實在想不明白，你們都具有不畏死傷的勇氣，但卻甘願做天人幫的爪牙，難道認爲我王宜中不敢殺人嗎？」

金冠少女淡淡一笑，道：「王門主的武功十分高強，咱們自知非敵，不過，我們別有苦衷，希望你劍下留情。」最後兩句話，說的聲音很低，聲音僅可聽聞數尺。

王宜中冷笑一聲，道：「姑娘要在下手下留情，適才姑娘對付我王某人時，可否想到手下留情的事？」

金冠少女歎一口氣，道：「如是王門主不能體諒我們，賤妾也請王門主答應我一件事。」

王宜中道：「什麼事？」

金冠少女道：「如若你準備殺死我們時，希望你落劍快一些，使我們能少受一些痛苦。」

她說得淒楚委婉，臉上是一片哀傷，只瞧得王宜中一皺眉頭，道：「姑娘的意思是……」

金冠少女接道：「我的意思是，希望你別給我們太多的苦受。」

王宜中歎口氣，揮揮手，道：「你是這些人中的首腦嗎？」

金冠少女道：「不錯，我是紅燈門第三代的掌門人。」

王宜中道：「我記下了。如是你們惡跡甚多，日後我會帶金劍門中的劍士，找你們算帳，現在，你們可以去了。」一側身，大步向前行去。

金冠少女突然一側身，攔住了王宜中，道：「不行，你不能走！」

王宜中怒道：「爲什麼？」

金冠少女歎一口氣，道：「王門主，你目下只有兩個方法，方能離開。」

王宜中冷哼一聲，道：「我瞧一個方法就夠了。」

金冠少女道：「在王門主而言，確然只有一個辦法，但就我們而言，只怕得兩個方法了。」

王宜中道：「說說看，哪兩個方法？」

金冠少女道：「一個是把我們全都殺了。」

王宜中道：「嗯！還有呢？」

金冠少女道：「一個是把我們全殺傷。」

王宜中道：「我瞧兩個辦法，沒有什麼不同。」

金冠少女道：「大大的不同，殺傷了，我們還活在世上，紅燈門仍然存在江湖，如是把我們全都殺死了，紅燈門至我而絕。因爲，目下在此的人，是我們紅燈門中全部的精銳。」

王宜中道：「你是要死呢，還是要活？」

金冠少女道：「我們當然想活。至於你傷我們或輕或重，都要你王門主決定了。」

王宜中道：「為什麼非要鬧出這等血淋淋的結局，你才肯罷手？」

金冠少女道：「紅燈門很少在江湖行動，更不敢和金劍門為敵，但我們卻傾盡精銳而來，自然是有著比死亡更可怕的結局，威脅著我們。」

王宜中道：「千古艱難唯一死，你們連死都不怕，還怕什麼？」

金冠少女道：「也許王門主不相信，世間確有比死更可怕的事情。」突然放低了聲音，道：「王門主，我沒有太多的時間和你解說，希望你手下留情，不要把她們傷得太重。」

王宜中道：「非要如此不可嗎？」

金冠少女道：「是。非如此不足以救我們。但如王門主覺著我們都是死有餘辜的人，那就不妨施下毒手，把我們斬盡殺絕也好。」

王宜中還想再問，那金冠少女已揮動手中軟劍，橫裡斬了過來。

王宜中劍身平拍而出，一股強烈的劍風，直逼過去。金冠少女的軟劍，還未近身，已被王宜中強大的劍氣，直逼開去。

金冠少女低聲說道：「王門主果然高明，往我右面走，可以和你們金劍門中人會合。」軟劍疾震，閃起了連串銀芒冷電，直灑過去。

王宜中道：「那是正西方位？」

劍勢一揮，震開了金冠少女的劍勢、劍芒。

金冠少女道：「前方。王門主向西走，記著，傷了我們。」

王宜中道：「在下從命了。」

震開了金冠少女手中軟劍，一掌拍出。這一掌勢奇猛，那金冠少女閃避不及，正打在左肩之上。白紗飄飛，整個人都飛了起來，摔到一丈開外。

緊接著，王宜中揮劍而上，劍刺掌劈，片刻工夫，紅燈門中十個女弟子，全都受傷倒地。

紅燈照耀下，只見橫躺著十幾個美麗的少女，王宜中不禁黯然一歎，放腿向前奔去。

他已得那金冠少女的指點，直奔正西方位。一口氣奔出了四、五里路，才放緩了腳步。回頭望向遠處的紅燈，仍然在夜風中不停地飄蕩。

天上濃雲如墨，無法看出是什麼時刻，但王宜中暗裡估算一下時間，大約已是天色微明的光景。

回想半夜的際遇，有如過了數年一般，那無數的蒙面高手，能役狼群的天山狼人，和那年輕幼小，但卻滿懷自私、狡詐的女婢，以及那深夜嬌啼的白衣少女，和這些陡然現身的紅燈門。

這些人物相距十萬里，但卻在半宵之間，同時出現，證明了天人幫確已具有了稱霸江湖、君臨武林的氣勢，也確把金劍門視作了一個勁敵。

忽然間，想到了門中的劍士，天人幫動員了如許高手，對付自己，必也有無數的高手，對付金劍門中的劍士。一念及此，放腿疾奔。

濃雲密佈的夜暗中，突然閃起了一道火光。

王宜中一提氣，飛上道旁一棵大樹，凝目望去，只見五里外烈焰沖天，火舌冒升。那是一片大莊院，正開始燃燒，看火勢形態，似乎是剛起不久。

王宜中已判定那正是金劍門的分舵。

焦急和憤怒，激發出王宜中全身的功力，長嘯一聲，由三丈多高的大樹頂上，直向前衝奔而去。

無窮無盡的內功，使他奔行得快速無比，像一支流矢，像一道輕煙，奔向那沖天而起的烈焰所在。

這大約是人間最高明的輕功了，那速度，簡直是飛鳥難及。

數里行程，不過是一刻工夫，人已到了火場。

王宜中想得不錯，那烈火焚燒的莊院，正是金劍門中的分舵。但火燒的情形，並不如遠遠望來時的可怕，火勢雖然強大，但只是前庭和左、右兩座跨院，正中的主院，還未遭波及。那莊院很廣大，庭院和庭院之間，有著很大的距離，火勢雖烈，決不至於燒傷到這些武林高手。

但可怕的是那些橫躺、豎臥的屍體，火光照耀下，看得十分清楚。數十具屍體中，有一半是金劍門中的劍士。

王宜中只感熱血沸騰，一股悲忿之氣，直沖而上，大喝一聲，直向火場中衝了過去。

因為烈焰彌空，中庭一帶雖未燃燒，但卻被那些火勢、濃煙擋住，無法看到中庭一帶的景物，是否還有金劍門中劍士，在和天人幫中高手搏殺。

剛穿越過一道火牆，只見兩條人影直衝過來。

王宜中目光銳利，一瞥間，只見那兩個人穿著全身黑的衣服，手中兩把寒光閃爍的長刀，急襲而至。

王宜中雙腳不過剛剛落著實地，兩柄長刀已電閃雷奔而至。就在雙刀近身的一瞬間，王宜中金劍已脫鞘而出，左擋右封。耳際間響起了一陣金鐵交鳴，兩柄長刀，都被王宜中手中的金劍封擋開去。

王宜中左掌拍出，擊中了左面一人，右腳飛出，踢中了右面一人的小腹。但聞兩聲悶哼，那兩個黑衣人身子飛起，落入了大火之中。

原來，王宜中心懷激忿，左掌、右足，都運足了十成勁力，擊中兩人時，兩人都已經氣絕而亡。

擊斃兩人之後，王宜中並未立刻再向前衝，站在原地出神。四周大火熊熊，但火勢距離王宜中停身之處，還有七、八尺遠。

王宜中似是忘記了自己停在大火之中，想了一陣，突然自言自語地說道：「是了，是了，他們都穿著不畏火燃的衣服，那樣就可以在大火中自由出入了。」

心中念轉，縱身一躍，撲向左面那一具屍體旁側。伸手一抓，果然覺著那人身上的衣服，十分堅硬，不是一般的布料做成。

王宜中冷笑了一聲，舉步向前行去。

這莊院中火勢雖大，但因庭院寬敞，火勢之間，有著很多空隙。大火一股炙人的熱氣，本使人很難忍受。但王宜中內功深厚，一運氣，不畏火氣的薰炙。

這時，他已慢慢平靜了下來，他心中明白，對付強敵，不能有絲毫的大意。

這可能是最後一場決戰，一個些微的疏忽，就可能造成莫可彌補的大過。

他盡力壓制下心中的怒火，使自己平靜一些。

又越過一道火牆，逐漸地接近了中院。

抬頭看去，只見庭院完好，中院之中，竟然是不見火焰。

敢情，那熊熊大火，也是預先安排下的計畫。

王宜中長長吁一口氣，舉步向正廳行去。

大廳的木門，緊急地關閉著，四周都是熊熊的大火，但那正中的廳院裡，卻是陰沉、肅殺，看上去有一股森寒的味道。

王宜中行到大廳前五尺左右處，停下了腳步，冷冷說道：「你們可以出來了。」

木門突然大開，空曠的大廳中，桌、椅大都搬開，只放著一張木椅，木椅上坐著一個人。

那人似乎是有意地不讓人瞧出他的面目，穿了一件很寬大的黑袍，全身都包在那一件寬大的黑袍之中。臉上也蒙著一張白色的絹帕。火光照耀之下，黑白相映，看上去有幾分恐怖與詭異。

那人坐在木椅上，動也不動一下。

王宜中冷笑一聲，道：「貴幫一向裝神扮鬼，故作神秘，江湖上已經人人皆知了。現在，似乎用不著再故作神秘了。」

大廳中無人回應，也聽不到一點聲息。

王宜中冷笑一聲，舉步向前行去。

到了廳門口處，又停了下來，緩緩說道：「天人幫主，你可以現身了。」

口中說話，雙目卻盯注在那坐在木椅上面的人，暗作戒備。

那坐在大廳中的人，仍然沒有動靜，似是根本沒有聽到王宜中的話。

王宜中在門口思忖了一陣，突然舉步向那木椅行了過去。直到了那木椅的身側，那坐在木椅的黑衣人，仍然動也未動。

王宜中一伸手，抽出藏在身上的金劍，輕輕一挑，挑開了那黑袍人臉上的白色絹帕。凝目望去，只見那坐在椅上的人，竟是高萬成。

王宜中感覺到前胸似被人陡然打了一拳，呆在當地。

伸手一探，高萬成仍有著輕微的鼻息，人還沒有死去。

王宜中長長吁一口氣，沉聲說道：「高先生，高先生……」

只聽一陣清冷的笑聲，傳了過來，道：「王宜中，金劍門中的精銳劍士，除了戰死的之外，都已受本幫控制，你如想要他們活命，咱們可以談談條件。」

王宜中轉身望去，聽出那聲音，正從一個套房中傳了出來，道：「我就是你處心積慮想見的天人幫主。」

聲音清冷，和那怪異的聲音大不相同。

王宜中心裡明白，不論那人是否真的是天人幫主，但這廳中，必有著很多高手埋伏於此，立時暗運內功，全身佈滿了護身罡氣。

才緩緩說道：「貴幫中的幫主太多了，在下不願再問真假，你既然敢自稱幫主，何不請出一見。」

那清冷的聲音說道：「其實，咱們早已經認識了。」

王宜中噢了一聲，道：「不可能吧？」

那清冷的聲音道：「王門主這樣肯定嗎？」

王宜中道：「在下沒有聽過你的聲音。」

那清冷的聲音道：「那是因爲我能夠變音，咱們雖然談過很多話，但你聽到的是我另一種聲音。」

王宜中道：「那你爲什麼不出來？」

清冷的聲音，道：「現在，我們已經到了非見面不可的時刻，你不用激我，這就出來了。」

門簾啓動，緩步行出來一個青衣美貌的婦人。正是金玉仙。

王宜中呆了一呆，道：「果然是你！」

金玉仙揚起白嫩的玉指，理一理鬢邊散髮，恢復了嬌美的聲音，道：「王宜中，咱們是不是很熟識？」

王宜中歎一口氣，道：「雖然你自己承認了是天人幫主，但在下還是有些不信。」

金玉仙嫣然一笑，道：「要怎麼樣才肯相信我是天人幫主呢？」
王宜中道：「天人幫主有一個很奇怪的聲音，那聲音統治著天人幫。」
金玉仙道：「你可是要聽到那聲音，才肯相信嗎？」
王宜中道：「不錯，我要聽到那聲音，才會相信。」
金玉仙道：「你向後退五步，就可以聽到我的聲音了。」
王宜中依言向後退了五步。
金玉仙微微側身，一種奇異的聲音，立刻傳送了過來。
這聲音，王宜中熟悉得很，果然是那統治著天人幫的怪異聲音。
鐵一樣的事實，王宜中不信也不行了。
金玉仙緩緩轉過身子，道：「官人，你現在信了嗎？」
王宜中冷冷說道：「別這樣叫我。」
金玉仙笑道：「我已經叫過你很多次了。」
王宜中接道：「那時，我還不能肯定你是天人幫主。」
金玉仙道：「別動氣，咱們應該好好地談一談。」
王宜中接道：「冰、炭不同爐，正、邪不兩立，咱們沒有什麼好談的。」
金玉仙嬌媚一笑，道：「官人，你可瞭然目下武林形勢？」

王宜中道：「我不明白。我也不用明白。」

金玉仙淡淡一笑，道：「今天我是正式以真身面對敵人，咱們既然已經見面了，不過……」

王宜中道：「不過什麼？」

金玉仙道：「咱們最好先談談，你瞭然了武林的形勢之後，再作決定不遲。」

王宜中道：「我要先問你幾件事，你的回答如若能使我滿意，咱們再行詳談不遲。」

金玉仙道：「好！你請問。」

王宜中道：「高萬成死了沒有？」

金玉仙道：「沒有。」

王宜中道：「我金劍門中，還有很多的高手呢？」

金玉仙道：「他們都好好地活著，不過，已被我囚在一起。」

王宜中道：「你用毒物毒倒了他們？」

金玉仙笑一笑，道：「大部分是我憑武功制服了他們。」

王宜中道：「敝門二老和四大護法，都沒有受傷嗎？」

金玉仙道：「有幾個受了輕傷，但不會喪命，也不致殘廢。」

王宜中道：「以你的性格而言，不殺他們，定有作用了。」

金玉仙道：「不錯，他們的生死，確然不會放在我心上，主要是，我不願傷害到你。」

王宜中道：「不用拿話來套我，我不會被你的甜言蜜語所惑。」

金玉仙微微一笑，道：「官人，俗話說得好，一日夫妻百日恩，百日夫妻似海深。咱們雖然無夫妻之實，但已有夫妻之名了，難道連一點恩情也沒有嗎？」

王宜中道：「咱們不用談這些了。」

金玉仙道：「那要談什麼？」

王宜中道：「你要談武林大勢，現在可以說了。」

金玉仙道：「好。」

舉手理理秀髮，擺一個美好誘惑的姿勢，道：「天下武林，向以少林、武當爲泰山北斗，崑崙、峨嵋等九大門派，形成了武林中正大門戶力量。」

語聲微微一頓，接道：「但金劍門崛起於江湖之後，使九大門派黯然失色，表面上，他們很尊重金劍門，但骨子裡，他們對金劍門卻是十分妒恨。」

王宜中道：「至少他們沒有對金劍門有什麼不利的舉動。」

金玉仙道：「那是因爲他們都入了我的掌握，在我控制之下。」

王宜中啊了一聲，道：「所以，他們都在你役使、威逼之下，向在下和本門中劍士施襲。」

金玉仙道：「不錯，他們大都是先天下之憂而憂的君子人物，自覺著繼承了道統，不能在他們這一代中止斷絕。所以，甘願忍辱負重，聽命於我。」

王宜中道：「你控制了他們的門戶，生死存亡之際，自然，他們沒有勇氣和你抗拒。」

金玉仙笑一笑，道：「王門主，你目下的處境，也和他們一般，貴門也正面臨著存亡的關頭。」

王宜中道：「可惜的是，我不會受你的威脅，也不會計較個人的生死。」

金玉仙道：「官人，眼下武林，能夠和我抗拒的，只有你一個人。敢和天人幫作對的，也只有你爲首的金劍門。如若你答應和我合作，立刻間，即成爲武林盟主身分。」

忽然間，臉上泛起了嬌羞之色，柔聲說道：「官人，我一生獨行其是，從未有感到過什麼困擾，但此刻，我卻是有著不安的感覺。」

王宜中接道：「這就是邪不勝正。你真正面對著一個不畏死亡的人時，自然會生出了困擾。」

金玉仙格格一笑，道：「王門主，你不要誤會了，困擾並不是害怕，老實說，目下我們對敵之局，我還是佔有著絕對的優勢。」

語聲微頓，接道：「昨夜中，你經歷了不少的凶險，那些陣仗如何？」

王宜中道：「那都是你的安排？」

金玉仙道：「不錯。除了天人幫主之外，天下還有何人能調動那樣三山五嶽的高手？」

王宜中道：「可惜的是，你這些安排，竟然是未能傷我王某人。」

金玉仙道：「這就是我感覺到困擾的原因。」

王宜中奇道：「在下有些想不明白。」

金玉仙臉色一整，道：「我記憶之中，從沒有對任何人動過什麼感情，自然，這和我練的武功也有些關係。但對你，卻有一點例外。咱們做了幾日假夫妻，竟然使我感覺到身有所屬，這是我從未有過的事。」

王宜中接道：「你在一宵之間，布下了無數對付我的陷阱，殺不了只怕是你運氣不好，在下的命不該絕。」

金玉仙苦笑一下，道：「我有著好幾次對你下手的機會，但都因爲我心生猶豫，不忍下手，坐失了良機。」

王宜中接道：「我早已對你有了懷疑，縱然你真要對我下手，只怕也沒有成功的機會。」

金玉仙道：「官人，你太低估妾身了。」

王宜中望望窗外天色，道：「這一夜中，你以兩種面目、三種身分和我見面，真可算是一位多變的人了。」

金玉仙道：「以哪三種身分相見？」

王宜中道：「第一次，你是一個嬌弱不勝的女人，是我王某人的妻子；第二次，你是神秘的天人幫主，一個統治江湖的暴虐人物。」

金玉仙笑一笑，道：「難得你這麼重視我，但不知咱們這第三次見面，我又算是什麼身分？」

王宜中道：「第三次，你是陰險、惡毒、奸詐、虛僞，集於一身的女人。」

金玉仙格格嬌笑，道：「官人，誇獎啊！」

王宜中道：「唉！我是在罵你，你倒聽得很開心啊！」

金玉仙笑一笑，道：「賤妾當年有一個綽號，不知官人是否聽人說過？」

王宜中道：「我就算沒有聽說過，但我想來，也不是什麼好聽的綽號。」

金玉仙道：「確實不大好聽，但對我而言，很合我的生性。」

王宜中道：「啊！那是什麼綽號？」

金玉仙道：「虛僞仙子。」

王宜中道：「唉！人的名字可以安錯，外號是一定不會錯了。」

金玉仙微微一笑，道：「很合適，對嗎？」

王宜中道：「你對自己這個綽號很得意，是嗎？」

金玉仙道：「不錯。」

王宜中道：「你知不知道人間還有『羞恥』二字？」

金玉仙道：「我可以裝成世間最溫柔的女人，也會裝出最害羞的樣子。」

王宜中道：「你的裝作，只是一種手段，別有目的。」

金玉仙道：「我一生中以虛僞成功，以神秘立大業，到現在爲止，我的敵人，你是第一個知道我真正身分的人。所以……」突然住口不言。

王宜中道：「所以什麼？」

金玉仙道：「所以，我有些怕。」

王宜中接道：「你也知道怕，哈哈……」

金玉仙臉色一沉，道：「別得意。我怕的不是你的寶劍鋒利，不是你的武功高強，我是怕我自己會對你動了情感，怕我不夠虛僞。」

王宜中嗯了一聲，接道：「你還怕些什麼？」

金玉仙道：「在你面前，我已經失去了一層仗恃——神秘，不能再失去虛僞。因此，我很想和你談談條件，我願把辛苦建立的基業、權威，和你分享。」

王宜中道：「分享？」

金玉仙道：「是的，分享。我已經是你的妻子了，我金玉仙一生中，做過了無數虛僞的事情，但還沒有做過人家的妻子。這一點，我不想再玩世不恭。拜天地、拜高堂，在一個女人來講，一生只有一次。我什麼都能看得開，這一點，卻是耿耿於懷，無法淡然置之。」

王宜中冷笑一聲，道：「金玉仙，你虛僞仙子之名，果然是不錯，而且，還有一副好口才。你一夜設下了無數的埋伏，不論哪一道埋伏，都足以要我的命，如若我不幸死於他們之手，咱們也不會在此見面了。」

金玉仙笑一笑，道：「事情已經過去了，希望官人你不要放在心上。再說，你如通不過那些考驗，也不配做我金玉仙的丈夫。」

王宜中冷哼了一聲，道：「你……」

金玉仙搖搖手，道：「先別發脾氣，聽我說下去。你如能輕易爲我制服，他們也不會傷害你，我仍然把你當做我的丈夫。不過，咱們之間，談不到什麼分享我建立的基業。」

王宜中沉著氣，冷笑一聲，道：「金玉仙，你不用再談這件事，咱們雖已有夫妻之名，但那是你用的詭計，如今時過境遷，這些都成了往事，咱們再談這些，似乎是有些多餘了。」

金玉仙道：「官人，我是誠心的。」

王宜中道：「不論你多麼誠心，在我王宜中看來，那都是陰謀詭計。」

金玉仙道：「唉！那麼官人的意思是……？」

王宜中接道：「咱們談談正經事，有關於武林大局。」

金玉仙道：「好吧！那就請王門主劃一個道子出來。」

王宜中道：「你立刻釋放出我金劍門中人。」

金玉仙點點頭，道：「可以，還有什麼？」

王宜中道：「釋放了所有被你控制的武林人物，給他們解藥，讓他們各歸家園。」

這一次，金玉仙沒有立刻答應，沉吟了一陣，道：「還有什麼？」

王宜中道：「解除你對各大門派的控制，讓他們恢復自由。」

金玉仙道：「條件是越來越苛刻了，還有什麼？」

王宜中道：「有。」

金玉仙道：「一起說出來吧！」

王宜中道：「解散天人幫，從此不許再爲害江湖！」

金玉仙緩緩說道：「王門主，天人幫已控制了大半個江湖，豈是你王門主一句話，就能隨便解散。」

王宜中道：「如若你無意解散天人幫，使江湖重見光明，咱們也不用再談下去了。」

金玉仙冷冷說道：「王門主，有一件事，你必須先想明白。」

王宜中道：「什麼事？」

金玉仙道：「天人幫中有不少窮凶極惡之徒，如是賤妾一旦撒手不管，天人幫散流江湖，造成的災害，比他們在我控制下，只怕要超過十倍了。」

王宜中道：「金劍門重出江湖，決不許這些人爲害武林，禍延蒼生。」

金玉仙道：「王門主可是準備把他們全都誅絕嗎？」

王宜中道：「就算不把他們誅絕，至少也要廢了他們一身武功，使他們難再爲惡。」

金玉仙淡淡一笑，道：「王門主，有很多事，想來容易，但如要動手去做，其間的困難艱辛，恐非你所能預料。」

王宜中道：「我如是害怕，也不敢和你們爲敵了。你亮兵刃吧！擒賊擒王，在下先把你制服，再設法對付你的屬下。」

金玉仙冷冷說道：「像你這等不識時務的人，武林中真還少見。」

王宜中道：「咱們已經試過兩招了，你自信有幾分把握能夠勝我？」

金玉仙道：「就算你能勝我，但也要全力施爲，不會勝得輕鬆，不過……」

王宜中冷笑一聲，道：「不過什麼？」

金玉仙道：「咱們一動上手，不論誰勝誰敗，只怕首先犧牲了貴門下那批劍士。」

王宜中接道：「你……」

金玉仙道：「我早已有了準備，能不動手，就不動手，希望能說服你，把金劍門和天人幫，合成一股力量，那將是武林中無可比擬的龐大實力，威震四海、君臨天下，那時，咱們夫婦所至之處，將受到無比的尊崇。」

王宜中冷冷說道：「以天人幫的實力，屹立江湖，足可和各大門派分庭抗禮，你為什麼一定要身淪魔道，殘害江湖，念念不忘一統霸主之位？你如不息此念，咱們勢難兩立，既然難免一拚，何不早作了斷。」

金玉仙道：「可惜的是，咱們一動手，貴門中的劍士、護法，都將立遭處決。」

王宜中呆了一呆，道：「你要把他們全都殺死？」

金玉仙道：「不錯。咱們一動上手，他們就被全部處死。」

王宜中怒道：「金玉仙，你如是真的敢把他們全部處死，一旦你被我制服，你將會受到很殘酷的報應。」

金玉仙緩緩說道：「至少，那是以後的事了。現在，你只要敢和我動手，他們都將先我而死。」

王宜中道：「你敢……」

金玉仙格格一笑，道：「為什麼不敢？咱們既然不能和解，我就先翦除你的羽翼。」

王宜中道：「你如是有氣度的人，咱們就以武功分個生死存亡。」

金玉仙道：「王門主，別激我，也別想說服我。需知我是一個女人，不用有大丈夫的氣概，也不用有一言如山的豪氣。你準備怎麼對付我，那是你的事，但我不會被你說服，也不會被你勸從。你現在，只有三條路好走。」

王宜中道：「哪三條路？」

金玉仙道：「一條是誠心誠意地和我合作，咱們共享君臨江湖、霸主武林的榮耀，但如你倔強不願，那只好走第二條路了。」

王宜中道：「第二條路，又是什麼？」

金玉仙道：「棄劍就縛，以你個人的性命，換取金劍門中數百條人命。」

王宜中道：「還有第三條路了？」

金玉仙點點頭，道：「那該是最壞的一條路了。你和我動手相搏，我先處決了金劍門中人，然後，發動天人幫控制下所有的高手，那也就是武林道上的精英人物，向你輪番攻擊，你武功高強，寶劍鋒利，但我有數百位高手，供你試劍。不論你有多高強的武功，但你總有力竭之時，那時，你將會死於亂劍之下。他們心中充滿師長、兄弟被殺的仇恨，定會把你粉身碎骨，斬成肉泥。」

王宜中冷冷說道：「金玉仙，你大概是天下最陰狠、最惡毒的女人了。」

金玉仙笑一笑，道：「原本你可以不費吹灰之力，和我共享武林霸主的光榮，但你卻不肯答允，也是沒有法子的事了。」

王宜中緩緩說道：「金玉仙，你也是一幫之主，擾亂了整個武林，按理說，你也該有一分豪壯之氣才是？」

金玉仙道：「如何一個豪壯之法？」

王宜中道：「咱們該作一場公平的決鬥，如是我王某人敗了，任憑你處置，你就該放了金劍門中人。」

金玉仙笑一笑，道：「王門主，你說得太輕巧了。我說過，我是女人，不會有你們男子漢的豪壯氣概。」

王宜中四顧了一眼，道：「你的人手，都埋伏在這座大廳中嗎？」

金玉仙道：「這座大火環繞的中庭院落中，有十八位少林高僧，十二位武當劍客，峨嵋、崆峒、丐幫等高手五十餘人，只要我一聲令下，他們很快就可以現身。」

王宜中爲之驚愕不已，金玉仙一番恐嚇之言，卻生了很大的效果，使得王宜中鬥志大懈，不敢輕易出手。

處身矮簷下，不得不低頭，王宜中無法再逞剛強，緩緩說道：「咱們商量一個對彼此都有益處的條約如何？」

金玉仙道：「王門主，先倨後恭，足見還是位有見識的人了。但我已把三個條件，說得清清楚楚，只要你選一個就行了。」

王宜中回顧了高萬成一眼，道：「此事太過重大，容我三思。」

金玉仙道：「你要一點時間想想嗎？」

王宜中道：「不錯。」

金玉仙道：「好！一頓飯的時間如何？」

王宜中道：「太短了。」

金玉仙笑一笑，道：「你要多少時間，才能想個明白呢？」

王宜中道：「一個時辰如何？」

金玉仙沉吟了一陣，道：「可以，我也有條件。」

王宜中道：「請說吧！」

金玉仙道：「你坐在這裡，不得擅自行動。」

王宜中道：「可以。但我得救醒高萬成過來，和他商量一番。」

金玉仙沉吟了片刻，道：「好吧！他雖然老奸巨猾，但卻能明白順逆之勢，你且閃開，我讓他醒來。」

王宜中確然已徬徨無主，他日日夜夜，希望早見天人幫主，但想不到，見了天人幫主之後，竟然是這樣一個局面。只好緩緩向後退了幾步。

金玉仙飛身一躍，舉手在高萬成面上一拂，前胸拍了兩掌，立時又向後退去。

高萬成緩緩睜開雙目，望望大廳逐漸減弱的火勢，目光才轉到王宜中的身上，淡淡一笑，道：「王門主回來了。」

一面說話，一面站起了身子。

王宜中快步行了過來，道：「先生，你是否中了毒？」

高萬成伸展了一下雙臂，活動了一下雙腿，還未來得及答話，金玉仙已搶先說道：「除你之外，此地金劍門中人不是戰死，就是被我囚禁了起來，王宜中愛屋及烏，和、戰難決，要你幫他拿個主意。你雖然狡猾，但卻識時務，你們談談吧，我不想造成一個血淋淋的結局。」

說完話，金玉仙突然轉身，舉步向房中行去。

王宜中輕輕咳了一聲，道：「高先生，你身上有傷嗎？」

高萬成暗中運氣一試，搖搖頭，道：「我沒有受傷。」

王宜中道：「咱們金劍門中有多少人傷在天人幫的劍下？」

高萬成道：「就屬下所知，咱們死了一個劍士，傷了十一個，還有兩大劍士和兩大護法。」

王宜中道：「穆元那幫人呢？」

高萬成道：「傷亡更爲慘重，納賢堂中經這一番惡戰，精銳高手，傷亡過半。」

王宜中長長吁一口氣，道：「穆元本人呢？」

高萬成道：「和一部分傷亡的高手，都被天人幫生擒去。」

王宜中道：「門中二老呢？」

高萬成道：「也被天人幫生擒囚禁了起來。」

王宜中長長吁一口氣，道：「這麼說來，她不是騙我了。」

高萬成道：「她說些什麼？」

王宜中道：「她想說服我，準備把金劍門和天人幫合併，君臨天下，統治四海。」

高萬成道：「唉！門主和她動過手了麼？」

王宜中道：「我相信可以勝過她。」

高萬成道：「目下的情勢，已經十分明顯，門主如若顧及屬下們的生死，只怕是很難和天人幫為敵了。」

王宜中道：「先生，我很惶恐，不知該如何才好？」

高萬成沉吟了一陣，低聲說道：「門主，你如能在五十招內制服了金玉仙，或可以救了門下。」

王宜中搖搖頭，道：「不大可能，五十招內，我無法制服住她。」

高萬成道：「王門主，先門主把金劍門的實力，佈置在很多的地方，咱們這一股，不過實力較大些，就算全部被天人幫一次瓦解，仍另有輔助你的力量。」

王宜中道：「先生的意思是……」

高萬成道：「我的意思，請門主放開手和他們一決勝負，不用掛慮屬下們安危。」

王宜中道：「先生，我忍不下心。」

高萬成道：「門主的打算呢？」

王宜中道：「我想和她談談條件。」

高萬成道：「如何一個談法？」

王宜中道：「我準備要她放出咱們被囚的人，然後咱們撤退兩百里，三個月內，不和她爲敵。」

高萬成道：「門主，你怎會有這些想法，她已掌握了全部優勢，如何會答應咱們這個條件。」

王宜中道：「我覺著她也需要時間，調集人手。」

高萬成搖搖頭，道：「不可能的，門主，那金玉仙不但是才慧過人，屬下難及，一身武功大約也到了登峰造極之境。她獨戰四大護法，三十招內居然被她點中了兩個人的穴道。」

王宜中接道：「先生，你可是被那金玉仙震駭住了，不敢再和她衝突。」

高萬成道：「唉！屬下的意思是，門主如若沒有絕對的把握制服她，那就不如早些離開此地。」

王宜中接道：「你要我丟了金劍門這多劍士不管？」

高萬成道：「你無法管，除非你有著絕對制勝的把握。」

語聲微微一頓，接道：「門主，表面上看起來，你棄置了這樣多的屬下不顧，那是一件大大不仁不義的事。但你只要不被天人幫掌握，他們就對金劍門中人的生死，有一些顧慮，至少，她不敢一律處死。」

王宜中道：「先生，你太低估天人幫主金玉仙的殘忍了。」

高萬成道：「就算她把我們都處死了吧！李子林中，還有一部分實力。其他各地，亦有先門主安排的人手，那些人，都可以助你重振金劍門的聲威。」

王宜中道：「但我將落下個不仁不義之名，受江湖唾罵，爲人笑柄。」

高萬成道：「大義小節，就在這節骨眼上了，目下，金劍門在此的實力，盡爲天人幫所制服，只有你一個人匹馬單槍，如何能對付天人幫的眾多高手？」

王宜中神情堅決地說道：「如若我真非天人幫主金玉仙之敵，和諸位同時埋骨於此，也是一樁死而無憾的事。」

高萬成道：「門主，小不忍則亂大謀。」

王宜中道：「這還算小麼，上百條的人命，金劍門大半精銳，難道還算一件小事？」

高萬成道：「比起天下蒼生，那又是小巫見大巫了。」

王宜中冷冷說道：「先生，你無法說動我，咱們還是商量一下對付金玉仙的辦法吧？」

高萬成道：「唉！門主決意如此了？」

王宜中道：「是！」

高萬成道：「就屬下所知，他們在此地埋伏的高手很多，門主一人之力……」

王宜中接道：「我已經連闖數陣，他們高手雖多，也不放在我的心上。」

高萬成突然放低了聲音，道：「一旦動手，必須纏住金玉仙，使他們無法施放毒煙。金劍門中人，半由金玉仙所傷，半由毒煙迷倒。」

王宜中點點頭，道：「還有什麼？」

高萬成道：「兵不厭詐，對付金玉仙時，不可心存仁慈。」

王宜中道：「這個我知道，這一戰關係重大，不得有任何錯失。」

高萬成低聲道：「萬一門主無法抵拒對方攻勢，那就破圍而去，不用顧及屬下。」

王宜中道：「這個……」

高萬成接道：「此事關係重大，只有門主破圍而去，咱們才有保下性命的希望。」

只聽一個冷冷的聲音，接道：「高萬成，我原想你是個識時務的俊傑，想不到你竟也是一位不識時務的人。此情此景，就算王宜中有著絕世武功，也是難操勝算。」

王宜中凝目望去，只見廳中內室，半閉半掩，無法瞧出室中隱有多少人手。

但他已決心一戰，準備一舉制服金玉仙，然後，逼她釋放金劍門中的人。

心中念轉，右手一探，抽出短劍。短劍斜揚，臉色立時泛現出一片肅穆之色。

金玉仙頓然感覺一股無形的劍氣，逼了過來，不禁一呆，趕忙凝神運功，全身佈滿了護身罡氣。

因爲，王宜中那舉劍的姿態，給了金玉仙莫大的威脅，似乎一劍攻出，就可取人之命。

金玉仙冷冷說道：「王宜中，難道咱們之間，非打不可了？」

王宜中道：「是！咱們兩人之間，必有一人死亡。」

金玉仙道：「別說得那麼嚇人，我殺不了你，你也無法殺了我。」

王宜中似是忽然間變了一個人，神情嚴肅，冷冷說道：「你亮兵刃吧！」

語聲一頓，接道：「有一件事，在下想先說明，你如敢在咱們動手時，處決我金劍門中一個人，你一旦落我手中，也將會嘗到悲慘的報復。」

金玉仙臉色也變得一片冷肅，高聲說道：「你們聽著，我和王宜中一動上手，你們就立時處決被囚的金劍門中人，全體誅絕，不留下一個活口。」

王宜中雙目中直似要噴出火來，怒聲說道：「金玉仙，你好惡毒的心腸。」

金玉仙道：「官人，這是你最後的機會了，你一出劍，他們就立刻動手。」

王宜中道：「你爲什麼要殺那些已無抗拒能力的人？」

金玉仙道：「因爲，要逼你接受我的條件。」

王宜中道：「你可是有些怕我？」

金玉仙道：「一元神功是天下武學總綱，也是唯一能克制天竺邪功的武學，我心中雖然不信，但不願冒險一試。」

王宜中道：「有什麼辦法，能使你改變殺害金劍門的心意？」

金玉仙道：「有，你可以做天人幫主的丈夫。」

王宜中接道：「除此之外呢？」

金玉仙道：「放下寶劍，束手就縛，我可以不殺他們。」

王宜中道：「你說話算話嗎？」

金玉仙道：「自然算話。」

王宜中道：「我要求一件事，你如能夠答允，我就棄劍就縛。」

金玉仙道：「你說說看。」

王宜中道：「我要你把我和金劍門中人，關在一起。」

金玉仙道：「可以，你放下寶劍！」

王宜中緩緩把寶劍還入鞘中，說道：「希望你能守信用。」

金玉仙道：「你放心。我答允別人的話，可能會反悔，答應你的話，一定兌現。」

王宜中棄去手中短劍，道：「我束手就縛。」雙手一抱，緊閉上雙目。

金玉仙對王宜中似是仍然有很大畏懼，竟然不敢向前逼近。

王宜中閉目站了良久，仍不見那金玉仙有所舉動，只好睜開雙目，緩緩說道：「金玉仙，你怎麼不下手？」

金玉仙道：「下什麼手？」

王宜中道：「你不點中我的穴道，你自己只怕也不放心吧？」

金玉仙道：「不錯。所以，我也不願冒險近你之身。」

高萬成突然伏身撿起了地上的短劍，道：「門主，你不能聽她的。」

金玉仙冷冷說道：「高萬成，你站開些，數十位金劍門中高手之命，你可以不管，但王宜中非管不可，他是金劍門的門主啊！」

高萬成低聲道：「門主，金玉仙號稱虛僞仙子，她的話如何能信？」

王宜中搖搖頭，道：「先生，我已經決定了，你不用再費心機了。」

高萬成道：「門主，聽屬下一句話好嗎？金劍門還有大部分實力潛伏在江湖之上，只要你離開此地，立時就會有助你的人手。你如也陷入天人幫中，整個金劍門就永無翻身之日了。」

王宜中道：「先生，不要勸我了，我不能看他們死。」

突然間，金玉仙一揚手，高萬成棄去手中的短劍，身軀搖了搖，一條右臂軟軟地垂了下來。顯然，已被金玉仙指風點中了右臂。

王宜中冷冷地站著，雙目似是要冒出火來，但他忍耐著沒有出聲。

高萬成左手按住了右臂的傷處，說道：「門主，請走吧！大江南北，還埋伏有十之五、六的實力，納賢堂更有無數位息隱的人才，在此之人，就算全死了，也不會影響全局，但你卻不能出一點差錯。」

金玉仙突然格格大笑，道：「高萬成，你不瞭解王門主，他是一門之主的身分，豈肯讓天下英雄恥笑爲貪生怕死之徒。」

王宜中冷冷接道：「金玉仙，你別高興的太早了。就算我們全部死於此地，你也難逃金劍門散佈江湖上的劍士追殺。」

金玉仙淡淡一笑，道：「一件事，告訴你王門主，你大概十分高興。」

王宜中道：「什麼事？」

金玉仙道：「當今武林之世，除了你王宜中之外，任何人也不會放在我金玉仙的眼中。你如失去了殺我的能力，再沒有能殺我的人。」

王宜中道：「這麼說來，我王某人是你唯一的剋星了。」

金玉仙道：「剋星太難聽，只能說你是我唯一的勁敵。」

她臉色突然轉變得十分嚴肅，緩緩說道：「上一代武林高人中，我不得不佩服朱崙了。二十年前，就著手培養你這麼一個人，二十年後，成了我唯一的勁敵。金劍門中那麼多人，把你當寶一樣看待，難道全是只為了尊重你嗎？他們希望用你來保命求生。」

高萬成道：「你胡說，先門主立下遺命，金劍門自然無不遵從。」

金玉仙笑一笑，道：「王宜中，我殺人無數，從不生半點慈悲心腸，但對你，卻忽生不忍之感，所以，只求你對我無害，我不一定要取你性命。」

王宜中道：「你準備如何對付我？」

金玉仙道：「很簡單，我要挑斷你雙手的腕筋，使你無法再施展武功。」

王宜中道：「你如肯放了金劍門中被囚之人，我願被你挑斷雙腕筋脈。」

金玉仙沉吟了一陣，道：「好吧！我放了他們，讓他們自作抉擇。如是願意留在天人幫，仍在你手中聽命，以你一身奇特的成就，就算斬斷腕筋，也不會傷害性命，也不會改變你的可愛。我予你副幫主的職位，五湖四海，任你遊蕩，江湖道上，任你取求。」

高萬成大聲說道：「門下千百性命，抵不過你一條……」

金玉仙打斷了高萬成的話，接道：「我仍然像過去一般孝順令堂。唉！我做的惡事太多，也希望做一、兩件好事。」

王宜中緩緩伸出雙手，道：「金玉仙，你太狡猾了，說的話很難使人相信。」

金玉仙道：「人在矮簷下，怎能不低頭。現在，王門主，不是你逞強的時候，不相信，也得相信了，除非，你能把金劍門中數十人的生死，置之度外。」

王宜中道：「金玉仙，你不要逼人太甚。假如我無法確定你挑斷我雙腕上筋脈，真能救出被你囚禁的金劍門中人，那是逼我寧作玉碎，不為瓦全了。」

金玉仙微微一怔，道：「你要如何才能相信我說的話？」

王宜中道：「我要你立下重誓。」

金玉仙搖搖頭，道：「我從未立過誓言，你要求的太過分了。」

王宜中冷笑一聲，道：「作惡多端的人，大都很怕立誓。」

金玉仙冷笑一聲，接道：「好吧！我立個誓言，給你瞧瞧。」

王宜中道：「在下雙腕已舉，你如有誠意交易，立刻就可以動手了。」

金玉仙道：「挑斷你雙腕筋脈之後，我如不放金劍門中人，天誅地滅。」

王宜中道：「舉頭三尺有青天，記著你的誓言。」

一閉雙目，接道：「你可以動手了。」

金玉仙緩步行了過來，手中執著一把寒光閃爍的短劍。

王宜中雖然閉上了雙目，但他內心的激憤，和一種救人救世的大義，再加上那一身深厚的內功，形成了一種人性的光輝，莊嚴的寶像，凜凜生威。

金玉仙右手的利劍，將要觸及王宜中的右腕時，忽覺一軟。

就這一瞬間，一條人影，箭一般急射而入。寒光一閃，震開了金玉仙的短劍。

王宜中睜開雙目，只見一身白衣如雪的西門瑤，手執長劍，攔在自己的身前。
金玉仙雙目暴射出冷然寒光，滿臉殺機，冷笑道：「小丫頭，真敢背叛天人幫？」
西門瑤淡淡一笑，道：「幫主，我早該想到是你，但我竟然沒有想到。咱們相處了這多年，直到今天，才真正見到你本來面目。」
金玉仙雙眉聳揚，滿臉殺機，道：「你想死？」
西門瑤領動劍訣，冷肅地說道：「我知道我早被你下了奇毒，你隨時可置我於死地。」
金玉仙道：「西門瑤，說過的話，可要算數。」
西門瑤道：「只要你幫主守信用，我就不用別人幫忙。」
西門瑤突然轉過身子，雙目凝注王宜中的臉上，道：「有一件事，王門主可以放心，金劍門中人，都已被救了出來，我義父正在替他們推拿穴道。」
王宜中心中大喜，道：「這話當真？」
西門瑤笑道：「句句真實。」
高萬成道：「姑娘，金玉仙沒有派守護之人麼？」
西門瑤道：「有。那些人，都已經被我和義父所傷。」
她笑一笑，接道：「金幫主把所有的高手，都安排在這大廳之中，準備對付王門主，所以，那些守護被囚之人，大都是二流腳色。」

金玉仙突然微微一笑，道：「西門瑤，你背叛天人幫，背叛得很徹底啊？」

西門瑤道：「良禽擇木而棲。你想想看，你的做爲、你的冷酷，這世間，有幾個人敢追隨你，你視人命如草芥，屬下如牛馬，我們追隨你數年之久，竟然未見過你真正面目。」

金玉仙冷冷接道：「西門瑤，我讓你先機，你可以試試看了。」

西門瑤長長吸一口氣，舉步向前行去。她雖然看到了金玉仙的真正面目，但心中仍然有著一些畏懼。

金玉仙根本就未把西門瑤放在心上，目光轉到王宜中的臉上，道：「王門主，你如想我給西門瑤一個公平的機會，最好不要插手。」

王宜中道：「你如憑藉真功實學，我就不插手相助。」

他語聲突然變得十分嚴肅，道：「金玉仙，我知道你在他們身上下了毒。但如你施展促發她們毒發的手法，那就別怪在下要出手相助了。」

金玉仙道：「你是男子漢，一言如山。」

目光又轉到西門瑤的身上，接道：「你可以出手了。」

西門瑤道：「小心了。」右手一探，長劍疾如電掣，刺向金玉仙的前胸。

金玉仙右手一揮，短劍閃起一道冷芒，急向旁側一撥，長劍立時劃向一側。

西門瑤一挫腕收回長劍。就在這一挫腕間，金玉仙短劍已到了左肩頭上，饒是她應變快速，左肩上仍然著了一劍。衣衫破裂，鮮血湧出。一件白衣，立時間一片紅色。

金玉仙笑一笑，道：「西門瑤，怎麼樣，我是否配做你的幫主？」

西門瑤冷笑一聲，道：「這一點輕微傷勢，豈足以分勝敗。」

金玉仙道：「不錯。這一點輕傷，不足以阻止你和我動手。但這是一個教訓，舉一反三，我要你知道，我取你之命，也不過是舉手之勞。」

西門瑤冷冷說道：「那倒未必。你穿著一身黑衣，掩去你本來面目，那種怪異的聲音，統治著天人幫時，我確然是有些怕你。但現在，你露出了本來的面目，我已不再怕你了。」

金玉仙緩緩說道：「西門瑤，天人幫已面對著功德圓滿的最後一戰。你降服少林，控制峨嵋，對天人幫有著很大的貢獻，我爲人雖然冷淡，但對你卻有一份特別的感情。所以，很多次我都該處死你，但結果我是手下留情，現在，你只要肯回頭，還來得及，制服了王宜中，天人幫就算大功告成。從此以後，一統江湖，霸主武林。」

西門瑤冷笑一聲，道：「我不能再助紂爲虐，就算你今天真的會把我殺死，我也覺著那是報應。」

金玉仙臉色一變，道：「這麼說來，你是要和我抗拒到底了？」

西門瑤道：「就算你殺了我，金劍門的王門主，也不會放過你。」

金玉仙道：「好吧！人要找死，什麼辦法都不能留下他的性命。」

話才落口，突然揮劍攻上。劍勢來得太快，快得像一道閃光。

西門瑤長劍疾揮，人影頓杳，一片光幕，掩去了整個嬌軀。

但聞一陣金鐵交鳴，光影收斂，人影重現。

金玉仙面如寒霜，冷笑一聲，道：「不錯，小丫頭，你能接下我七劍快攻。」

西門瑤接下了七劍之後，似乎是信心大增，冷笑一聲，道：「看我還你七劍。」縱身而上，揮劍攻出。

但見一片寒芒撩繞，又是一連串金鐵交鳴。雙方的攻拒之勢，無不快如迅雷，已然無法看得出招術變化。

一陣快攻之後，西門瑤又退回了原地。

王宜中冷眼旁觀，西門瑤劍招上有著很大的破綻，金玉仙可能已瞧了出來。如若她再次出手，必然要傷在金玉仙的劍下。

他想點破西門瑤，但還未來得及開口，金玉仙已揮劍而上。

西門瑤仍用老法子，長劍疾展，舞起了一片護身光芒。

但聞金玉仙冷笑一聲，短劍突然一收，又攻了出去。這只是一個簡簡單單的動作，但卻是劍術中最高的境界。

就是這一收一出，剛好是西門瑤劍招中的空隙破綻，這是化繁爲簡的一擊。

只聽西門瑤一聲驚呼，疾快地倒躍而退。

金玉仙手中的短劍掠過了西門瑤的身軀。白衣開裂，一道血口，由左胯處直到小腿。鮮血淋漓，順腿而下。

金玉仙收住短劍，緩緩說道：「西門瑤，服不服？」

西門瑤整個變成了一個血人，半身都爲鮮血濕透。

但她神色仍然是一片冷肅，緩緩地說道：「仍是些皮肉之傷，我還有再戰之能。」

說話之間，飛身而起，直向金玉仙撲了過去。

王宜中欲待喝止，已自無及。但見寒芒一道，帶著淋漓的鮮血，直撲過去。

金玉仙短劍劃出了一道銀虹，封住了西門瑤的劍勢。左掌一揮，拍向了西門瑤的前胸。

西門瑤連受劍傷，功力大打折扣，身子微微向上一提，避開了要害，但卻無法避開整個身軀。但聞砰然一聲，掌勢已擊在西門瑤的小腹之上。這一掌，勢道猛烈，非同小可，西門瑤整個身軀，被震得飛了起來。

王宜中一伸手，接住了西門瑤的身子。低頭看時，只見西門瑤面色蒼白，雙目緊閉，嘴角間也流出血來。

西門瑤穿著的一件白衣，幾乎全爲鮮血染紅。

外傷、內傷，使得美麗絕倫的西門瑤，只餘了一縷餘絲般的氣息。

王宜中放下西門瑤，緩緩說道：「金玉仙，你下手很重。」
金玉仙道：「她還有一口氣，那是因爲我手下留情，我不願她死，是希望留一個轉圜的餘地。」
王宜中道：「她也已經跟你動過手了。」
右手虛虛一抓，地上的短劍突然跳起飛入王宜中手內，接道：「現在，該咱們動手了。」
金玉仙神情冷肅，緩緩說道：「王宜中，現在，還不是咱們動手的時機。」
王宜中道：「那是說，你還有名堂了？」
金玉仙笑一笑，道：「在咱們動手之前，你先得過兩關。」
王宜中四顧了一眼，道：「聽說你在這大廳中，還埋伏了很多人手，是嗎？」
金玉仙道：「不錯。」
王宜中道：「都是些什麼人，能使在下當作難關來度？」
金玉仙冷冷說道：「你的部下。也就是高萬成適才所說，你們金劍門在江湖上潛伏的人手。這些人，以江南小孟嘗李鐵成李大公子爲首。」
王宜中吃了一驚，道：「你……」
金玉仙笑一笑，接道：「你先殺了你這些部下，因爲他們對我很忠實，他們會全力賣命。至於第二關，那就熱鬧了。」

王宜中長長歎一口氣，接道：「你說吧！第二關又是什麼人？」

金玉仙道：「你的朋友。」

王宜中道：「朋友？哈哈，這個有些不相信了，在下的朋友不多。」

金玉仙道：「不錯。你的朋友確實不多，但不多並非沒有。等你王門主殺過了李鐵成爲首的一些屬下之後，就可以見到他們了。這些人包括北京城的土混頭兒趙一絕，京都提督府的總捕頭張嵐，懷安鏢局的總鏢頭李聞天，獨眼金剛刁佩，北派太極門的掌門人燕山一鵰藍侗，桐柏三鳳中的黃小鳳，也就是混入素喜班假冒小素喜的刁蠻丫頭。」

王宜中大怒道：「爲什麼？趙一絕和張嵐，都不是江湖中人，你爲什麼要把他們全都請來此地。」

金玉仙道：「因爲，他們和你認識，你不下了手殺他們，這就是你的弱點。」

王宜中道：「金玉仙，你好陰險啊！」

金玉仙道：「我不是陰險，而是你不該練成一元神功，你武功太高強，我不得不想法子對付你。」

王宜中沉吟了一陣，道：「這些人爲什麼肯聽你的？」

金玉仙道：「那是咱們所學不同，你學的是至高至強的武功，我學的卻是最高明的用人方法，你有一把利劍，我有無數受屠的人，你只要能忍得下心去殺，我會使你殺個痛快。」

她格格大笑了一陣，接道：「有一件事，我覺得很遺憾。」

王宜中道：「你這人還會有什麼遺憾的事？」

金玉仙道：「遺憾的是，我應該把你母親也留下來。」

王宜中道：「我母親，不會武功。」

金玉仙冷笑一聲，道：「但她有一個武功奇高的兒子。」

王宜中道：「咱們之間恩怨，和她老人家有何關係？」

金玉仙道：「王門主，你懂的太少了，如若王夫人在我手中，我不信你敢這等頑強。」

王宜中道：「夠了，金玉仙。」

突然側身而上，右手一揮，舞起了一片劍花銀芒，把金玉仙圈入了一片劍影之中。

這時，旭日初升，金黃色的陽光，照入大廳中。

陽光照射之下，只見金玉仙衣著前身處，開了一個七、八寸長的口子，露出了雪白的肌膚，隱隱可見前胸上的紅肚兜兒。

金玉仙臉色發青，顯然她心中也有著很大的驚懼。

長長喘了兩口氣，接道：「想不到，堂堂金劍門主，竟然也學會了偷襲。」

王宜中短劍指著金玉仙的前胸，冷冷道：「對付你這等人，也無法太君子了。」

金玉仙忽然間，發覺了那王宜中臉上泛現著一片濃重殺機。短劍上，透出了陣陣的劍氣。王宜中似乎是已經動了怒火。

金玉仙突然向後退了兩步，右臂舉起，在胸前擺出了一個門戶。兩個劍尖相指，對峙而立，兩人的臉上，都顯得一片冷肅。

高萬成突然高聲道：「門主，手下不用留情，殺了金玉仙，天人幫立刻就可以瓦解。」

金玉仙口中突然發出一種怪異的聲音。那聲音如淒如訴，冷淒無比。隨著響起的聲音，內室中緩步走了出來一個三十左右，白淨面皮，身著勁裝，手提長劍的人來。

王宜中雙目的神光，愈來愈是冷銳，似是兩道冷電一般。

高萬成失聲叫道：「鐵成兄。」

那執劍人恍如未聞，大步直走到金玉仙的身前，一橫身，擋住了金玉仙。

王宜中已提聚了十成功力，整個精神，已與手中的短劍融爲一體，即將發動石破天驚的一擊。

但李鐵成的突然出現，頓使得王宜中殺機斂收，收住那殺氣逼人的短劍，道：「高先生，他是……」

高萬成接道：「咱金劍門南分舵的總舵主，小孟嘗李鐵成。」

王宜中道：「他真的來了。」

高萬成道：「屬下也有些意外，適才那金玉仙說出此言時，屬下還有些不信，想不到他竟真的擄來了李鐵成。」

但見金玉仙伸手在李鐵成後背上拍了一掌，道：「去！殺了王宜中，就由你取代金劍門主。」

李鐵成未答話，但卻舉步向王宜中行了過來。

王宜中雙眉一揚，道：「李鐵成，本門中規戒森嚴，你真敢背叛金劍門嗎？」

李鐵成未回答王宜中的話，人卻舉步直對王宜中行過來。

高萬成聽得王宜中之言，充滿殺機，立時一躍而起，擋在王宜中身前，低聲說：「門主，不能殺李鐵成，他不但是江南總舵主，而且，也極得人望。」

王宜中接道：「這麼說來，他是可以背叛咱們金劍門了？」

高萬成道：「李鐵成決不會背叛金劍門，一定是金玉仙在他身上動了手腳。」

王宜中道：「哦！」

只聽高萬成高聲說道：「李總舵主！」

喝聲突然中斷，一股血雨，噴到了王宜中的臉上。原來，高萬成的話還未完，李鐵成提劍直刺，洞穿了高萬成的左肩。

高萬成強忍傷疼，一吸氣，身子突然向後退了兩步。

王宜中拂拭去臉上的血水，道：「你敢傷人？」

李鐵成不言不語，提劍便刺，突然攻出了三劍。

王宜中短劍一掠，擋開了三劍，道：「你真敢背叛！」

高萬成道：「門主留情，他被金玉仙下了迷藥。」

就這說一句話的工夫，那李鐵成又攻出了六劍。劍劍如電閃雷奔，快速至極。

王宜中擋過三劍之後，身子一側，疾拍一掌。

李鐵成突然張口噴吐一口鮮血，身子飛跌在五尺以外。長劍脫手，倒臥不起。

金玉仙格格一笑，道：「好掌法。王門主，這一掌陡然而出，於不可能中發出掌力，果然是高明得很。」

王宜中道：「你別誇獎，我不會傷害到他的性命。」

金玉仙冷笑一聲，道：「你這一掌，再加上我給他服下的藥物，就算他不死，也要脫一層皮了。」

王宜中道：「你給他服用的是什麼藥物？」

金玉仙道：「天下用毒的方法，到我手中集其大成，我用的毒，可以使他們聽命，也可以使他們送命。」

王宜中身子一側，冷冷說道：「你小心了。」

這次他出手的劍勢，以奇幻為主，一揮手間，幻起數十朵劍花，籠罩了金玉仙全身十餘處大穴。

金玉仙也高明得很，右手一揮間，抓起李鐵成的身子，疾向王宜中的劍花上迎去。

王宜中這一劍如若劈了過去，李鐵成勢非被利劍斬成了數段不可。情勢逼人，王宜中不得不收住疾攻過去的劍勢，雖然他收得很快，但李鐵成的前胸衣服上，仍然破裂了十數道口。

但聞金玉仙口中發出幾聲怪號呼嘯，那內室中魚貫行出來六個人。

這些人，大都是王宜中熟識的人，當先一個正是北京土混頭兒趙一絕。

緊隨著的是八臂神猿張嵐，張嵐後面是懷安鏢局的總鏢頭李聞天，李聞天身後是混入風塵的黃小鳳和一個白髮老嫗，最後一人是北派太極門的掌門人藍侗。那老嫗拿著一根拐杖。

這六人之中，王宜中認識了四個，不認識藍侗和那白髮老嫗。

王宜中皺皺眉頭，一抱拳，道：「趙大叔，別來無恙？」

趙一絕臉色鐵青，望著王宜中若不相識。

金玉仙嬌笑道：「王宜中，你殺吧！殺完了這一批人，還有一批人給你試劍。」

王宜中神情肅然地說道：「金玉仙，我本來對你還存有網開一面之心，現在，我非要殺死你不可了。」

金玉仙冷笑一聲，接道：「原來我對你確動了真情，現在我對你充滿著怨恨。我早該殺了你的，只因心中有一份愛慕之意，使我功敗垂成。從此時起，我不會對你有一點妄想了。」

王宜中突然吸一口氣，緩緩收起了短劍。顯然，他生恐利劍傷人，要以空手入白刃的手法，對付這些朋友。

但聞金玉仙口中發出一聲怪嘯，趙一絕、李聞天、黃小鳳、張嵐、藍侗和那白髮老嫗，突然各自舉起了手中的兵刃，大喊一聲，一齊攻了上來。

長劍、大刀，再加上那白髮老嫗的一根拐杖，數種不同的兵刃，帶著嘯風之聲，齊齊攻了過來。

但見掌影幻起，指風如剪，不大工夫，趙一絕等都被點倒在地上。只不過六、七個照面，王宜中望望躺在地上的人，心中甚感快慰。原來，倒在地上的六個人，都是被點中了穴道，並未誤傷一人。

金玉仙不待王宜中再行動手，立時招出來了另一批埋伏的人手。

卅八　決戰對陣

這是一隊僧侶，都穿著一色灰色僧袍，手中分執著禪杖、戒刀等不同的兵刃。但見群僧手中禪杖輕揮，躺在廳中的人，都被撥到一側，九個灰衣僧人，迅速地形成了一個合擊的陣勢。

高萬成大大地吃了一驚，道：「這是少林門下的羅漢陣。」

王宜中似是沒有聽到高萬成的示警，雙目盯注在九個僧侶身上瞧看。

九個灰衣僧人迅快移位，把王宜中圍在了中間。

高萬成大為擔心，但卻不敢再出言示警，生恐擾亂了王宜中的心神。凝目望去，只見王宜中臉上是一片肅穆、莊嚴。

少林九僧，年紀都在五十上下，顯然都是甚有道行的高僧，羅漢陣布成之後，立時有著山嶽挺立、鐵壁銅牆的氣勢。

任何人在羅漢陣圍困之下，都有著一種被壓迫的感受，氣勢上立時大為減弱。但王宜中卻未爲羅漢陣的氣勢所奪，神態自如，緩緩抽出了短劍。羅漢陣強大的壓迫氣勢，使得王宜中全神運劍，短劍出鞘之後，立時有陣陣劍氣，湧了出來。

像洪流中一塊擋水巨岩，敵勢愈強大，王宜中的拒敵氣勢，也愈見深厚壯大。

九個灰衣僧人臉上神情肅然，相互望了一眼，突然高喧一聲佛號。

王宜中看九僧目光轉動靈活，又高喧佛號，分明都是神智清醒的人，和適才那些神情木然的人大不相同。

不禁大怒，一揚劍眉，冷冷喝道：「諸位大師父神智似是未受控制，都還清醒得很。」

九僧中站在正北一人，似是操縱這羅漢陣的主腦，輕輕歎息一聲，道：「這羅漢陣繁複無比，天人幫主，不能使我們神智迷亂。」

王宜中道：「那麼，諸位大師都是有道高僧，爲什麼甘爲天人幫所利用？」

正北僧人應道：「老衲等心中自有苦衷。」

王宜中冷笑一聲，道：「什麼苦衷，不過是怕死罷了。」

居北一僧道：「王門主劍上殺機凌厲，我等雖然用羅漢陣和你搏殺，但卻未必能夠勝得施主，但我們還要和你一戰，這證明了老衲等不怕死。」

王宜中道：「你們不怕死，那是甘心爲人所用了？」

居北僧人歎道：「天下有很多事，比一個人死亡還要可怕。不知施主信是不信？」

高萬成突然說道：「你們可是爲了少林群僧的生死？」

居北僧人點點頭，道：「正是如此，所以，我們不得不聽天人幫指命。」

高萬成道：「今日一戰，金玉仙如若死於我們王門主的劍下，諸位是否還能取得解藥？」

居北僧人道：「取不到。所以，我們要保護天人幫主，不受傷害。」

王宜中道：「在下一向敬佩世外之人，但諸位這麼一說，叫我王某好笑。」

居北僧人接道：「王門主有什麼好笑之處？」

高萬成道：「事情很簡單，你們殺了王門主，金玉仙不會放過你們，你們死於王門主的劍下，那就無法再討解藥。」

不待群僧答話，金玉仙已搶先說道：「諸位等待何時？」

王宜中短劍揮動，閃出了一片寒芒，道：「你們如何決定，悉聽尊便。只要我王宜中心中無憾，多殺幾位大師，那也算不得什麼。」

金玉仙道：「你們能勝了王門主，我立刻給你們解藥。」

九僧黯然一歎，由居北僧人首先一舉禪杖，發動了陣勢。但見杖影、刀光，混然一片，在王宜中四周旋動。

群僧越轉越快，片刻之後，連人影也無法分辨。

王宜中卓立在群僧圈圍之中，凝神戒備。他胸中熟記著天下武學總綱，只要對方施展出攻擊的手法，就能啓發他拒敵之法。

但少林僧群旋轉不攻，羅漢陣就天衣無縫，瞧不出半點破綻。只覺滿廳中激蕩的金風，愈來愈強，逼得高萬成抱起西門瑤，退到廳門口處。

少林群僧的刀光、杖影，也把金玉仙阻於一側，她雖想趁此之際退出，但除了西門瑤和高萬成，也必須先通過少林群僧的羅漢陣。

忽然間，杖風如嘯，一支禪杖，由那旋轉的羅漢陣中飛起，直向王宜中。

王宜中過人的目力，使他能在交錯的刀光、杖影中，看得明白。緊隨在那泰山壓頂般的凌厲一杖之後，是兩把寒芒如電的戒刀。

那迎頭一杖，看似威猛絕倫，但要命的卻是那緊隨杖後的兩把戒刀。這就是羅漢陣的精萃所在，巧妙的配合，天羅地網般的嚴密，古往今來，多少英雄、豪俠、綠林梟雄，都無法躲過隱藏在主攻後面的殺機。

必須有絕對的沉著、精厚的內功、敏銳的眼力，才能洞悉細微，防身自保。

這也不過一眨眼的工夫，禪杖挾著一股金風，迎頭劈下。

王宜中不退反進，欺身而上，左手「畫龍點睛」直取腕穴，封住那禪杖的攻勢。右手短劍左蕩右揮，幻起了一片護身劍芒。

但聞噹噹兩聲，兩把左、右合擊，繞劈而至的戒刀，被短劍撥震開去。

就這一瞬空隙，給了那施杖僧人的機會，避開腕穴，禪杖疾落而下。

王宜中斜身側臥，內力貫注劍身，借力化力，輕輕一撥，禪杖落地，滑向一側。

王宜中借勢一翻，劍隨身起，寒芒一道，直指施杖僧人的咽喉。

好快的劍法，好奇的身法，杖影、刀光中，仍能出手反擊。

眼看那僧侶必傷在王宜中的劍下，左、右兩支禪杖，雙龍出水般，捲飛而至。一杖直劈，一杖橫掃。

每一個攻襲之勢的配合，不但是絲絲入扣，而且是凶猛霸道，凌厲至極。

王宜中身陷危境，顧不得傷人，挫腕收劍，斜裡劃出。劍芒如電，指向那橫擊僧人的右腕。

這一劍變得奇異莫測，那僧人如不收住杖勢，握杖的右腕，勢必先要撞在王宜中的劍上，只好收住橫掃的杖勢。

在羅漢陣的變化之中，這兩招，只不過是救援的行動，兩杖被封，立刻退了回去。

王宜中本已搶得了先機，但羅漢陣的變化，精妙異常，王宜中還未能發出攻擊，身後一刀、一杖，已並排而至。快劍斜撩，一道寒芒，擋開了一杖、一刀。

羅漢陣彼去此來，展開了激烈絕倫的攻勢。王宜中揮劍抵拒，和九僧對抗。

羅漢陣的厲害之處，就在防守的嚴密，使人無機可乘，嚴密的防守，帶有強烈的攻擊。

但在群僧刀、杖的啓發、誘導之下，王宜中胸中熟記的武學綱領，全部發揮出來。

他胸中熟記本是原則，但在對方凌厲逼攻之下，和實用的招術配合了起來。

五十回合後，王宜中不但把本身熟記的要訣和慣用的招術配合了起來，而且，數十招拚鬥之後，也瞧出了羅漢陣的破綻所在。

這時，表面上看去，惡鬥愈來愈見激烈，但見杖影、刀光，幻化成一片光影，已然無法分辨出哪是少林寺的刀光，哪是王宜中的劍氣。但事實上，王宜中已然逐步展開了反擊之勢。

這次的反擊，和適才奇招突出的攻勢不相同，而是平平實實地反擊。

短劍每一招的攻勢，都是羅漢陣的破綻所在，逼得群僧不得不全力施救。

王宜中的攻勢不多，群僧每攻上五招，王宜中才能反擊一劍。但九位高僧的經驗上，卻遇上了從未有的敵手。

因爲，羅漢陣的精妙變化之下，就算遇上武功奇高的人，有反擊之能，也大都是九與一的比例。那是九位僧侶，每人攻出一招之後，對方才能反擊一招。但王宜中卻能在群僧五招中就反擊一劍，而且每一劍，不是羅漢陣變化的空隙，就是羅漢陣的缺陷所在。

又過了五十招，王宜中武功更見純熟，發覺羅漢陣的缺點是愈來愈多，於是王宜中攻勢轉快，平均每三招，就可以反擊一招。

疾轉如輪，叫人看上去眼花撩亂的羅漢陣，速度逐漸地緩了下來。九位僧侶的臉色，都顯然十分沉重，這座奇絕千古，使得天下英豪束手的羅漢陣，已面臨到被人破解的危險。

忽聞王宜中一聲長嘯，手中短劍閃起了一道冷芒。一股冷厲的狂風，四下暴射，強烈的劍氣，逼得群僧組成的羅漢陣，忽然間停了下來。

寒芒閃過，群僧都覺著身上一涼。

王宜中已收劍而退，冷冷說道：「諸位大師，心懷苦衷，受人利用，在下不爲已甚，只望諸位能夠及早回頭，免得造成大錯。」

群僧都是武林中第一流高手，都感覺到自己受了傷，但卻又不知傷在何處。低頭看時，只見每一位僧人的前胸之上，都有一道尺多長的口子，衣衫盡裂，可見肌肉，只是不見傷痕，也沒有鮮血流出。

這手法比傷更難，而且每僧一樣，無一不同，這就使群僧震駭莫名。

需知在劍如閃電的過程之中，能夠拿捏到這種境界，裂衣而不傷人，實是一件非同尋常的事。

只聽其中一僧長歎一聲，道：「罷了！罷了！少林寺縱難逃滅門之禍，咱們也無顏再打下去了。」

回顧了金玉仙一眼，道：「仙子是親目所見，我等已盡了最大的努力。」

金玉仙冷冷接道：「大覺住持，咱們是怎麼約定的，你還記得麼？」

大覺道：「貧僧記得。」

金玉仙道：「說來聽聽。」

大覺大師道：「我們生擒或是殺了金劍門主，仙子賜給解藥，解救少林寺千餘僧侶。」

金玉仙道：「這就是了。你們是殺死了金劍門主呢，還是生擒了他？」

大覺大師道：「我們已盡了最大的心力，但我們不是金劍門主之敵，自是無法應命。」

金玉仙道：「羅漢陣號稱武林中第一奇陣，你們怎的竟無法制服一個金劍門主？」

大覺大師道：「不錯。羅漢陣在江湖上是名望甚大，確有很多江湖上高手，敗在羅漢陣下。但王門主的武功高強，大出了我們的意料之外，我們全力施展，沒有一點藏私，這一點仙子已瞧到了。」

金玉仙冷冷說道：「我瞧到了，但你們沒有守約。」

大覺大師道：「我們無能爲力。」

金玉仙道：「但你們都還活著，那就必須要生擒或殺死王宜中。」

大覺大師臉色一變，道：「聽仙子的口氣，不會交出解藥了。」

金玉仙道：「因爲你們沒有守約。」

大覺大師接道：「好！你交出解藥，我們遣一人送回少林，餘下八人，戰死於此，以明心跡。」

金玉仙笑一笑，道：「羅漢陣要九個人，是嗎？」

大覺大師道：「如若陣法純熟，七個人、八個人都可拖展。不過，貧僧可以奉告你仙子一句話，那就是我們九人也好，甚至一百零八人排成最大的羅漢陣也好，都無法困住王門主，我們出手相試，只不過是證明給你看看，我們戰死在此而已。」

金玉仙道：「王門主很仁慈，從不輕易傷人，諸位只管放心。」

王宜中冷冷接道：「那不一定，如若情勢逼人，在下可能要大開殺戒。」

金玉仙道：「殺了少林九位高僧，這仇恨，少林寺不會善罷甘休。」

王宜中笑一笑，道：「金玉仙，你在江湖上施展陰謀暗算，不知害了多少人，結下的仇恨，比我們金劍門多上何止百倍，難道你就不怕報復？」

金玉仙格格一笑，接道：「我用他們，就因爲我能控制他們。所以，不怕他們報復。咱們道不相同，手法互異，根本不能相比。」

大覺大師高聲道：「金仙子，少林寺上下千口性命，都在等你解藥，仙子若是不肯交出，只怕要鑄成大錯。」

金玉仙道：「照你們的看法，我已是一個十惡不赦的人了，再多上一、兩樁錯誤，也不算什麼大事。」

大覺大師道：「這等事，關係一個門派的存亡，任何人都不會輕言報復。」

金玉仙淡淡一笑，道：「你可是在和我討價還價？」

大覺大師道：「不是討價還價，而是鄭重警告姑娘。」

金玉仙哈哈一笑，道：「警告我，這倒是很新鮮的事了，說說看，什麼事？」

大覺大師道：「如若仙子交出解藥，我們遣一人回去送藥，餘下的為你流血拒敵。」

金玉仙道：「不交出呢？」

大覺大師道：「咱們只好回過頭，對付你金玉仙。」

金玉仙臉色一寒，道：「放肆！你們真敢如此，我要你們立刻死亡。」

大覺大師道：「我們並不怕死，怕的是少林寺千餘人無法解救，但我們如若知道在你仙子手中拿不到解藥，我們就什麼也不再顧及了。」

儘管金玉仙心中十分害怕，但她表面上仍然裝出平靜，笑一笑，道：「我不是嚇大的。」

大覺手中兵刃一擺，少林寺中群僧，突然回身，反向金玉仙包圍了上去。

金玉仙神情很鎮靜，似是並未把少林寺的羅漢陣放在心上，冷漠一笑，道：「諸位，想和我動手嗎？」

大覺大師道：「不錯。如若你不肯交出解藥，咱們只好對付你姑娘了。」

金玉仙道：「有兩件事，你們要想清楚。第一，我不會有王宜中那份仁慈，動上手，就可能要你們的命；第二，你們死了之後，少林寺仍然難逃滅門之禍。」

大覺大師突然喧了一聲佛號，道：「仙子既不同意貧僧之意，不知有何高見？」

金玉仙道：「你們只有一條路走，那就是戰死此地。少林寺有千、百條僧侶之命，難道還不值你們九條性命嗎？」

大覺大師道：「仙子爲人，反反覆覆，我等縱然戰死於此，也無法救得同門了。」

金玉仙沉吟了一陣，道：「你們如何才能相信我？」

大覺大師道：「除非你即時交出解藥，由貧僧指派一位師弟，送回少林，貧僧等才能甘爲效命。」

金玉仙微微一笑，道：「你們既不能信任我，我又如何能信任你們，而且和咱們相約的條件不同，毀去信諾的是你們而不是天人幫。」

大覺大師苦笑一下，道：「不錯。咱們約好的是，我們生擒了王宜中，或是把他殺死之後，你再交出解藥。不過，我們未料到王宜中的武功如此高強。」

金玉仙道：「我如交出解藥，你們再不肯聽我之命，那時，我豈不吃了大虧？」

大覺大師道：「我等再一出手，王門主決不會再劍下留情，我等勢必要傷在對方的劍下了，仙子如不肯交出解藥，我等豈不是死得很冤。」

金玉仙笑一笑，道：「我先交解藥，不過，我只交出一半。」
大覺大師道：「一半？」
金玉仙道：「是的。萬一你們不肯履行諾言，我也可以破圍而出，另一半少林僧侶，也只好死在他們不守信用的師長手中了。」探手從懷中摸出一個玉瓶。
大覺大師道：「你這玉瓶中，有多少解藥？」
金玉仙道：「二百粒。」
大覺大師道：「二百粒，不足一半之數。」
金玉仙道：「但能救活的人，必是你們少林高人、精萃，有兩百個人不死，少林寺就可常存在江湖了。」
大覺大師沉吟了一陣，道：「好吧！解藥給我。」
這一次，金玉仙倒是很大方，規規矩矩地交出了解藥。
大覺大師接過解藥，拔開瓶塞，倒出了一粒，先行服下。
這時，另外八僧，各橫兵刃，擋在金玉仙和王宜中之間，兩面戒備，任何一面，有所舉動，群僧都將全力抵禦。
大覺大師服下藥丸之後，暗中運氣一試，才緩緩說道：「是解藥，大相師弟！」
一個手執禪杖的僧人，一欠身，道：「大覺師兄。」

大覺大師道：「將此解藥帶回，由掌門方丈分配。」

大相大師接過玉瓶，道：「小弟告辭。」

大覺突然說道：「且慢。」

大相人已轉過身子，聞聲又停了下來，道：「師兄還有什麼吩咐？」

大覺大師道：「你倒出玉瓶中的藥物，數數看有幾粒？」

大相放下禪杖，倒出瓶中藥物，數了一數，道：「一百九十九粒。」

大覺道：「好！你服下一粒。」

大相道：「這個，不用了。」

大覺歎道：「師弟！你任重道遠。要負責把藥物送到少林，但你如半途毒發不支，豈不是因小失大。服下一粒！」

大相道：「小弟遵命。」服下一粒，收好玉瓶，拾起禪杖，大步而去。

他行過王宜中身側時，暗中運氣戒備，唯恐王宜中出手截藥。其實，不只他一人，就是另外八僧，也都運集功力，蓄勢待發。但王宜中並沒有出手攔截。

金玉仙待大相行到大廳門口時，高聲說道：「大相，你記住，少林寺還有三分之二的和尚，沒有服用解藥。」

大相冷冷說道：「我記得很清楚。」

金玉仙道：「一粒藥物，只能救一條人命，如若你們自作聰明，把它分開服用，那就一個人也救不了。別忘了把此事告訴貴掌門。」

大相冷哼一聲，道：「多謝指點，少林寺不會忘記你仙子的厚賜。」

金玉仙格格一笑，道：「我倒很希望你們有報復我的機會。」

大相禪師不再多言，轉身大步而去。

目睹大相去遠，金玉仙才緩緩說道：「大覺，你是否還守信諾？」

大覺點點頭，道：「出家人不打誑語，自然要守信約。」

金玉仙道：「那很好，你們全力拚吧！你們八個和尚八條命，全都豁上幹，王宜中縱然能挺住，也得花一些工夫，只要你能困住他一半功力，我就能助你們取他之命。」

大覺大師道：「不用羅漢陣對敵了？」

金玉仙道：「不用了。羅漢陣雖然威力強大，我不知羅漢陣的變化，無法助你們制敵。」

王宜中肅然地站著，靜靜地聽著金玉仙指示少林僧的機宜。他沒有出手，只是呆呆地聽著，而且自己也聽得似極入神。

但聞大覺說道：「金玉仙，貧僧人人戰死，並不足惜，因爲貧僧已對你有過承諾。但少林寺還有大半人沒有解藥，仙子如何安排？」

金玉仙道：「大覺，你威脅我？」

大覺道：「如若講江湖欺詐，現在威脅該是正好的時刻。」

金玉仙笑一笑，道：「你錯了。這世間能對我構成威脅的，只有一個王宜中，但他要花上一個時辰的工夫，才能破你們羅漢陣，我只要片刻工夫，就可以使你們全陣瓦解。」

王宜中劍眉聳動，俊目放光，冷冷接道：「金玉仙，你口氣很狂，爲何不願和在下單打獨鬥，力拚三百回合。」

金玉仙笑一笑，道：「很可惜的是，我還沒有把天竺奇書完全譯出來，我相信那上面必然有對付你的武功。現在，我知道，我難以是你的敵手，你胸中熟記天下武學經緯、綱領，時間愈久，對你愈是有利。」

王宜中道：「多承指點，在下對自己，似是還沒姑娘瞭解得多。」

金玉仙道：「要不要我再告訴你一些？」

王宜中道：「不論你用什麼法子拖延時光，都無法逃過和我一分生死之戰。」

金玉仙道：「拖延時間，對你有利，白雲峰、西門瑤受你蠱惑背叛了我，使我所有的計畫失敗，但最重要的是，我沒有早些殺你。你如今氣候已成，一元神功使你不畏毒、傷，而且有著無窮無盡的內力，前百招我雖有殺你機會，但不太大，過了百招，又把你磨練得更上層樓，只有你殺我的份了。這就是我不願冒險的原因。」

王宜中笑一笑，道：「你有著絕世才慧，也有著蓋世的武功，爲什麼要組織這無惡不作的天人幫？」

金玉仙突然格格一笑，道：「怎麼樣，我把它解散了，現在還來得及嗎？」

王宜中大感意外地呆了一呆，道：「你的話，很難叫人相信。」

金玉仙道：「這就是了，世人都這麼看我，所以，我就無法解散天人幫。」

王宜中道：「你本有很多機會，解散天人幫，不再爲害江湖，但你卻不肯爲之。」

金玉仙道：「現在爲之，可是太晚了？」

王宜中道：「一則是太晚了，你已到了山窮水盡之境；二則是你的話，不可相信。」

金玉仙道：「王宜中，你口氣太大了。目下的情形，只能說我無法隨心所欲，我們是在作一場豪賭，天下武林各門各戶，都是我們之間的賭注，但目下，我們還無法決定誰勝誰負。」

王宜中道：「至少，我比你的獲勝機會大些。」

金玉仙道：「爲什麼？」

王宜中道：「時間對我有利，但你卻在拖延時間。」

金玉仙笑一笑，道：「你可是覺得白雲峰救下你那些屬下，對我們之間的決戰，有所幫助？」

王宜中道：「至少，我再不會人單勢孤。」

金玉仙道：「你錯了，他們沒有法子幫忙，如若他們真能幫助你，我不會留下他們性命。」

王宜中點點頭，道：「金玉仙，你說得愈殘酷，我愈會堅定殺你之心。」

金玉仙道：「我已經不再存與你和解的想法。」

王宜中道：「對！把武林的命運，盡付於我們這一戰之中。」

目光一掠少林八僧，接道：「你明知道，他們不是我的對手，爲什麼還要逼他們出手，到了此刻，似乎是只有你、我一戰了。」

金玉仙道：「你又錯了，我在利用他們的死亡，製造我第一個殺你的機會。」

王宜中道：「第一個殺我的機會，那是說，你還有很多殺我的機會了？」

金玉仙道：「不錯，至少有三個到四個殺你的機會。」

王宜中道：「說說看，能對我構成多大的威脅？」

金玉仙道：「很抱歉，王門主，天機不可洩漏。」

王宜中道：「金玉仙，任你詭計多端，我也不會放在心上。」

他仰天大笑一聲，道：「現在，咱們就來試試你的第一個機會。」

金玉仙道：「好，你小心戒備了。」

聲音一變，冷冷接道：「大覺大師，帶著你幾位師弟，全力一擊。」

大覺應了一聲，緩緩舉起了右手兵刃。只見手中的兵刃，不停地搖動，另外七個僧侶移動身子，各自選擇了攻襲敵人的角度。

單是八個人站好的角度，就給人一種奇大的壓力。在感受之中，這八個人如若同時合力出手，不但能把兵刃交錯成一個天網，有雀鳥難度的嚴密，而且，每一個人的攻勢又有著相互的支助之力。就是羅漢金剛樣的人物，也要在那一擊之中，身受重傷。

金玉仙長長吁一口氣，道：「堂堂正正的大門戶，果然具有著泰山壓頂的一股氣勢，這一擊，如若你們真的肯各盡所能，王宜中縱然能夠接下來，亦必將大為吃力。」

大覺道：「金仙子誇獎了。」

金玉仙嬌媚一笑，道：「可惜你是跳出紅塵十丈的方外人，要不然，這一局搏殺結束了，我真該好好地酬謝你一下。」

她說得委婉、含蓄，但卻充滿著誘惑。

大覺莊嚴地說道：「那倒不用了，貧僧只希望金仙子能夠遵守約定，交給我們餘下的解藥。」

金玉仙笑道：「放心吧！大師，我最喜歡對我忠誠的人。」

王宜中目睹群僧布成的合擊攻勢，立時感覺到強大的壓力。

高手對陣，用不到兵刃接觸相搏，單是那對峙彼此間的氣勢，就能壓迫到對方。群僧的神色，愈來愈見莊嚴，每人都不停地移動著手中的兵刃。十六隻眼睛，像冷芒一般，集中在王宜中的身上。

王宜中也暗中提聚了功力，手中的短劍，也不住四下移動。一股冷森、濃烈的殺氣，在雙方相峙中迸發出來。場中人都有著強烈的感受。因爲，雙方這次交手一擊，已不似剛才羅漢陣那等攻拒對敵之戰，那是招術、技巧和功力並重的一戰。雙方都可憑仗所學，適應變化，以搶機先，但這一次，卻是各自凝聚了全身功力，作雷霆萬鈞的一擊。

技與力融合在一起，在閃電一搏之下，要分出勝敗存亡。

大覺大師突然大喝一聲，首先發動。

但見一道寒芒，挾著無與倫比的刀氣，直罩過來。王宜中早已有了戒備，短劍一揮，迎向刀光點去。

但聞一聲金鐵交鳴，兩道光芒接觸在一起。

大覺大師似是遇上了極大彈力，身不由己，向後倒翻了回去。本來，群僧應該隨大覺之後攻了上去，但群僧眼見大覺如被拋球一般地拋了出來，不禁爲之一呆，也因此群僧都停了下來。

凝目望去，但見大覺的整個身軀直向大廳壁上撞去。

金玉仙右手突然向上一揮，一股力道，直沖了上去，迎著大覺的身軀一阻。大覺身子一沉，直摔了下來。一個灰衣僧侶，伸手接著了大覺的身軀。

七個僧侶十四道目光，都轉注到大覺的身上，只見大覺嘴角間，不停地流出鮮血，緊閉雙目。看樣子，似是已經暈了過去。

金玉仙緩步行了過來，望了大覺大師一眼，道：「他和王宜中對了一劍，雙方借兵刃傳出內力，硬拚了一招，被王宜中強大的內力震傷了內腑，而且，傷得很重。」

抱著大覺的灰衣僧侶，沉聲說道：「金仙子，他還有救嗎？」

金玉仙道：「死不了，你把他放在地下。」

灰衣僧侶應了一聲，把大覺放在地上。

金玉仙從懷中摸出了一粒丹丸，投入那大覺的口中，道：「你們準備出手，我助你們一臂之力。」

明明是她要群僧幫忙，口中卻說要助群僧一臂之力。

群僧望了金玉仙一眼，齊聲說道：「金仙子也要出手嗎？」

金玉仙道：「是的！咱們合力出手，希望能一擊成功。」

語聲微微一頓，接道：「你們要一起出手。」

七個僧侶點點頭，各自舉起了手中的兵刃。

金玉仙也拔出了短劍，平橫胸前。

王宜中道：「那位大師只是被我震傷內腑，但他傷得不重，片刻之後，就可以復元，但他服下金玉仙一顆藥，如何變化，那就非人所能意料了。」

他神情肅然地接道：「金玉仙本是爲害的人，目下，你們處處聽她之命和我動手。」

金玉仙接道：「王門主多擔待，他們身受威迫，情非得已。」

王宜中冷冷說道：「我王宜中不在乎幾個敵人，但卻爲少林門戶沾惹的羞辱不値，豪情志節、英雄氣度，諸位都毫未放在心上，使少林門戶沾羞。」

金玉仙笑一笑，道：「千古艱難唯一死，人到了面對死亡的時候，總難免心生怯意，希望能逃避死亡。何況，他們死的値得，上爲師長，下爲門人、子弟，每一個死得都是豪情萬丈、轟轟烈烈。」

王宜中道：「好一番狡辯。」

語聲微微一頓，目注七僧，高聲說道：「在下最後再奉勸諸位一句，和金玉仙之間，誰是你們的仇人，應該很容易分辨的清楚，諸位作何決定，悉聽尊便了。」

他說話神情冷厲，雙目中眨動著怒火、殺機，似乎是這次勸告之後，就不再手下留情。

金玉仙笑一笑，道：「王門主，他們早已決定了應該如何，不要自覺你義正詞嚴，想要說服他們，那是白日作夢了。」

王宜中道：「我只是提醒他們一聲罷了。同是死亡，但留給江湖上的評斷，卻是有重如泰山、輕如鴻毛之別。」

金玉仙側目四顧群僧，似是有些動容。王宜中大義凜然之言，似是已發生了極大效用。為了不使形勢有變，金玉仙突然一揮短劍，道：「各位請出手吧！」

少林群僧突然飛身而起，直向王宜中撲了過去。禪杖和戒刀，挾帶著凌厲的金風，分由幾個不同的方位，向王宜中撲了過去。

王宜中暗暗歎息一聲，短劍揮出，劃起了一道圓月般的寒芒。封、拒、擋、架，響起一片金鐵交鳴，七件兵器，全部落空。

但群僧足著實地，並未停手，立刻又揮動著兵刃攻來。

王宜中殺機湧現，冷冷喝道：「諸位不肯聽良言相勸，只有各憑武功，一決生死了。」

劍勢突然一變，展開了無情的反擊。但見一道寒芒，飄忽在群僧禪杖、戒刀之中。不到十回合，響起了一聲悶哼，一個灰衣僧人，突然倒摔在地上。

這些少林高手，似未料到王宜中的武功高明至此，不禁一怔。

他們自己進退攻拒間，全無破綻可尋，不知王宜中如何能夠傷人。

就在群僧一怔神間，王宜中金劍如風，又傷了兩個少林僧侶。

金玉仙全神凝注，右手橫劍而立，卻就是不肯出手。原來，她在默查那王宜中的劍法。

王宜中劍法愈來愈奇，簡直是匪夷所思。不大工夫，又有兩個少林僧侶，傷在了王宜中的劍下。這時，只餘三個少林僧侶，還在揮動著兵刃苦戰。

一個使用禪杖的高僧，突然大喝一聲，手中禪杖疾攻了兩招，高聲說道：「金仙子，你怎麼可以言而無信，還未出手，等一會兒，我們全都傷在了王宜中的劍下，還有何人助你？」

金玉仙道：「現在就算我出手，也救不了你們了！」

王宜中冷笑一聲，道：「在下事先已說得很明白，你們執迷不悟，那也是沒有法子的事。」喝聲中劍勢疾變，光芒流動中，三僧盡傷劍下。

少林七僧人人中劍，但卻都未致命。有三個傷在右臂上，傷的很輕，只是傷的地方不對，無法再揮動兵刃。

王宜中收住劍勢，目注七僧，道：「你們助紂爲虐，大傷少林威名。此間事了，我要到少林寺去，問問你們少林掌門，要他還天下武林同道一個公道。」

群僧面帶愧色，垂首不言。

王宜中短劍一揮，道：「現在你們可以去了。」

輕傷扶重傷，群僧相互扶持著離開大廳。

王宜中全身功力，都凝聚在劍上，劍上透射出陣陣劍氣，逼得金玉仙不敢妄動。

卅九　生死之搏

這時白雲峰已解救了金劍門大部分被囚之人，四大護法首先執了兵刃衝入大廳。

王宜中緩步向前逼進，金玉仙步步向後退避。

金玉仙說道：「我帶來的人，都已傷在你掌、劍之下，不過，我還沒有出手。現在還不能說已分出勝負。」

王宜中冷冷地說道：「你現在可以出手了！」

金玉仙道：「急什麼？等他們把這些死傷之人，全搬出去了，咱們再動手不遲。」

王宜中道：「爲什麼？」

金玉仙笑道：「如是咱們死在一起時，最好不要有別人和我們混在一起。別忘了，我是你妻子啊！」

王宜中冷冷說道：「你不是。你只是武林中一個殘忍、冷酷的女魔頭。」

金玉仙臉色一整，道：「我說得很認真，咱們是有媒有憑，你金劍門中人人皆知。」

王宜中怒道：「貧嘴。」

金玉仙道：「夫妻相罵，事屬常有，你罵我幾句，也不要緊。」

這時，大廳中的傷亡之人，都已經搬出了廳外。

王宜中揮揮短劍，道：「金玉仙，咱們可以動手了。」

金玉仙目光四顧，只見四大護法各個手持兵刃，滿臉都是激怒、悲忿之色。

金玉仙搖搖頭，道：「叫他們都出去。」

嚴照堂大聲喝道：「爲什麼，你們天人幫一向是倚多爲勝。」

金玉仙接道：「嚴照堂，我在和自己的丈夫說話，夫妻之間，有什麼爭執，也用不著別人來管。」

嚴照堂呆了一呆，不知要如何回答。

金玉仙目光又轉到王宜中的身上，立時又換上一副笑臉，道：「官人！請他們出去，這廳中再無爲我助拳的人，他們留這裡，只不過多賠上幾條人命罷了。」

這一點，王宜中倒是相信，回顧嚴照堂等一眼，道：「你們退出去吧！」

嚴照堂道：「門主，你……」

王宜中接道：「我如能勝過金玉仙，用不著你們幫忙；我如是無法勝她，你們也無法幫忙。」

高萬成道：「那門主小心了。天人幫詭計多端，當心她的暗器。」

王宜中笑一笑，道：「先生放心，我再不會被她的甜言蜜語所騙。」

高萬成帶著四大護法，悄然退出了大廳。

王宜中短劍一指金玉仙，道：「現在，咱們可以動手了吧？」

金玉仙道：「不要慌，你去掩上廳門。」

王宜中怒道：「你的花招真多。」

金玉仙道：「咱們夫妻一場，就算我求你辦件事吧。」

王宜中無可奈何，回身掩上了木門。

金玉仙格格一笑，道：「官人，你沒有選擇的機會了。」

王宜中冷冷說道：「我不要選擇什麼，只要殺了你，替武林除害。」

金玉仙笑道：「官人，你失去這個機會了。現在，我雖非穩操勝劵，但至少咱們是一個同歸於盡的局面。」

王宜中四顧了一眼，道：「為什麼？」

金玉仙道：「掩上了廳門之後，這房中的光線暗淡了許多。」

王宜中道：「在下想不明白姑娘話中的含意。」

金玉仙道：「我會慢慢地說給你聽。」

王宜中接道：「只怕在下沒有耐心等下去。」

金玉仙道：「你非等下去不可，你不能拿自己的生命開心。」

王宜中心中一動，暗道：「金劍門大部分人都已脫險，局勢對金劍門愈來愈是有利了，等一會兒，也不要緊。」

心念一轉，緩緩說道：「好吧！有什麼話，請慢慢地說吧！」

金玉仙道：「因爲你我之間，只有一次動手的機會，所以，我才對你一再忍讓。」

王宜中道：「今天你不再準備忍讓了？」

金玉仙道：「因爲，我已證明了一件事。」

王宜中道：「什麼事？」

金玉仙道：「你的成就，尤勝過金劍門上一代門主朱崙，單以武功而論，世間能殺死你的人，恐已絕無僅有了。」

王宜中道：「姑娘就是那僅有人中之一了。」

金玉仙道：「我和你動手五十招，如若我五十招無法勝你，只好動用別的埋伏了。」

王宜中心中一動，四顧了一眼，道：「這廳中還有埋伏？」

金玉仙道：「不錯，勝過百萬雄師，你身爲一門之尊，應該有一門之主的才智，如若單憑武功，豈不變成了有勇無謀之匹夫？」

王宜中冷然一笑，道：「在下確然瞧不出這地方還有什麼埋伏。」

金玉仙笑一笑，道：「要不要我告訴你？」

王宜中道：「你如不怕在下知曉後對你不利，何妨明說？」

金玉仙道：「不怕，告訴你之後，你會多生出一份警惕，武功上，自然會打點折扣。」

王宜中道：「那麼你說吧！」

金玉仙道：「我在這大廳中，布下一百隻百毒蚊、一百隻長腿蟻、飛蚣、毒蛇，總共有一十二種毒物。這些毒物，在平常時間，也許傷不了你，但在咱們動手的時候，牠們自會找到傷害你的空隙。」

王宜中呆住了，他已領教過天人幫用毒的厲害，如若金玉仙說的不是唬人之言，那確實比埋伏上幾十位武林高手，更爲可怕。

金玉仙黯然說道：「王宜中，不論你武功如何高強，只怕也無法逃避過這次劫難。」她長長吁一口氣，接道：「實在說，我真的不願殺你，但你已逼得我沒有選擇，非得殺你不可了。」

王宜中道：「你不用再裝作仁慈，武林中已不知有多少人傷在你的手下了。」

金玉仙道：「那真是一個大數字，連我也記不清楚，包括死去的朱崙。」

王宜中聽得一怔，接道：「什麼？先門主也傷在了你的手中。」

金玉仙道：「你可是有些不信？」

王宜中道：「不信。你今年幾歲了？」

金玉仙道：「你看呢？」

王宜中道：「二十三、四吧！也許再大一、兩歲，但先門主受害之時，你最多也不過是一個八、九歲的女孩子，一個小女孩，如何能殺死一個身負絕世武功的高人呢？」

金玉仙格格一笑，道：「王門主，我真的只有那一點年紀嗎？很難得啊！」

王宜中一皺眉頭，道：「這話是什麼意思？」

金玉仙道：「看來天竺武功中的駐顏術，果然是非凡之術，瞞過了別人，不足爲奇，瞞過你王宜中一雙神目，自非小可。」

王宜中沉吟了一陣，道：「叫人很難相信。」

金玉仙道：「你不相信，那是最好。」

王宜中道：「在下對你的真正年齡，有了很大的興趣。」

金玉仙道：「你很想知道？」

王宜中道：「不錯。但你願否見告，那是你的事了。」

金玉仙道：「告訴你也好，我不會比你母親的年紀輕。」

王宜中緩緩舉起短劍，道：「邪不勝正。我不信天竺武學上的詭異武功，能和中原武功不相上下。」

金玉仙道：「咱們就要求證這件事了，希望我能勝過你。」

王宜中道：「那要求證之後，才能知道了。」

金玉仙道：「我如能勝了你，你就可以保全下性命；如是我不幸的敗了，你必會傷在毒物之下。」

王宜中道：「在下死不足惜。我唯一的願望就是在死去之前取你之命。」

金玉仙道：「那你只有一個機會。」

王宜中道：「什麼機會？」

金玉仙道：「你的武功高到在五十招內，能夠取我之命。」

王宜中道：「我很奇怪，你既然在廳內，佈置下奇毒之物，爲什麼不立刻放出來？」

金玉仙道：「我善於用毒，也善於作僞、作詐，我並非全無真才實學的人，所以，我想試試看，自己能不能在武功上勝得過你，所以，我要試你五十招。」

王宜中道：「我會把握這五十招的機會，你請出手吧！」

金玉仙也用一把短劍，長不過一尺多些。

大廳中的木門雖然已關了起來，但從窗中透入的日光，已可見全廳中的景物。

王宜中一直在暗中轉動著目光，查看四面的景物，希望能發覺那些毒物存放之處。但他失望了。直到金玉仙舉起短劍時，王宜中仍未能瞧出毒物放置之處。

這位擅長故作虛僞的女人，果非平庸之輩，短劍出鞘，立刻有一股強烈的劍氣，直逼過來。

王宜中趕忙凝聚心神，右手金劍斜斜伸出。

這時，兩人的臉上都泛現出一片肅穆的神情。

但是舉劍相峙，兩人都已經感覺到遇上了從未遇過的強敵。

金玉仙突然輕輕歎息一聲，道：「可惜啊！可惜。」

王宜中道：「可惜什麼？」

金玉仙道：「咱們兩人之中，至少有一個要在這場搏殺中死去，也許，是一個更悲慘的同歸於盡之局。」

王宜中道：「這就是正邪不並存的定律，就算戰死了，我也死得心安理得。」

金玉仙道：「如若我們兩個人，能不動手，這時，再也無人能殺死你、我了。」

王宜中道：「我們武功上的成就，也許比別人高明一些，但生命的價值，和一個平平常常、不會武功的人，並無不同。他們也是人，應該和我們一樣，保有生存之權。」

金玉仙怒聲接道：「你懂不懂弱肉強食？他們不如我們，就應該爲我們效命。」

王宜中莊嚴地說道：「這就是金劍門和天人幫最大的不同之處，咱們同生於一個時代，卻有著絕不相同的觀念。」

金玉仙接道：「看來我縱能舌粲蓮花，也無法說得服你了。」

王宜中冷笑一聲，道：「在下也希望你能在這最後關頭的時刻中，大覺大悟，交出解藥。」

金玉仙道：「看來，咱們之間的距離太大，無法談得攏了。」

王宜中道：「除非姑娘接受在下的忠告，否則咱們無法再談下去。」

金玉仙點點頭，道：「我也有這種感覺，今日，咱們只有決一死戰了。」

右手一招，一道寒芒，直射過來。

王宜中舉劍一擋，直向金玉仙短劍上封去。

金玉仙眼看王宜中短劍封出，立時收了劍勢。

王宜中金劍推出一半，也立刻收了回來。

但兩人相距著七、八尺的距離，手中短劍，卻不停揮舞，瞬息間，各變了一十二招。

這十二招各盡詭變能事，保持著不勝不敗之局。

幾乎是在同一時，兩人同時收住了手中的短劍。表面上看去，這等打法，完全不著邊際，但事實上，兩人隔空對劍，卻已是見招破招、見勢破勢的互拆一十二招。

武功到了金玉仙和王宜中這等境界，用兵刃互觸觸擊拚殺的機會，實已不多。因爲，一方的攻勢劍式未到，另一方已然想出了破解之法。就這樣逼得對方得換招易式。

兩人一口氣換了十二招，彼此都有著應該停下來換口氣的感覺。

金玉仙點點頭，道：「王門主，你很高明，也很博學。」

王宜中道：「誇獎了，姑娘也請接在下幾招試試。」側身而上，一劍刺出。

這一劍，快如電光石火，直刺過去。看上去，這一劍是那麼平淡。

但見那金玉仙手中短劍，疾如輪轉一般，閃起了一片劍花。

金玉仙雖然舞起了一片護身劍光，但卻疾快地向後退了八尺。

原來，她連換了十幾種劍式，發覺仍然無法阻止王宜中這一劍攻勢，所以不得不向後退避。

王宜中人、劍並進，金玉仙卻連連後退，一直退了一丈多遠，才突然劃出一劍，封開了王宜中的劍勢。

不待王宜中再出手，金玉仙已搶先攻去。

一著先機，逼的金玉仙退了一丈多遠，對王宜中的身手，金玉仙已不敢再存絲毫輕視之心。

王宜中面對金玉仙這等強敵，也不敢絲毫大意。

心中暗暗忖道：「她在這廳中埋伏下毒物一事，想來並非唬我，如是能在她放出毒物之前，取她之命，豈不免去了很多的危險？」

但他心中也明白，金玉仙武學博雜，精通天下各門武功，要想勝她，自非易事。也許得拚上三、五百招，才能瞧出一點跡象。唯一的辦法，就是想法子把她手腳絆住，使她無法放出毒物。

念轉意決，王宜中手中短劍故意賣了一個破綻。果然，金玉仙一式「直搗黃龍」，疾攻了過去。

王宜中反手一式「天羅密佈」，撒出了一片花光寒影，把金玉仙圈入了一片劍影之中。

金玉仙劍如閃電，左突右攻，連攻了十六劍，仍是未能破圍而出。

雖只是一把短劍，竟似是一片劍網，任你金玉仙劍如流星，左突右攻，仍然無法破網而出。

這就使金玉仙大生震駭。但她是久經大敵的人物，雖然困處劍網，但卻逐漸地鎮靜心神。她開始改採守勢，短劍護住了全身的要害大穴。

王宜中把一把短劍擴展成一片劍網，自然是大費氣力，幸好他一元神功有成，內力用之不竭，如若易人而戰，這等打法，不但無能克敵致勝，自己反將要活活累死。

金玉仙打法忽變，王宜中也立即開始收縮劍網。就在王宜中劍法變化之時，金玉仙突然嬌喝一聲，拔身而起，人、劍合一，直衝而上。

但聞一陣金鐵交鳴，衝出了王宜中劍網。飄身落到了八尺開外，一束金芒，電射而出。

王宜中無暇追敵，短劍揮舞出一陣光幕寒芒。

那是一把淬毒金針，少說點也有四、五十枚，但王宜中綿密的劍光，使近身毒針，盡被封飛。

金玉仙也自知手中那把毒針，無法傷得王宜中，用心只是在一擋他的追擊之勢。最後一舉手，一點銀芒，直向大廳几上一個白瓷茶壺上面擊去。

那竟然是存放毒物的容器。心中念轉，再想伸手攔阻時，已自無及。但聞砰然一聲，瓷壺破碎。

這時，日光從窗隙、門縫中透了進來，廳中景物，看得甚是真確。

只見一片巨蚊，奔飛而出，眨眼間，散成一片。這些巨蚊，差不多有一寸大小，飛行十分神速。大約是這些巨大毒蚊，都餓了很久時間，立時間，分由四面八方，向王宜中擁了過來。

王宜中無法確知這些巨大的毒蚊，是否真如那金玉仙所說，毒性奇厲，叮人必死，但卻絲毫不敢大意。

一面暗中運氣護身，左手同時推出掌力，霎時間，掌風激蕩，劍氣森寒。有不少毒蚊，死傷在劍氣、掌風之下。

王宜中內功深厚，這一揮劍、發掌，四周六、七尺處，都是激蕩的劍氣、掌風。毒蚊一直環繞在王宜中四周飛旋，無法近身。

但在四面八方的毒蚊圍攻之下，王宜中再也無法騰出手來去對付金玉仙。

金玉仙格格一笑，道：「王門主果然是功力深厚，能以劍氣、掌風阻擋著毒蚊的攻勢，當真是高明得很啊！」

王宜中冷冷說道：「你放出的毒蚊，已然死傷近半，再要一盞熱茶的時間，當能使這些毒蚊全數死傷。」

金玉仙道：「王門主確然有這份能力，所以，我要再替你添一道菜，這是一群長腿毒蟻，牠們雖然沒翅膀，但牠們長腳奔行的速度，卻十分驚人，唉！看在咱們夫妻一場的份上，我告訴你一些那些毒蟻的特性。」

王宜中道：「金玉仙，你只管施展就是，用不著對我恐嚇。」

金玉仙笑一笑，道：「官人，我是好意。」

一揚手，一點寒芒飛出，擊在木桌下一個瓦罐之上。砰然輕響，瓦罐破裂，一群巨形毒蟻，爭先恐後而出。

這些毒蟻，看起來，比那些毒蚊更爲可怕，身長逾寸，全身慘綠，跑起來，快速異常。

最奇怪的是，牠們似是很喜歡人身上的氣味，群蟻奔出之後，立時蜂擁而上，向王宜中奔了過來。

上有毒蚊，下有毒蟻，頓然使王宜中有著接應不暇的感覺。

這時，正有兩隻奔行特別快速的毒蟻，已近王宜中的身側。王宜中左腳一抬，踏了下去。兩隻毒蟻，頓化肉漿而死。

但就這一眨眼間的工夫，又有四、五隻毒蟻近身到尺許之處。

王宜中短劍疾掄，散出一片森寒的劍氣，護住了全身，腳尖微一用力，飛身而起，躍落在一張木椅之上。隨手一記劈空掌力，拍了下去。又有七、八隻巨蟻，死於掌下。

王宜中落足在木椅之上，長長吁一口氣。就這一分神，手中短劍一緩。一隻毒蚊趁隙而來，直向臉上飛來。王宜中大吃一驚，張嘴吹出一口大氣。

慌急之間，用力甚大，一口氣吹了出去，竟然把那毒蚊直吹得撞在壁上，身裂數段而死。

這一來，倒又給王宜中一個對付毒蚊的法子。

王宜中和毒蚊、毒蟻，周旋了一陣之後，發覺了一件事，那就是這些毒物的生命很脆弱，很容易死亡。雖然，牠們本身的毒性很重，但牠們很容易受到傷害。

但討厭的是這毒蟻、毒蚊，卻有著不怕死的勇氣，一直在找空隙向人身攻擊。

這當兒，那一群毒蟻又返身奔來，已到了王宜中站立的木椅之下。王宜中腳下用力，踢倒木椅。

金玉仙長長吁一口氣，道：「王門主，一元神功可以使一個人心分二用，對付上、下攻襲的毒蚊、毒蟻，看來，我還得替你王門主再加一點什麼了。」

王宜中道：「你還有何毒物？」

金玉仙冷冷說道：「毒蜘蛛。我本來覺著用毒蜘蛛對付你，太過殘忍。但你武功太強了，今天如若不把你置於死地，也許以後就沒有機會了。」

王宜中道：「你這些毒蚊、毒蟻，也不過如此，難道毒蜘蛛就能傷人嗎？」

金玉仙臉上第一次泛現出濃烈的殺機，道：「那不同，你可以見識一下。這些毒蚊、毒蟻，很快都將變成了毒蜘蛛的美味餐點，但你也將被困死於毒網之下。」

王宜中疾發兩掌，又擊斃了數隻毒蟻，道：「很難叫人相信。」

金玉仙道：「你馬上就親眼看到了。」

王宜中從她神色之中，已然感覺出她說的並非虛言，那毒蜘蛛，定然是一種極爲厲害之物。不過，他心中仍然不信，一個蜘蛛，怎會那等厲害。這些毒蚊、毒蟻所以厲害，那是因爲牠們數量太多，如是只一、兩隻毒蚊，不論牠飛行得如何快速，毒性如何重大，也無法對一個身有武功之人，構成威脅。再者，王宜中已然熟悉了對付這些毒蟻、毒蚊，已不像剛受毒蚊和毒蟻攻擊時那樣手忙腳亂，心中緊張。

只聽金玉仙叫道「小心了。」突然縱身而上，一劍刺去。

兩人用的兵刃，都是一把鋒利短劍。兵刃上，本有一寸長、一分強的說法，劍也有一定的尺寸。但武功到了超越某一境界的人，已然用不著墨守這些成規，兵刃的長短，對他們已然無關重要。

金玉仙這一劍，攻的並不快速，但卻有一股強大的力量，直逼過去。劍勢未到，一股冷厲的劍氣，已然逼迫而至。

這時，王宜中正站在木案上面。金玉仙說得不錯，王宜中像是一塊蒙塵明珠，愈拂愈拭，寶光愈強。王宜中也感覺到，自己愈搏殺，愈能力氣充沛，運用自如。

他已能從容對付那些飛繞在頭項、四周的巨蚊，因爲，每當揮動一下兵刃，短劍散發出的凌厲劍氣，就能殺死毒蚊，至少也可以逼牠們遠飛開去。而且，經過這一陣搏殺之後，那些飛繞在王宜中身側的毒蚊，已然傷亡大半。

但那些長腿毒蟻的攻勢，確仍然使王宜中大分心神。不過，那些毒蟻也無法對王宜中構成威脅。只要他經常移動位置，適時發出掌力，毒蟻已被他擊斃了十之七、八。

王宜中感覺到金玉仙這一劍，力道凌厲，非同小可。右手短劍疾迴，迎向金玉仙的短劍之上。

兩支短劍，還未相觸，但那凌厲的劍氣，已然鋒芒相對。

一陣劍氣激蕩，金玉仙向前奔衝的身子，被逼得連連倒退。

王宜中心中警覺時，已自無及，三隻毒蚊，到了左、右雙頰和鼻梁之上。無論如何，王宜中已經無法在同一個瞬間，逐退或避開那三隻毒蚊的攻襲。

形勢逼人，王宜中只好一提真氣，運起護身罡氣，硬承受那毒蚊一擊。右手發劍乘勢追襲，一道寒芒，攻向金玉仙，左手卻疾快地回掌拍向面頰。

這是他和金玉仙動手以來，最具威勢的反擊。身與劍會合一處，看上去，只見一道暴射的白光。

原來，王宜中在自知無法避過毒蚊的襲擊之後，忽動殺機，希望在毒發之前，把金玉仙擊斃於劍下。

金玉仙短劍疾起，一招「雲霧金光」，短劍揮灑出一片護身劍芒。

一串寒刃幻起的劍氣、冷芒，交接於一處。耀眼生花的劍氣之中，響起了一串金鐵交鳴之聲。

光影斂收，人影重現。

王宜中人已飛離了木桌，挺身在大廳正中，短劍平胸，一臉莊嚴肅然之色。

金玉仙被逼退了五尺左右，但她總算接下了王宜中這一劍。

這等全憑內力發出的劍氣，凌厲無比，常能在一擊之下，立即分出勝敗。

表面上看去，金玉仙把這一劍接了下來，但她內腑震盪，氣血浮動。

她用盡了定力，強忍著不讓浮動的血氣形諸於外，笑一笑，道：「王門主，你被毒蚊咬中了嗎？」

金玉仙內心中知道自己錯了，她低估了一元神功的威力。她心中明白，自己決然無法接得下王宜中三招這樣的攻勢，第二招就算能夠勉強接下，亦必將是氣血浮動形諸於外，無法再行掩飾。但決無能接過第三招。

金玉仙本來充滿著信心，自己最少能和王宜中打上個三、五百招，以天竺武功的奇妙詭異，必可阻止王宜中的凌厲攻勢，再以毒物相助，自己掌握了十之七、八的制勝機會。

想不到弄巧成拙，在毒蚊、毒蟻的攻襲之下，竟然激起了王宜中速戰速決的搏殺，馭劍攻襲。

這等劍道中最高的成就，每一出手，身與劍就融合於一起，一個人整個的精神和內力，都彙聚於劍身之上。似這般雷霆萬鈞的攻勢，任何詭異的招術變化，都會失去效用。

金玉仙瞭然自己處境之後，開始動用心機，以挽救危惡的形勢。

至少，要設法拖延一些時間，使自己能有喘息的機會。

王宜中身負絕世武功，但他卻很少有對敵的經驗，無法識破那金玉仙的用心。

當下說道：「咬中了，我希望能在毒性發作之前，取你之命。」

金玉仙輕輕歎息一聲，道：「咱們一直有著很不相同的想法，你一直存著非殺我不可的用心，我卻一直不希望傷害到你。」

她知道那毒蚊的厲害，王宜中如已被毒蚊刺中，此刻已有毒發之徵。至少傷處還應該有紅腫的開始。但王宜中並無此徵。

那證明了一件事，王宜中沒有被毒蚊咬中，或是他的護身罡氣已具有了極深的火候，毒蚊無法傷他。如是毒蚊不行，那毒蟻自然也是無法傷他了。

王宜中莊嚴地說道：「你不用再存此想法了，你有什麼本領，儘管施展好了。」

金玉仙歎口氣，道：「官人！爲什麼一定要鬧出血淋淋的慘劇呢？難道我們之間，就沒有第二個可行之道嗎？」

王宜中冷肅地道：「沒有。不論你對我存何想法，但我卻存了非殺你不可之心。」

金玉仙道：「官人往旁側移動幾步，那些毒蟻、毒蚊又追來了。」

她突然連揮雙手，兩片似霧似雲的白氣，飛了出去。毒蚊、毒蟻似是受到極大的驚駭，立刻飛奔而退。

王宜中仔細看去，金玉仙打出的似是一些白色的粉末。

金玉仙又歎了一口氣，道：「官人！我想你該服下一粒解藥。」

王宜中道：「我現在很好，用不著服下解藥。」

金玉仙道：「你武功深厚，毒性發作很慢。」

王宜中道：「我不怕。」

金玉仙接道：「我知道一元神功可以逼住內腑之毒，不讓它發作，但這毒蚊口中之毒不同，它混入了你的血中，不論如何內功精深的人，都無法運氣清血，所以，非得服用解藥不可。」

伸手取出一個玉瓶，倒出來兩粒丹丸，自己服用了一粒，把一粒送給了王宜中。

王宜中接過藥丸，冷冷說道：「金玉仙，有一句俗話說，大丈夫不吃嗟來之食，在下用不著姑娘同情。」

右手一捏，手中的丹丸，化成碎粉，一揮手，把粉末棄置於地。

金玉仙笑一笑，道：「王宜中，你很君子，不過，君子的壽命不會太長久。」

王宜中淡淡一笑，道：「金玉仙，第一是我不怕死，第二是我就算要死了，也不願吃下你這藥丸。」

金玉仙道：「你寧可毒發而死？」

王宜中道：「不錯。」

金玉仙道：「好吧！看來，咱們連一點和解的機會也沒有了。」

王宜中道：「沒有。我們之間，不是你死，就是我亡。」

金玉仙笑一笑，道：「王宜中，你回頭瞧瞧屋頂、身後。」

王宜中回頭看去，只見一個拳頭大小、通體金黃的蜘蛛，正自屋頂垂了下來。

金玉仙眉宇間，突然泛現出一股濃重的殺機，一語不發，短劍一揮，疾刺過去。這一劍無聲無息，當真是惡毒無比。

冷厲的劍鋒，快要到王宜中前胸之時，王宜中突然一側身子，短劍掠過前胸，劃破了王宜中前胸的衣服。

王宜中疾退了兩步，冷笑一聲，揮劍掃去。

兩人以快對快，短劍展開了一場激烈絕倫的搶先快攻。

但見寒芒如電，兩條人影，交錯盤飛，滿室中都是飛舞的劍光。

忽然間，快速的轉動停止了下來，瀰漫全室的劍光，也突然收斂。王宜中、金玉仙手中的短劍，卻交接在一起。兩人由快速的劍招比試，進入了性命相搏的內功交拚。

金玉仙臉上泛起了豔紅之色，手中的短劍，也一寸寸地向後退縮。

勝負之勢，分出的這麼快，連王宜中也感覺到有些意外。

金玉仙一面運足全身氣力，抗拒王宜中的劍勢，一面緩緩說道：「王宜中，你真的要殺我？」

王宜中道：「你不願死在我劍下也行，只要你答應死，可以任意選擇一個死的方法。」

金玉仙道：「你的一元神功，百毒不侵，不過，卻無法抗拒毒蛛之毒，蛛絲沾身，那地方就開始潰爛。」

王宜中冷笑一聲，道：「金玉仙，除了這毒蛛之外，你還有什麼壓箱底的本領，都可以施展出來了。不然，只怕你再無施展機會。」

金玉仙輕輕歎息一聲，道：「單以武功而言，我把你估計得低了一些，就是這樣微小的錯誤，使我一敗塗地。」

王宜中道：「你多一次成功，武林中就多一些傷害。」

口中說時，短劍也緩緩向前遞出，一步一步向金玉仙逼了過去。

金玉仙手中的短劍，豎立在胸前，但卻緩步向後退避。

突然間，王宜中大跨一步，手中短劍疾如電射一般，攻了過去。

金玉仙吃過了一次苦頭，不肯再和王宜中硬拚，忽然一個轉身，避開了王宜中的劍勢。

她一身武功，本以詭異自負，江湖高手，都無法預測她攻出的劍招變化，所以，很少有人能在她手中走過十招以上。

但遇上王宜中後，竟使那千變萬化、詭異莫測的劍招，難以發揮威力。

原來，那一元神功原是天下武學，王宜中只是熟記了那武功變化上的訣竅，它本身並無一定的招術變化，全在對方攻勢的啓發之下，自具應變之能。不論金玉仙的攻勢如何奇妙，劍招是如何詭異，都無法對王宜中構成威脅。王宜中隨手揮劍，正是化解那金玉仙劍招的妙著。

天下武功不論如何博深廣大，但一招攻勢之後，必然會留下空門破綻。王宜中在封擋對方的攻勢之後，緊隨著反手還攻，必將是那一劍的空隙破綻。因此，金玉仙雖然博通正奇變化，但遇上王宜中這等敵手，頓有著束手縛腳的感受。

金玉仙在連連吃虧之後，不敢再輕易出手。

這就是王宜中一元神功中唯一的缺點，對方如不出手攻擊，他就無法瞧出對方的破綻。

金玉仙避開了一劍之後，仍採守勢，短劍護身，向後退避。

她已有自知之明，不論自己的劍招如何凌厲，都無法傷得對方，只好改採守勢了。

她這消極的打算，原本只希望多支撐一些時間，設法把王宜中引入那毒蛛結成的毒網之中，卻不料誤打誤撞，正好用對了方法。

金玉仙連連的讓避之下，王宜中頓有著無法出手之感。

一元神功，本無招術，在無人啟發之下，本身反而無法發揮。

這就是王宜中，一個身負絕世武功的人，不論江湖上何等高手，都難以和他匹敵。但如從另一方面說，一個武功很平凡的人，也可以和他動手打上一陣。這大約是世界最奇怪、最高深的武功。

金玉仙忽然發覺在讓避之下，王宜中的金劍，反而不見威力了，心中亦是大覺奇怪。這中間自然有原因，但以金玉仙的才智，也無法想出原因何在。

王宜中攻出了幾招之後，突然覺著自己攻出劍勢，力道愈來愈弱，幾乎已到了無法傷敵之境界，只好停下手來。

這時，那金色毒蛛，已然在大廳屋樑之上，結成了一個毒網。

金玉仙暗暗喘兩口氣，心中暗自打算道：「如若這毒蛛結成的毒網，再無法傷害王宜中時，只怕天下再無毒物能夠傷他了。今日之局，只有設法逃走。」

王宜中呆了一呆，道：「我，我……我希望你能及時悔悟。」

他心中也正在為此事苦思不解，何以自己攻出的劍勢，愈來愈不見力道。

金玉仙笑一笑，道：「我明白了。」

王宜中心中確然急於解開個中之謎，笑一笑，道：「你明白什麼？」

金玉仙道：「你捨不得殺死我，是嗎？」

王宜中不善虛言，搖搖頭。

金玉仙道：「俗話講得好，一日夫妻百日恩，百日夫妻海樣深，咱們雖然沒有夫妻之實，但總算已經有了名份。」

王宜中冷哼一聲，接道：「不是。」

金玉仙笑道：「官人，你口中雖然不肯承認，但你內心中卻有了這樣的想法，是嗎？」

金玉仙又道：「唉！你何苦心慈口兇呢？如不是爲了這個，你爲什麼會忽然住手不攻了？」

王宜中究竟是心胸磊落之人，當下說道：「我也不知道。」

金玉仙道：「你不知道？」

王宜中道：「不錯。事實上，我也在想，爲什麼我會停手。」

金玉仙已瞧出王宜中說的不是謊言，不禁一呆，雙目盯注在王宜中的臉上瞧看。

她希望能在王宜中的臉上瞧出一些內情。

但王宜中的臉上，是一片茫然，叫人瞧不出一點可疑之處。

四十　天竺奇書

金玉仙大感奇怪，以王宜中所表現的武功，只要隨手揮劍，就有縱橫成林之妙。何以他的攻勢，竟然是愈來愈弱，弱到全無傷人的力道。

雖然，她無法解得這個隱秘，但內心之中，早已盤算好惡毒之計，遇著這王宜中，終是一個禍患，非得把他除去，才能實現爭霸江湖、主盟武林之願。

心中念轉，突然一揚右腕，一道寒芒，電射雷奔一般直向王宜中身前射去。

王宜中瞥見一道冷芒飛來，精神忽然一振，右手疾抬，短劍一揮，擊落射來的飛刀。

就借這一舉擊落飛刀的誘動，王宜中忽然飛躍而起，直向金玉仙衝了過去。

金玉仙心中早知那支飛刀無法傷得對方，一吸氣，突然一閃身，避到了蛛網之後。

她早已算好了方位、尺寸，閃避的身法，極是奧妙。

王宜中疾衝而至，眼看就要撞在那蛛網之上時，突然收住了腳步。

金玉仙格格一笑，道：「這金色毒蛛，可算得是毒中之毒，那蛛絲上的黏性，也是十分強大。有這片蛛網相隔，咱們這一番搏殺，那就很難說誰勝誰敗了。」
這時，那金色毒蛛已然借蛛絲之力，升於屋頂之上，卻在大廳中間，結下一片大網。
王宜中心裡道：「金玉仙似是有意把我誘撞毒蛛網上，難道這毒蛛，還真有傷人性命的毒性不成？」
心中念轉，突然一揚右腕，擊出一掌，遙遙擊向那蛛網。
蛛網中空，王宜中雖然掌力強大，但大部掌力透網而過，那蛛網搖晃了一陣之後，毫無損傷。
就是這一陣工夫，地上突然響起了一片沙沙之聲，數十條毒蛇，疾遊而來。
金玉仙右手一抬，一束毒針激射而至，一面笑道：「王宜中你如肯認輸，咱們還有合作之可能。」
王宜中短劍搖揮，幻起了一片寒芒，擊落毒針。但兩條毒蛇，卻已遊到腳下。
在金玉仙和毒蛇合擊之下，王宜中潛力迸發，左掌拍出，一股強厲的掌風，震斃了兩條近身的毒蛇。
但聞一陣羽翼劃空的嗡嗡之聲，傳了過來，兩隻大逾蝙蝠之物，振翼而來。
王宜中一皺眉，忖道：「這又是什麼怪物，這金玉仙當真是名堂多得厲害。」
但見那兩個怪物，在頭頂飛了一轉，突然向王宜中頭上撲了過去。

王宜中左掌一揮，一股強猛的掌風直向兩隻飛行的怪物撞了過去。強猛的掌風震得兩隻形如蝙蝠的怪物，直向斜裡飛去。

金玉仙躲在大廳另一側，和王宜中隔了一道蛛網，格格一笑，道：「王門主，你認識那是什麼東西嗎？」

王宜中道：「不認識。」

金玉仙道：「那叫金翅蜈蚣，盛產在南荒，身堅如鐵，不畏刀劍，口中劇毒，不在金色毒蛛之下。如是你不小心被牠咬上一口，那可是非死不可。」

王宜中冷笑一聲，道：「金玉仙，你在大廳中埋伏下的毒物，還有沒有？」

右手短劍一揮，舞出了一片劍影，逼開了近身的金翅蜈蚣，左手遙發掌力，又擊斃了兩條近身的毒蛇。

但聞金玉仙高聲說道：「還有兩種毒物，官人，不過，你先要對付了這兩隻金翅蜈蚣和這些毒蛇，我自會再放出另外兩種毒物。」

王宜中冷冷說道：「快了，這些毒蛇死傷過半，我如殺死了這兩隻會飛的蜈蚣，然後再去對付那金色毒蛛，這該是你出手的機會了，可惜你不敢出手。」

金玉仙道：「官人，實在說，我很意外，一元神功太可怕了。我原想，我至少能和你打上一百招，想不到我連十招都接不下來。」

這時，又有幾條毒蛇遊近身側。

王宜中心中大怒，短劍連揮，繞身數尺內都是逼人的寒芒，左手連發掌力，追擊毒蛇。

他掌力愈來愈是強猛，只要在一丈內，掌力發出，毒蛇必遭擊斃。

但那兩隻繞頂飛轉的金翅蜈蚣，卻是頑強得很，任是王宜中掌力凶猛，但那金翅蜈蚣閃避靈活，飛行快速，王宜中的掌風、劍氣，竟然無法擊傷牠們。

這時，金玉仙躲在蛛網那面，不停出手相助，上有金翅蜈蚣攻擊，下有毒蛇，再加上金玉仙的攻擊，王宜中武功再高強，在上、中、下三面攻擊之下，亦被鬧得手忙腳亂，應接不暇。

王宜中發覺了金翅蜈蚣的靈活之後，忽然改變了主意，決心先把那些毒蛇全數擊斃之後，再全力對付兩隻金翅蜈蚣。

金玉仙在大廳中布下的毒蛇，雖都是世間絕毒之物，但數量有限，王宜中一元神功上的成就，使他內力用之不竭，掌力也愈來愈是強猛，遙遙發掌，凡遭擊中的毒蛇，無不應手而斃。

三十六條奇毒之蛇，在王宜中掌力連擊之下，盡皆死去。

兩隻金翅蜈蚣，雖然飛行迅速、靈活，但在王宜中劍氣逼迫之下，也一直無法近身。

殺死所有毒蛇，王宜中少去了一面顧忌，掌力、劍招，全都集中向兩隻金翅蜈蚣身上。

金玉仙隔著蛛網，冷眼旁觀，發覺那王宜中的劍招，越來越是深奧，片刻之後，有如行雲流水一般，但見劍氣流動，追著兩隻金翅蜈蚣。

大廳限制了金翅蜈蚣的運轉空間，在王宜中劍氣逼攻之下，兩隻金翅蜈蚣繞室飛轉。

王宜中感覺這兩隻奇毒之物十分厲害，如不早些除去，必留後患，看準了一個機會，揮劍擊去。

劍化一片冷芒，罩了過去。但聞波波一陣輕響，一隻金翅蜈蚣，被生生斬作數段。

另一隻在劍氣逼迫之下，呼的一聲，撞在蛛網之上。網上的黏力，十分強大，那金翅蜈蚣掙扎了兩下，立刻陷入了網中。

那金色毒蛛借蛛絲之力，快如流矢般地疾滑而至，巨口一張，咬在蜈蚣頭上。

只見金翅蜈蚣一陣顫動，突然間靜止下來。原來，那金蛛一陣吸食，吸乾了那蜈蚣身上的腦髓、血液。

王宜中眼看到一幕以毒制毒，弱肉強食的慘事，不禁一呆，暗道：「這金色毒蛛可當得是毒物中的毒物，必得早些除去。」

金玉仙藝博技雜，不但學會了用毒，而且也學得役使各種毒物之能，但見那毒蛛的惡毒、凶殘，也不禁為之一呆。

王宜中由毒蛛聯想到金玉仙身上，暗道：「這毒蛛雖然惡毒，但金玉仙卻是役用這些毒物的人，今日如若被她逃離此地，再想找她，只怕比登天還難，務必先除此武林毒婦。」

念動意決，悄然繞過那毒蛛結成的毒網，直向金玉仙撲了過去。

他動作迅快無聲，待金玉仙警覺時，王宜中已到了身側。

金玉仙吃了一驚，右手短劍來不及刺出，只好用左手一揮，劈了出去。王宜中左手一招，硬接下金玉仙的掌勢。

這一次，王宜中用足了內家真力，雙掌砰然相接之中，金玉仙的身子，突然飛了起來，斜撞在牆壁之上。登時，口鼻間鮮血湧出。

王宜中殺心已起，飛躍而至，一劍刺了下去。劍光閃處，斬下來金玉仙一條左臂。

金玉仙尖叫一聲，道：「官人，你好狠的心啊！」

王宜中神情肅然，道：「我替天行道，爲武林除害，怎能算得狠心。」大踏一步，一劍劈去。

金玉仙右手短劍疾起，接下了王宜中的劍招。金鐵交鳴聲中，金玉仙又被震得摔了一個筋斗。王宜中一腳飛出，踏向金玉仙的前胸。

金玉仙一個翻身避了開去，道：「官人，有一件事，你是否想知道？」

王宜中道：「什麼事？」

金玉仙道：「關於你們金劍門前門主朱崙的事，你是否想知道害死他的凶手？」

王宜中道：「自然想知道。」

金玉仙道：「我內腑已受了重傷，左臂也被斬了下來，大概，你不會再怕我逃走吧。」

王宜中搖搖頭，道：「你沒有機會，金玉仙，不過我倒是有些奇怪。」

金玉仙道：「奇怪什麼？」

王宜中搖搖頭，道：「你怎麼會這麼好心，告訴我先門主被害的內情。」

金玉仙雙目流下淚來，緩緩說道：「除此之外，只怕你不會停下手了。」

王宜中冷冷說道：「金玉仙，你如說的不是真話，我能夠聽得出來。」

金玉仙接道：「難道你不知道『人之將死，其言也善』嗎？」

王宜中道：「那你就快說吧！」

金玉仙道：「朱崙武功高強，華山論劍，少林比武，都被他搶了魁首。也因此，引起天下武林高手的妒忌。」

王宜中一皺眉頭，道：「金玉仙，你可是想嫁禍於人嗎？」

金玉仙搖搖頭，道：「我說的是真話，我也是參與其事的人物之一。」

王宜中接道：「還有些什麼人？快說。」

金玉仙道：「說出來，你會相信嗎？」

王宜中道：「你只管說，信不信是我的事了。」

金玉仙道：「看起來，你是對我一點也不願相信了。」
王宜中道：「以你的作爲而言，要在下相信你的話，豈不是作白日夢。」
金玉仙點點頭，道：「你可以不信，不過，我說的都是實話。」
王宜中道：「是真是假，在下自會分辨，用不著姑娘費心。」
金玉仙道：「殺害朱崙的人，包括了武林中正、邪兩道中人。」
王宜中道：「正道中人，和金劍門同是替天行道，他們怎會參與暗算先門主的？」
金玉仙道：「我知道你不會相信，盛名誤人，那朱崙在江湖上聲望太隆，金劍門的氣勢逐漸地蓋過了少林、武當，官人，這等門戶盛名之争，可以抹殺了一個人的良知。」
王宜中道：「你能夠說出那些人是誰嗎？」
金玉仙道：「這個，恕我不能說了。」
王宜中道：「爲什麼？」
金玉仙道：「因爲，我也無法確定那些人是誰。」
這一來，反而引起了王宜中濃厚興趣，道：「你們既是合謀之人，爲什麼竟然不知他們的身分？」
金玉仙內功精深，已然運氣止住了鮮血，緩緩說道：「這是一件很重大的事，任何人都不願以真正的面目，和金劍門作對。所以，我們每一次聚會，都戴著面具。」

笑一笑，又接道：「不過，我是主謀之一，朱門主先中我一劍，最後也中了我致命的一掌。」

王宜中道：「哦！」

金玉仙微微一笑，道：「你仍然不相信，是嗎？」

王宜中道：「你這麼一說，在下倒也有些相信了。」

金玉仙點點頭，道：「看來，你倒還有一點聰明才智。不過，你殺死我之後，就算是報了仇了，用不著再找別人報仇了。」

王宜中道：「為什麼？」

金玉仙道：「因為，那些人大都是正大門戶中人，他們一生中，做了很多人所稱道的事，只做了這一件惡事，自然用不著去對他們斤斤計較了。」

王宜中道：「你說正、邪兩道中人都有，還有哪些邪道中人呢？」

金玉仙道：「很奇怪，朱崙殺死了十八個圍攻他的高手，大部分都是邪道中人，這大概是他們對朱崙積怨太深，所以，奮勇爭先之故。」

王宜中道：「如是你說得實話，那是冥冥中自有天理報應。」

金玉仙道：「那一戰，正大門戶中人，死傷不多，如若我也算邪派中人，我是邪派中唯一逃生的人。也是我覺著自己的成就有限，決心尋覓異人，再求深造……

「我有一副絕世容色，只要是男人，見到我都有些情難自禁，我又很會利用自己的美色，也確曾被我找到了幾個息隱江湖的高人，他們對我很盡心盡力的傳授……

「但我知道，那和朱崙還有一段距離。如是雄心難逞，也就罷了，偏偏在我心灰意懶之際，讓我得到一本天竺奇書，這就促使我雄心大振，組織天人幫，逐鹿江湖……

「可惜，我尋得了幾位通曉天竺文字的人，都是很有骨氣的讀書人，他們發覺了這本書有些問題，就不肯再譯下去。……

「奇怪的是，他們本有很多的機會，毀去這本書，但他們卻沒有這樣做，就仗著那譯出的一部份天竺奇書，我學會了很多東西。」

王宜中接道：「你如果好好地運用，一身武功，何愁盛名不至，但你不以此自滿。」

金玉仙道：「我連番試驗，無往不利，就這樣使天人幫成了一個控制了大半個武林的神秘組織。我一切準備，都是爲了對付金劍門，以那死去的朱崙爲對手。但朱崙棋高一著，他竟然會培養你這麼一個高手，武功高強得大出了我的意外。」

王宜中道：「承蒙誇獎。但不論你說得如何悲淒，也無法說得動我，不會答應放了你。」

金玉仙淒涼一笑，道：「你如肯爲大局著想，就應該放了我。」

王宜中嗯了一聲，道：「爲什麼？」

金玉仙道：「那天竺奇書，並不在我的身上，你如殺了我，世間再無人知曉那天竺奇書藏於何處。」

王宜中道：「那就讓它永遠埋沒。」

金玉仙道：「藏書處雖隱秘，但卻一點也不安全，十年、八年，也許在三、五年中，必會被人尋得。殺了我金玉仙，禍害之源，並未消除，還會有更多的金玉仙出現江湖。」

王宜中默然不語。

金玉仙接道：「此事重大，你必須三思而行。」

王宜中道：「這麼辦吧！我給你一個選擇死亡的條件，你說出那藏書之處。」

金玉仙搖搖頭，道：「我已經身受重傷，你都不肯放我一馬。你如此無情，我還替什麼武林大局著想。」

王宜中道：「就因爲大局著想，所以我不能放了你。」

金玉仙道：「王門主不再想想嗎？」

王宜中搖搖頭，道：「我已經想過很多次了。」

金玉仙突然一閉雙目，道：「你如真要動手，那你就動手吧！」

這一下，倒使王宜中有些意外，想不到窮凶惡極、妖豔絕倫的金玉仙，竟願束手待斃。

王宜中呆了一呆，道：「好吧！我一掌把你震死，讓你落個全屍。」

金玉仙似是有了求死之心，閉目不動。

王宜中掌勢一拍，向下擊落。

就在他掌勢拍出的剎那，金玉仙突然一挺而起，短劍疾揮，刺向王宜中的小腹。

這一下變起肘腋，王宜中雖然有一身絕世武功，但他究竟是缺乏江湖經驗的人，一掌拍出之時，竟未料到對方的反擊，更未料到對方反擊之勢竟然是來得如此凶惡。

就這一怔神間，金玉仙手中鋒利的短劍已然近身，王宜中一閃身，避開了丹田要害。短劍刺中了大腿。凜烈的寒芒，穿破了王宜中的護身罡氣，直入大腿。

王宜中正面和人動手，還是第一次受傷，大喝一聲，左手一掌，橫裡拍出。

但聞砰然一聲，掌力正擊在金玉仙的身上。

這一掌，乃是他全身功力所聚，金玉仙整個的身子，飛了起來，剛好撞上蛛網。蛛網竟然未破。

蛛網一陣閃動之後，金玉仙仍被吊在網上。

那巨大金蛛，突然沿索而至，一口咬在金玉仙的頂門上。

只見一個拳頭大小的金蛛，身子開始膨脹，片刻之間，超過了牠原來身軀的三倍。

拳頭大小一隻金蛛，變得像一隻大大的碗公般。

再看金玉仙時，整個的身軀，都枯萎了下去。原來，她身上的血、髓，都被金蛛吸食，只剩下皮肉骨架。

目睹金蛛的惡毒，王宜中也不禁心頭大爲震動，右手一揮，短劍飛出，劍化一道寒虹，腰斬金蛛兩截。

只是這片刻工夫，那金蛛吸食金玉仙的血、髓，已然化成黃水，金蛛身體萎縮顫動了一陣就死去。

砰然一聲，大廳門被撞開，四大護法和門中二老，當先衝了進來。

王宜中突然感覺到一陣悲壯的哀傷，沉聲說道：「快收起金玉仙的屍體，加些木柴，燒去這座大廳。」

連那落在地下的金劍，也懶得伸手去撿，舉步向廳外行去。

大廳上站滿了人，除了金劍門中人外，還有趙一絕、張嵐、白雲峰等數十位江湖豪傑。

高萬成抱傷行過了來，低聲說道：「門主一戰除大凶，重振了金劍門的聲威。」

王宜中苦笑一下，道：「先生，我覺得天牢的生活雖是寂寞一些，但它永遠是那麼平靜，沒有哀傷，也沒有搏殺。」

高萬成接道：「世事如棋，門主不用太感傷了。」

王宜中歎息一聲，道：「先生，這是一局殘棋，我們還要找到天竺奇書，金玉仙來此之前，已把它藏了起來。如不能銷毀此書，若干年後，又有無數的金玉仙出現在江湖之上。」

高萬成道：「這是屬下們的事了，不敢再要門主勞心。」
王宜中道：「西門姑娘的傷勢如何了？」
高萬成道：「人已清醒過來，萬大海這一條千年老參，西門姑娘可保無恙，只是她的手臂上，一條刀痕，恐怕是難以復元了。」
王宜中道：「一個人的美，內心重於外表，別說她傷在手上，就是傷在臉上，也無損她的美麗。」
高萬成道：「門主卓見。」
他輕咳一聲接道：「萬大海已動身去通知天下各大門派，要他們共爲門主慶賀。」
王宜中搖搖頭，接道：「用不著了，我要好好地休息，好好地想想，行俠之道，除了殺人之外，還有沒有更好的辦法？」

全書完

臥龍生精品集 52

神州豪俠傳（四）

作者：臥龍生
發行人：陳曉林
出版所：風雲時代出版股份有限公司
地址：10576台北市民生東路五段178號7樓之3
電話：(02) 2756-0949
傳真：(02) 2765-3799
執行主編：劉宇青
美術設計：許惠芳
行銷企劃：林安莉
業務總監：張瑋鳳
封面原圖：明人入蹕圖（原圖爲國立故宮博物館典藏）

出版日期：2019年5月
版權授權：春秋出版社呂秦書
ISBN ：978-986-352-700-8
風雲書網：http://www.eastbooks.com.tw
官方部落格：http://eastbooks.pixnet.net/blog
Facebook：http://www.facebook.com/h7560949
E-mail：h7560949@ms15.hinet.net
劃撥帳號：12043291
戶名：風雲時代出版股份有限公司
風雲發行所：33373桃園市龜山區公西村2鄰復興街304巷96號
電話：(03) 318-1378
傳真：(03) 318-1378
法律顧問：永然法律事務所 李永然律師
北辰著作權事務所 蕭雄淋律師

行政院新聞局局版台業字第3595號 營利事業統一編號22759935

國家圖書館出版品預行編目資料

神州豪俠傳（四）／臥龍生著. --初版. 臺北市：
風雲時代，2019.04-　冊；公分

ISBN 978-986-352-700-8 （平裝）

857.9　　108003142